El juego del amor

El juego del amor

Emma Hart

Traducción de
Laura Fernández Nogales

TERCIOPELO

Título original: *The love game*

Copyright © Emma Hart, 2013

Primera edición: abril de 2015

© de la traducción: Laura Fernández Nogales
© de esta edición: Roca Editorial de Libros, S. L.
Av. Marquès de l'Argentera 17, pral.
08003 Barcelona
info@terciopelo.net
www.terciopelo.net

Impreso por LIBERDÚPLEX, S.L.U.
Crta. BV-2249, km 7,4, Pol. Ind. Torrentfondo
Sant Llorenç d'Hortons (Barcelona)

ISBN: 978-84-15952-59-6
Depósito legal: B. 6.665-2015
Código IBIC: FRD; FP

RT52596

A Dani Morales:

Te dedico este libro y todo lo que hay en él. Es tuyo
por cada *tuit*, cada *post* y cada palabra de ánimo
que me has dedicado. También por la información
sobre Las Vegas. Estoy segura de que sin ti aún
seguiría buscando en Google.

Toda chica necesita una amiga como tú, todo soñador
necesita una creyente como tú y todo escritor necesita
una animadora como tú. No puedo creer la suerte
que tengo de conocerte y de haber tenido el privilegio
de ser esa chica, esa soñadora y esa escritora.

Capítulo uno

Maddie

*L*o odié en cuanto lo vi.

No soy una persona muy dada a sentir odio. En realidad soy bastante amigable, pero hay algo en Braden Carter que me repugnó desde que lo vi por primera vez hace cinco semanas.

Quizá se deba a la arrogante y engreída sonrisa que veo en su cara cada vez que alguna chica lo observa con admiración, o tal vez sea la forma que tiene de desnudarlas con los ojos. También podría deberse a su chulería, a esa actitud pasota o a que sepa que puede conseguir a cualquier chica del campus. O, mejor dicho, a cualquier chica del estado.

Tal vez sea porque me siento atraída por él cuando no quiero sentirme así, sumado al hecho de que me recuerda todo lo que dejé en mi hogar en Brooklyn.

Ignoro esos pensamientos y sigo paseando la mirada por el salón de la casa de la fraternidad como si no existiera. No es fácil, en especial cuando tiene a tres chicas colgadas del brazo y de otras partes de su anatomía que no voy a mencionar. ¿He dicho ya que el tío está buenísimo?

Su cabello rubio siempre despeinado está salpicado de unos reflejos naturales por los que muchas chicas pagarían —y pagan— una fortuna. Sus ojos son de un azul tan intenso que es prácticamente eléctrico y tiene la piel bronceada por el sol de California. Estoy segura de que no tengo ni que mencionar su perfecto, fibroso y musculoso cuerpo porque, a fin de cuentas, esto es California y el surf es un requisito indispensable.

—Deja de mirarle —Kayleigh se pone junto a mí y me da un golpe con el hombro.

—Eso es tan probable como que me ponga a hacer un *striptease* para toda la casa —le contesto.

—Nena, podría mencionarte unos cuantos tíos que no le harían ascos a ese espectáculo.

Kyle me guiña un ojo desde el otro lado de la barra de la cocina y yo suspiro.

—Pues ya pueden seguir soñando. Eso no pasará nunca, Kay.

—Qué pena. —Me sonríe—. A mí tampoco me importaría verlo.

Niego con la cabeza, pero sonrío. Desde que Kay entró en nuestra residencia hace cinco semanas, ha sido muy abierta sobre su sexualidad. Es bisexual y le da igual que lo sepa todo el mundo. Se ganó mi respeto en cuanto la conocí. Su transparencia me resulta muy refrescante.

—Eres incorregible —la regaño en broma.

—Oye, si el zapato encaja… —Me guiña el ojo y chasquea los dedos en dirección a Kyle—. ¡Qué pasa con esas copas, pringado!

—Espera tu turno, pesada —contesta sirviendo dos chupitos de vodka y dándoselos a alguien que los espera al final de la barra.

—Me apuesto lo que quieras a que perdería el culo si se lo pidieras tú —me susurra sin bajar mucho la voz.

—¡Ahora te escucho, Kay! —contesta Kyle golpeándome con su sonrisa de mil vatios—. ¿Te apetece una copa, preciosa?

—No, gracias. —Sonrío con educación—. Pero estoy segura de que a Kay sí le apetecerá tomar algo.

—Y. Una. Mierda. —Kay se inclina hacia delante y da una palmada sobre la barra—. Cuatro chupitos de vodka, Kyle. Esta noche voy a enseñar a beber a la señorita Maddie.

—¡Oído!

Se da media vuelta y pone cuatro vasitos en fila.

—Kay —siseo—. ¡Ya sabes que yo no bebo!

—Bebía —me corrige—. No bebías. Ahora sí.

—Kay.

—Maddie —imita mi tono de voz y coge los vasitos que nos ofrece Kyle—. ¡Uno, dos, bam! Así es como se hace, pequeña. Sin pensar. Tómatelos de un trago.

—Esto es muy mala idea —murmuro cogiendo los dos vasitos y mirando el líquido de olor intenso—. Si vomito tú te encargas de limpiarlo.

—Claro. —Me guiña el ojo—. ¿Preparada? ¡Uno, dos, bam!

Inclinación. Tragar. Inclinación. Tragar.

Cuando el alcohol se desliza por mi garganta arde y me golpeo el pecho como si así pudiera eliminar esta sensación. Kyle me sonríe.

—Pensaba que no bebías —me dice.

—Y no bebo —le contesto dejando los vasos sobre la mesa.

—No va a ser fácil doblegarla. —Kay se limpia la barbilla—. ¿Estás segura de que no habías bebido nunca, Mads?

Yo encojo un hombro y miento con facilidad.

—Claro que he bebido alcohol, pero nunca lo bastante como para emborracharme.

—¡Pues eso cambiará esta misma noche! —Kay vuelve a golpear la barra—. Kyle, seis chupitos más.

—¿De qué?

—De lo que sea que te apetezca poner en los vasos.

—Que sean doce —dice Lila apareciendo junto a mí—. Tres para mí y tres para Megan cuando llegue.

—¿Doce? ¿Cuántos vasos creéis que tengo? —Kyle bromea y abre otro armario revelando un estante lleno de vasitos perfectamente alineados.

—No me gustaría ser la encargada de fregar todo esto mañana —digo.

—Eso es cosa de Braden. —Kyle se ríe—. Yo solo tengo que complacer los deseos de vuestras preciosas caritas. Una desgracia para él pero una suerte para mí.

Se inclina hacia delante y coloca tres vasitos delante de mí esbozando una sonrisa que fundiría el corazón de cualquier otra chica. Arqueo una ceja y espero pacientemente a que les dé los chupitos a las demás.

—¿Me he perdido algo? —Megan se desliza entre Lila y yo y su melena rubia se balancea cuando se agita excitada—. Vaya, cuántos chupitos. ¿Qué celebramos?

—¡Maddie se va a emborrachar! —anuncia Kay levantando el primer vasito.

—¿No me digas? —Megan ladea la cabeza en mi dirección—. ¿De verdad?

—Por lo visto —le contesto con sequedad.

—Vamos, Mads. ¡Es divertido!

Agita el cuerpo y los ojos de Kyle se posan sobre sus pechos. Megan está muy bien dotada y le encanta hacer partícipe a todo el mundo de esa realidad.

—¡Se acabó la charla! —exclama Lila cogiendo un vaso—. ¿Uno, dos, tres, bam?

—Pues claro.

Kay ríe y coge el segundo vaso.

Yo inspiro hondo y cojo dos vasos. ¿Qué narices me pasa esta noche? Yo no bebo, por lo menos, no de esta forma. No puedo descontrolarme.

—¡Bam! —grita Kay.

Uno. Dos. Tres. Fuego.

¡Guau!

Parpadeo unas cuantas veces y trago.

—Jod… Ostras.

—Está funcionando —dice Lila riendo—. Maddie nunca dice palabrotas, ¡ni una!

—No he dicho ninguna palabrota —protesto—. Ostras no cuenta como palabrota.

—De acuerdo, pero has estado a punto de decir una. —Pone en blanco sus oscuros ojos perfilados—. ¡De todos modos, conseguiré sacar una mala palabra de esos preciosos labios rosas antes de que acabe la noche!

Me esfuerzo por no poner los ojos en blanco.

—A mí me encantaría sacar unas cuantas cosas más de esos preciosos labios rosas —comenta Kyle guiñándome el ojo.

—¡Puto cerdo! —Kay le golpea el brazo por encima de la barra.

—Joder, Kay. ¿Tus puños son de hierro o qué?

Se frota el brazo.

—Kyle, cariño, mis puños son de lo que quieras que sean. —Le guiña el ojo y se pone en pie cogiéndome de la mano—. Venga, pequeña, ¡vamos a menear esos culitos!

Miro a Lila en busca de ayuda y tiro de la camiseta de Megan.

—¡Genial! ¡Ya voy! Se da media vuelta y arrastra también a Lila.

La sala principal está llena hasta los topes. La música suena por los altavoces y los cuerpos se enroscan entre ellos en medio del salón. Hay una pareja enrollándose en el sofá. Oh, Dios mío. No, lo que están haciendo ya hace rato que ha dejado de corresponderse al concepto enrollarse.

Aparto la vista y dejo que las chicas me arrastren hasta la masa de gente que se contonea en la improvisada pista de baile. El alcohol se está extendiendo por mi cuerpo y me relajo un poco convencida de que por esta noche ya no habrá más copas. No tiene sentido tentar a la suerte.

Megan me coge de la mano y me obliga a bailar, a soltarme. Esto es una locura. Eso es lo que es. Primero beber y luego bailar. Estas chicas me van a echar a perder.

—¡Relájate, pequeña! —grita Kay—. ¡El mismísimo señor Carter está mirando ese cuerpo tan *sexy* que tienes!

Genial. Justo lo que quería, convertirme en el próximo eslabón de su cadena. La siguiente de una lista muy pero que muy larga.

—Ya puede mirar todo lo que quiera —contesto al ver cómo me mira desde la otra punta de la sala—. Mirar es todo cuanto le voy a dejar hacer.

Le doy la espalda y Lila sacude su melena oscura acercándose a mí.

—Alguien tendría que darle una lección —dice—. Le tira la caña a todo lo que se mueve. Y tiene un ego que no cabe por la puerta.

—Es verdad —asiente Megan—. Pero siempre ha sido así. Es Braden en estado puro.

Megan y Braden son de la misma ciudad. Ella misma nos contó que crecieron juntos porque sus padres son muy amigos. Aparte del resto de nosotras, debe de ser la única chica de la fiesta que no ha caído rendida a sus pies.

—¿Sabéis qué os digo? —dice Kay. Nos volvemos para mirar a Braden y vemos que tiene otra rubia colgada del cuello.

—¿Qué? —digo y dejo de mirarlo con una mueca de asco en la cara.

—Ese tío necesita que alguien le haga saber de verdad lo que se siente cuando te hacen lo que se dedica a hacer él. Lo que se siente cuando te utilizan y luego te dan la patada.

Todos los ojos se vuelven hacia mí. Yo niego con la cabeza y reculo.

—Oh, no. ¡De eso nada!

Me doy la vuelta y salgo del comedor abriéndome paso entre la gente para cruzar la cocina en dirección al patio trasero con las tres chicas pisándome los talones.

—¡Será divertido, Mads! —Lila me coge de las manos y da unos saltitos—. ¡Venga!

—Mmmm. —Megan mira en dirección a la casa y luego a mí—. Supongo que no le vendrá mal.

—No.

Vuelvo a negar con la cabeza.

—Solo tendrás que darle la patada una vez —argumenta Kay—. Además, el chico no está precisamente mal, ¿verdad? No me importaría darle un buen cachete a ese culo.

—¡Pues hazlo tú!

—Oh, no —suspira Megan—. Ella no puede hacerlo. Kay es bi, pero todo el mundo sabe que prefiere a las chicas. No colará. Lila tiene un novio, que además es amigo de Braden, y yo me crié con él. Es como mi hermano o algo así. Tú eres la única que puede hacerlo.

—No entiendo qué sacaremos nosotras de todo eso.

Las miro a todas una a una.

—La satisfacción de saber que por fin ha deseado algo que no puede tener. —Kay se encoge de hombros—. Venga, Mads, solo te llevará dos semanas, tres como mucho.

—Quizá un mes —añade Megan—. Después se aburrirá y se dará por vencido o se habrá enamorado de ti. Siempre te está mirando, Mads. Incluso en clase cuando tú crees que no lo hace. Y se niega a hablarme de ti: sé que está por tus huesos. Normalmente me da todos los detalles de sus conquistas del fin de semana.

—Además Megan sabe cómo piensa —dice Lila—. Así que contamos con esa ventaja.

—No vais a aceptar un no por respuesta, ¿verdad? —suspiro y me paso los dedos por la melena.

—No —dice Kay negando con la cabeza.

—Vaya mierda. Estoy segura de que me arrepentiré de esto.

—Maddie Stevens, tu misión, en caso de que la aceptes...
—Sonríe y extiende la mano. Lila y Megan colocan las suyas encima— es seducir al seductor y ganarle en su propio juego. ¿Aceptas?

Respiro hondo mientras todas las voces de mi cabeza me gritan que debería negarme y salir corriendo. Seducir al seductor. Al chico que odio porque encarna todo lo que quise dejar atrás cuando me marché de Brooklyn.

Pero en lugar de huir, coloco la mano sobre la pila que hay delante de mí.

—Acepto.

Capítulo dos

Braden

*N*o tengo ni idea de quién es la chica que tengo colgada del brazo. Estoy casi seguro de que no la he visto en mi vida, pero está bastante buena y tiene unas tetas bonitas, así que supongo que no me importa que se quede un rato. Aunque no está tan buena como para acostarme con ella, así que tampoco se quedará mucho.

La rubita me pega los labios a la oreja y yo oculto un escalofrío mientras echo un vistazo por la casa de la fraternidad. Mis ojos se tropiezan con Maddie Stevens, la princesa de Berkeley, universidad de California.

Está sentada en la barra con esa chica bisexual. Vaya, ¿cómo se llamaba? Bueno, da igual. Megan y Lila están sentadas con ella y las observo mientras se beben chupito tras chupito de lo que sea que Kyle les esté sirviendo esta noche. Maddie sacude su melena castaña y la chica bisexual tira de ella.

Dejo resbalar la mirada por su cuerpo sin pensar en la rubita que tengo sentada sobre el regazo. Cuando me pega sus duros globos contra el pecho deduzco que tiene las tetas operadas. Eran demasiado perfectas para ser de verdad.

Megan coge a Maddie de la mano y ella sonríe con cierta timidez. Empieza a moverse al ritmo de la música y, vaya, eso no tiene nada de tímido. Se lleva la mano libre al pelo, baja la mirada hacia el suelo y sus caderas se mueven en perfecta sincronía. Vuelve a levantar los ojos para mirar a través de sus pestañas y sonríe de nuevo, esta vez con más seguridad.

—Está muy buena —dice Aston apareciendo junto a mí. Ryan se acerca por detrás de él.

—¿Maddie? —pregunto sin despegar los ojos de su cuerpo en movimiento.

—¿Quién es Maddie? —ronronea la rubita. ¿Aún sigue aquí?

Maddie levanta la vista y sus brillantes ojos verdes se clavan en la rubia que tengo encima. Esboza una mueca de asco y aparta la mirada.

—Nadie de quien debas preocuparte, nena. —Me la quito de encima—. Sé buena y tráeme una cerveza.

Ella bate sus pestañas embadurnadas de rímel.

—Claro.

Se levanta de mi regazo de un salto y le doy una palmada en el culo volviendo a prestar toda mi atención a los chicos.

—¿Quién era esa? —pregunta Ryan.

—Buena pregunta, tío. —Me encojo de hombros—. Una chica.

Veo a Maddie abriéndose paso entre la gente seguida de Megan, Lila y la chica bisexual.

—Eh, ¿creéis que las chicas se enfadarían si voy a por ella? —pregunta Aston siguiéndola con los ojos.

—Megan te mataría. —Ryan le da un codazo y se apoya en el brazo del sofá—. En realidad Lila y Kay también.

Kay. Esa es la chica bisexual.

—Creo que también pasaría de mí —añado mirándolas—. Para conseguir que se baje las bragas tendrías que pasar por el altar.

—¿Casarme? Y una mierda. —Aston niega con la cabeza—. Soy demasiado guapo para eso, tío.

No va muy desencaminado, por lo menos a los ojos de las chicas de por aquí. Los fines de semana nunca le faltan uno o dos polvos fáciles.

—¿Casarte? —repite Ryan—. No. Solo tendrías que conseguir que se enamorara de ti. Si logras que se enamore, pam, ya es tuya. Consigues un buen pedazo de culo.

Ladeo un poco la cabeza y los observo.

—Pero es como una muñeca de porcelana. Si se lo hicieras con demasiada fuerza, se rompería.

—Yo me lo haría con ella —dice Aston—. Pero sin esa mierda del amor.

—Creo que tú podrías hacerlo.

Contra Costa County Library
Bay Point
9/20/2018 6:00:53 PM

- Patron Receipt -
- Charges -

ID: 21901024156923

Item: 31901056815618
Title: El juego del amor /
Call Number: SP FIC HART, E.
Due Date: 10/11/2018

All Contra Costa County Libraries will be
closed on Monday, October 8th for an All Staff
Training Day. Book drops will be open. Items
may be renewed at ccclib.org or by calling
1-800-984-4636, menu option 1. In addition,
the Brentwood Library will close on September
14th, at 5:00 pm and reopen in a new building
at 104 Oak St. on Sept 29th. Please return
materials to an alternate location during this
closure. El Sobrante Library remains closed for
repairs.

Ryan le da un trago a su cerveza y me mira.

—¿Una semana?

Aston se da unos reflexivos golpecitos en la barbilla.

—No —digo.

—Un mes —afirma Ryan con decisión—. No será fácil, pero se rendirá en un mes. Tú puedes hacerlo, Braden.

—Tío, ¿eres consciente de que estás hablando de una amiga de tu novia? Me estás pidiendo que consiga que se enamore de mí, me la tire y luego la deje.

Tampoco es que me importara tener la oportunidad de acostarme con Maddie Stevens. En realidad sería capaz hasta de pagar por tener una oportunidad.

Ryan se encoge de hombros.

—Lila no tiene por qué enterarse. Esto queda entre nosotros tres. Que Braden Carter seduzca a una chica tampoco será de extrañar, ¿no?

—Hazlo. —Aston se ríe—. Haz que se enamore de ti. Si hay alguien capaz de conseguirlo, ese eres tú.

—No sé.

Me recuesto y miro en dirección a la pista de baile. Ha vuelto, han vuelto las cuatro.

Está haciendo otra vez ese movimiento de cadera y se balancea de un lado a otro. Sacude el pelo y se ríe. Lila le guiña el ojo exageradamente a Ryan y él sonríe. Luego se vuelve, le dice algo a Maddie y ella mira por encima del hombro. Sus ojos verdes se posan sobre los míos. Esbozo una lenta sonrisa, esa sonrisa con la que consigo todo lo que me propongo. Le guiño el ojo. Un extremo de su brillante boca rosa se curva hacia arriba y vuelve a apartar la mirada. Su melena no deja de balancearse.

—¿Y bien? —Ryan me da un empujoncito en la cabeza—. ¿Lo vas a hacer?

—Desafío aceptado, chicos —digo entrelazando las manos por detrás de la cabeza—. Dentro de un mes, Maddie Stevens estará en mi cama completamente enamorada de mí. Podéis estar seguros.

Capítulo tres

Maddie

$\mathcal{M}$e doy media vuelta y entrecierro los ojos al ver la luz que se cuela a través de las cortinas. ¿Cuánto bebí ayer por la noche? Está claro que demasiado.

—¡Buenos días, tesoro! —grita Kay. Luego cierra la puerta de la habitación de una patada.

—De eso nada.

Me vuelvo a enterrar bajo las sábanas.

—¡Tengo café y magdalenas!

Tira de las sábanas y yo rujo abriendo los ojos.

—¿Por qué? ¿Por qué?

—¿Por qué? ¿Qué?

—¿Por qué me siento como si me acabara de pasar por encima un rebaño de ñus?

—Uno, no tengo ni idea de lo que es un ñu. Y dos, se llama resaca.

Kay me ofrece un vaso de papel de Starbucks y mi magdalena de arándanos preferida.

Me siento y los acepto.

—Gracias. ¿Cómo es que tú no te encuentras igual que yo?

—Soy una de las pocas afortunadas. —Se ríe y se deja caer sobre su cama—. Yo nunca tengo resaca. Pero al parecer tú sí. A Megs le pasa lo mismo. Normalmente se queda todo el día en la cama.

—Me parece un buen plan.

Le doy un sorbo al café.

—No para hoy —canturrea—. Hoy tenemos que ponernos manos a la obra.

—¿Manos a la obra?

Me mira alzando las cejas.

—¿Recuerdas el trato que hicimos ayer por la noche? ¿Te acuerdas de tu misión, señora Bond?

Ah, sí. Seducir al seductor.

—Pensaba que estábamos de broma.

—¿Cuándo he bromeado yo con algo tan serio como el sexo?

—De acuerdo, está bien. —Me doy por vencida y suspiro—. ¿A qué te refieres con eso de ponernos manos a la obra?

—¡Tenemos que idear un plan de ataque!

Se cruza de piernas al estilo indio y rebota un par de veces sobre la cama.

—Un plan de ataque —repito como una tonta.

—¿Acaso crees que podemos meternos en este bosque a ciegas? De eso nada, querida. —Niega con la cabeza—. Braden Carter tiene más encanto que los duendes irlandeses.

—Que no existen.

—Y eso significa que es peligroso. Tu meta es conseguir que se enamore de ti, pero si juega bien sus cartas, podrías ser tú la que acabara enamorándose de él.

—Y entonces no podría usarlo y dejarlo, cosa que arruinaría el objetivo de la maniobra de seducir al seductor.

Suspiro.

—¡Exacto! —Da una palmada—. Por eso tenemos que idear un plan completo que nos asegure que no vas a perder tu corazón mientras él pierde el suyo. Porque eso sería un desastre.

—Kay, no sé. —Suspiro de nuevo—. Braden Carter no se enamora. Si tiene alguna norma es precisamente esa, y la tiene escrita justo debajo de otra que reza que las normas son para los perdedores. Tengo un mes para hacer esto, ¿no es así? Ni siquiera sé si es posible.

—Nada es imposible si crees lo bastante en ello.

—Pero no sé si creo en ello.

—Creerás —afirma con seguridad—. Ya lo verás.

—Espero que tengas razón —contesto—. Porque esto tiene pinta de fracaso absoluto incluso antes de empezar.

Toc, toc.

Lila abre la puerta y entra en la habitación seguida de Megan, que trae una cartulina enorme y varios rotuladores debajo del brazo.

—¿Qué es eso? —pregunto observándola.

—Operación seducir al seductor —contesta Megan sentándose en el suelo justo entre las dos camas. Desenrolla la cartulina, utiliza dos libros para sujetarla y escribe OSAS (Operación Seducir Al Seductor) en lo alto del cartel.

Yo niego con la cabeza, incrédula. ¿De verdad voy a hacer esto? Pensaba que la universidad significaba madurar, pero me equivocaba. Me siento como si volviera a tener trece años y quisiera conseguir que el amor de mi vida admita que yo también le gusto.

—Deja de negar con la cabeza. —Lila se sube junto a mí en la cama—. Todo saldrá bien. Puedes hacerlo.

—Supongo que sois conscientes de que en términos de amor y relaciones un mes es muy poco tiempo, ¿verdad? Y cuando hablamos de Braden Carter un mes es toda una vida —les comento—. ¿Quién dice que no se aburrirá en una semana y se irá a buscar a una de sus fulanas para que le caliente la cama?

—Tendrás que evitar que lo haga —dice Megan con dulzura—. Tienes que conseguir que no quiera separarse de ti ni un minuto. Te doy una semana para echarle el lazo y despertar su interés; si consigues eso lo tendrás en el bote.

—¿Una semana?

—Si consigues que no se despegue de ti en una semana, se enamorará en tres —aclara quitándole el capuchón a un bolígrafo azul—. Paso uno: Apego.

Lo anota en la cartulina y me da de plazo hasta el próximo domingo.

—¡Un momento, esto ni siquiera empieza hasta mañana!

—Te equivocas. —Kay niega con la cabeza.

Lila asiente. Ella piensa lo mismo que Kay.

—Los chicos han quedado para jugar un partido en el jardín de la casa de la fraternidad. Vamos a ir todas.

Resoplo.

—Esta bien. Entonces empieza esta noche.

Megan me sonríe con un bolígrafo verde en la mano.

—Paso dos, que será la semana que viene: Exhibición pública y acoplamiento.

—¿Y eso en mi idioma significa…? —digo frunciendo el ceño.

—Cogerse de la mano, besos en público, exclusividad.

Resoplo.

—Me parece que tenéis demasiada fe en mí.

—Paso tres, tercera semana —prosigue Kay—. Aproximación al sexo y hacer pública la relación.

—¿Lo sabrá todo el mundo?

—Pues sí. —Lila me mira alzando una ceja—. Cuando le des la patada será mucho más satisfactorio si lo saben todos los que lo conocemos y gente que ni siquiera sabemos quiénes son.

—Me parece un poco fuerte.

—Para ganar hay que ser cruel, pequeña —dice Kay.

—Tienen razón —afirma Megan sin levantar la vista del cartel—. No me gusta mucho pensar que le vamos a hacer daño, pero ese chico necesita serenarse. Si ya es así de desconsiderado en solo cinco semanas de universidad, no quiero ni imaginar cómo será dentro de dos años. Alguien le tiene que dar una lección y rápido.

—¿Y por qué no hablas con él? —intento sugerir—. ¿Por qué recurrir a medidas tan extremas?

—Porque Braden Carter solo entiende los extremos.

—De acuerdo. Supongamos que esto funciona. —Tamborileo el dedo contra la cama—. Y se enamora de mí. Le doy la patada y ¿luego qué? Sabéis que no se quedará cruzado de brazos. Braden intentará recuperarme. ¿Y entonces qué?

Todas se quedan calladas y Megan se pone derecha llevándose el capuchón del bolígrafo a la boca. Kay ladea la cabeza y Lila se muerde una uña.

—No había pensado en eso —dice Megan en voz baja—. Si Bray tiene alguna virtud…

—¿Aparte de las evidentes? —bromea Lila.

—Aparte de las evidentes. —Megan sonríe—. Es que siempre se esfuerza por conseguir lo que quiere. Chicas, odio tener que admitirlo, pero Maddie tiene razón. Si se enamora de ella y ella pasa de él, se volverá loco intentando recuperarla. No la dejará marchar tan fácilmente. Y eso si la deja marchar.

Yo abro los ojos como platos.

—¿Pero y si fuera Maddie la que se enamorara de él? —pregunta Lila—. ¿Qué pasará si luego no puede dejarlo?

—Por favor. —Niego con la cabeza—. Braden encarna todo lo que odio. Es arrogante, egoísta y un cerdo. No es muy probable que vaya a enamorarme de eso.

—Pero también es divertido, muy considerado, y debajo de ese asqueroso exterior masculino, es la clase de chico que te encantaría presentar a tu madre. —Megan suspira—. Le conozco, Mads. Si quiere algo hará lo que haga falta.

—Entonces tendremos que recordarle cada día los motivos por los que le odia —propone Kay encogiéndose de hombros.

—Podría no ser suficiente.

—Lo será —contesto con firmeza—. Lo será.

—Está bien, volvamos al tema. Qué pasa si él se enamora.

Lila se mece de delante a atrás balanceando las piernas.

—Pues ya pensaremos algo cuando llegue el momento. No sé qué otra cosa podemos hacer.

—De acuerdo. ¿Cuál es el último paso? —pregunto.

—Paso cuatro: tirártelo y mandarlo a paseo. —Megan lo escribe y lo subraya haciendo una floritura—. No creo que haga falta argumentar este punto.

—No —le doy la razón—. No es necesario.

Vuelvo la cabeza por encima del hombro y miro la colorida cartulina extendida en el suelo. Está dividida en cuatro fases y cada paso está perfectamente explicado. Suspiro preguntándome por qué narices las habré dejado convencerme para que haga esto.

Capítulo cuatro

Braden

Me seco la cara con la camiseta. Para la mayoría de los chicos de esta casa las altísimas temperaturas de este otoño no son las mejores condiciones climáticas para jugar al fútbol, me cuesta incluso a mí, pero he seguido hasta que he podido lanzar el maldito balón.

—Descanso —grita Tony Adams—. Por favor.

Niego con la cabeza.

—Eres un puto blandengue, Adams.

—Lo siento, pero soy de Maine y no estoy acostumbrado a estas temperaturas de desierto.

—No vivimos en el desierto, idiota.

Kyle le da una colleja y volvemos donde están sentadas todas las novias, y Maddie.

—Pues lo parece —ruge Adams.

Niego con la cabeza, cojo una botella de agua y me acerco a Megan y a las demás chicas seguido de Ryan.

—Señoritas. —Sonrío a Maddie y ella deja escapar una risita.

—Baja la guardia, Casanova. —Megan se ríe y tira de mí para que me siente—. Nadie está interesado.

—Excepto yo. —Le guiño el ojo a Maddie.

—Sí, Braden, ya sabemos lo mucho que te interesas a ti mismo —dice Lila poniendo los ojos en blanco.

—Ryan, controla a tu chica —bromeo.

—Ten cuidado, Carter —contesta Lila—. O mandaré tu culo derechito a Tombuctú.

Sonrío y miro a Maddie con el rabillo del ojo. Se está riendo en silencio. Está guapísima con ese vestido atado al cuello que deja al descubierto sus bien torneadas y larguísimas piernas.

—¿Qué tal, Maddie?

Me recuesto en el asiento.

—¿Qué hay, Braden? —contesta mirándome a través de sus rizadas y espesas pestañas.

—Mueve el culo —dice Kyle sentándose junto a mí—. Chicas… Maddie.

Hace un gesto con la cabeza en su dirección.

—Kyle.

Le mira esbozando una amplia sonrisa y a mí se me eriza un poco el vello de la nuca.

—¿Cómo estás, preciosa?

—Bien, ¿y tú?

—Mucho mejor ahora que te he visto, de eso no hay duda.

Le guiña el ojo y ella sonríe.

Yo entorno un poco los ojos y Megan me da un codazo.

—¿Estás celoso, Bray?

Resoplo.

—¿De Kyle? Sí, claro.

—Lo que tú digas —susurra incrédula—. Pero te estás poniendo verde.

—Si tú lo dices…

—En serio, Bray, si quieres hablar con ella, ve y hazlo. No te morderá.

—Eso podría gustarme.

—¡Eres un cerdo! —Niega con la cabeza—. Está clarísimo que te interesa, pídele que salga contigo.

—Yo no salgo con nadie, Meggy, ya lo sabes. Si decidiera llevarla a alguna parte no sabría ni adónde ir.

—¿Saldrías con ella? —Sonríe.

—Yo no he dicho ni que sí ni que no —contesto—. Pero podría valorarlo.

—Al Starbucks. Le encantan las magdalenas de arándanos que sirven. —Sonríe satisfecha y divertida—. Deja que llegue a conocerte. No a Braden el salido, sino al Braden de verdad, al auténtico.

—Quizá lo haga.

Vuelvo a mirar a Maddie y veo que nos está mirando a Megan y a mí con los ojos ligeramente entornados. Aparta la mirada y yo niego con la cabeza. Chicas. Nunca conseguiré entenderlas.

Una cita. ¿Por qué no pensé en esa mierda cuando acepté el plan de Aston y Ryan ayer por la noche? ¿Por qué no tuve en cuenta que las citas formarían parte del juego? Era evidente.

Aston nos llama para reanudar el partido y yo me levanto dándole mi botella de agua a Maddie al tiempo que le guiño el ojo. Ella esboza media sonrisa al cogerla y puedo notar cómo me mira cuando vuelvo al campo. Entonces Kyle se quita la camiseta: esto se ha convertido en una competición.

Todos sabemos que a Kyle le gusta Maddie y si quiero ganar el desafío que me lanzaron los chicos tendré que subir el nivel.

Miro por encima del hombro y veo que los ojos verdes de Maddie están clavados en Kyle. Mierda. Agarro la tela de mi camiseta y me la quito, me estiro y se la lanzo a Megan. Ella arruga la nariz y yo me río advirtiendo que los ojos de Maddie vuelven a posarse en mí.

Bien.

Kyle me mira con los ojos entornados y yo le dedico una sonrisa juguetona consciente de que sin camiseta y a mi lado parece un niño de diez años.

Ocupamos nuestras posiciones y reanudamos el juego. Kyle y yo parecemos enfrentarnos más de lo necesario y sé que está intentando hacerme quedar como un capullo. Por suerte eso ya lo sabe todo el mundo y por lo que al fútbol se refiere me da absolutamente igual.

Kyle coge el balón y yo lo derribo con un placaje. Cae boca abajo sobre la hierba y maldice.

—¿Qué narices haces, Braden?

—He resbalado. Lo siento.

Sonrío.

—¡Y una mierda has resbalado!

Se levanta y se acerca a mí.

—Bueno, está bien. —Ryan se pone entre nosotros y a mí se me tensan todos los músculos—. Bajad el nivel de testosterona, chicos. Solo es un partido de fútbol.

—Sí, Kyle, relájate —le provoco.

—Si estás intentando convencerla de que eres mejor que yo, te deseo buena suerte. Maddie no es tan estúpida como tu clientela habitual.

Doy un paso adelante y Ryan me pone la mano en el pecho.

—Tío, no. Ve a calmarte un poco.

Inspiro hondo y asiento.

—Está bien.

Le doy una patada al balón y vuelvo con las chicas.

—¿No puedes jugar un partido sin convertirlo en una competición de cabreo? —dice Megan riendo.

Le lanzo una mirada desaprobadora, cojo mi camiseta y recupero el agua que le di a Maddie.

—¿Va todo bien? —me pregunta con dulzura.

Le doy un trago al agua y la miro.

—Sí, todo genial, cielo.

—Bien.

Me sonríe y Kay suspira.

—Ya me aparto —dice fingiendo un tono molesto.

—Oh, Kay —digo sentándome en el sitio que ha dejado libre—. ¿Cómo lo has sabido?

—Tienes pinta de necesitar apoyar la espalda contra la pared.

Guiña el ojo y Megan se ríe.

—O contra Maddie —apunta Lila dejando escapar una risita.

Miro a Maddie y se le sonrojan un poco las mejillas.

—Apoyaría muchas más cosas contra Maddie, pero ninguna es apta para la exhibición pública.

Ella abre y cierra la boca una sola vez. Megan, Lila y Kay se deshacen en carcajadas y yo le doy un suave golpecito con el codo a Maddie.

—Lo siento. ¿Te he incomodado?

—No —se esfuerza por contestar—. En absoluto.

Me río y le rodeo los hombros con el brazo.

—A mí me parece que sí y te pido disculpas. No era mi intención.

—No pasa nada —contesta poniéndose un poco tensa.

—Sí que pasa —insisto.

—¡Se acabó el partido! —grita Megan y se levantan todas.

Me pongo en pie y le ofrezco la mano. Maddie posa la suya en la mía y tiro de ella sin dejar de sonreírle.

—Gracias.

Sonríe y recupera su mano para ir tras las chicas.

—Oye, Maddie —le digo.

Se detiene y se vuelve hacia mí poniéndose un mechón de pelo detrás de la oreja.

—¿Sí?

—Mañana tenemos Literatura Inglesa, ¿verdad?

—Sí.

—¿Tienes alguna clase antes?

—No, tengo una hora libre. Normalmente voy a estudiar a la biblioteca.

—¿Harías una excepción mañana? —le pregunto apoyándome contra la pared sin dejar de mirarla.

—¿Para qué?

Sonríe un poco.

—Podríamos tomarnos un café antes de clase. Dicen que te gustan las magdalenas de Starbucks. —Tiro de uno de sus mechones de pelo y la diversión se refleja en sus ojos.

—Braden Carter, ¿me estás pidiendo una cita? —Alza una ceja.

—Mmmm. —Miro a mi alrededor y veo a Megan de espaldas. Asiento una vez con sequedad—. Sí, eso hago.

—Pues dilo —me suelta.

—¿Que diga el qué?

—Quiero oírte decir que me estás pidiendo una cita. Esto debe ser histórico.

—¡Oye! —protesto—. Está bien. Maddie, ¿te gustaría salir conmigo mañana para ir a tomar un café antes de la clase de Literatura?

Ella esboza una enorme sonrisa.

—Me encantaría.

—Entonces, ¿nos vemos en la puerta de Starbucks una media hora antes de clase?

—Tenemos una cita —afirma y se da media vuelta en dirección a las chicas.

Yo suelto el aire y niego con la cabeza. Joder.

Capítulo cinco

Maddie

Doy un rodeo para pasar por mi habitación después de la primera clase de la mañana. Cierro la puerta con fuerza y me apoyo contra ella negando con la cabeza.

Estoy a punto de salir con Braden Carter, el conquistador del campus, y todo por culpa de un estúpido desafío. ¿Pero lo estúpido es el desafío o soy yo por haber aceptado?

Creo que votaré por ambas opciones.

Me paso un cepillo por el pelo y me retoco el maquillaje mirando de reojo la cartulina colgada en la pared. Paso uno: Apego. El objetivo de hoy es dejarlo con ganas de más, conseguir que vuelva mañana. Suspiro, salgo de la habitación y bajo las escalera en dirección al sol de California. Mi vaporosa falda se balancea cuando ando en dirección a la cafetería del campus y noto el alocado aleteo de un centenar de mariposas en el estómago. ¿Por qué tengo mariposas en el estómago? Yo odio a este tío. Ni siquiera es una cita de verdad.

Ese pensamiento no impide que mi corazón lata con más fuerza cuando le veo. Está apoyado contra la pared, lleva los auriculares puestos y su cabeza se mueve al ritmo de lo que sea que esté escuchando. Tiene las manos metidas en los bolsillos de unos vaqueros ajustados de color azul oscuro. Justo en ese instante, y como si pudiera sentir mi mirada, levanta la cabeza y sus ojos azul eléctrico se encuentran con los míos.

Me sonríe cuando me acerco y las mariposas que tenía en el estómago se convierten en una estampida de elefantes. Voy a vomitar.

—Hola, cielo —dice Braden, y alarga el brazo para abrirme la puerta.

—Hola —le contesto entrando en el local—. Gracias.

—De nada. —Me posa una mano en la espalda y me guía hasta el mostrador—. ¿Qué vas a tomar?

—Un *frapuccino* doble con pepitas de chocolate, por favor. —Sonrío al ver su expresión confundida.

—¿Pepitas de chocolate en el café? ¿Por qué?

—¿Y por qué no? —Me encojo de hombros—. Está buenísimo.

—Está bien. Lo probaré.

—¿Qué sueles tomar tú?

—Pues café normal. Ya sabes, lo que bebe la gente corriente.

Se ríe.

—¿Estás diciendo que no soy normal? —Alzo una ceja al tiempo que me acerco al mostrador.

—En absoluto. —Sonríe—. Hola, ¿me pones… mmm…? ¿Me lo repites?

Me mira avergonzado.

Yo suspiro, pongo los ojos en blanco y niego con la cabeza.

—¿Nos pones dos *frapuccinos* dobles con pepitas de chocolate, por favor?

—Y dos magdalenas de arándanos —añade Braden mirándome. Yo me ruborizo un poco y él deja resbalar la mano hasta posarla en mi cintura. La camarera no deja de mirarle mientras nos prepara el pedido. Tengo que esforzarme para no volver a poner los ojos en blanco. Cogemos los cafés y Braden paga.

—¿Siempre te pasan estas cosas? —le pregunto mientras nos sentamos.

—¿Qué cosas?

—Eso de que las chicas te miren.

—¿Quién me miraba?

—La camarera. ¿No te has dado cuenta?

Él encoge un hombro con despreocupación.

—No suelo prestarles mucha atención. Y si son lo bastante guapas como para llamar mi atención, entonces me fijo en ellas.

—Vaya, me siento muy halagada —le digo con sarcasmo.

—Oye. —Alza las cejas—. He salido contigo, así que no solo eres lo bastante guapa, Maddie. En realidad es muy probable que seas demasiado guapa.

Le doy un sorbo al café y pellizco la magdalena para meterme un pedacito en la boca.

—¿Y entonces por qué estás aquí si soy demasiado guapa?

—Porque nunca lo sabré si no lo intento, ¿no? —me dice—. Es lo mismo que este café. Jamás habría sabido lo bueno que está si no lo hubiera probado. Nunca sabré si soy lo bastante bueno para ti si no lo intento.

Vaya. Braden se muere por meterse en mis bragas. Y mucho.

—Un punto para ti.

Sonrío.

—Y Kyle te ha echado el ojo. No se me dan bien las competiciones.

—Ah, entonces lo de ayer iba de eso.

¿Se peleaban por mí?

Cavernícolas…

—Hay cierta probabilidad de que tengas razón, preciosa.

—Yo diría que hay muchas probabilidades. —Suspiro—. ¿De verdad os estabais peleando por mí?

¿Por mí? Vaya.

Niego con la cabeza.

—No te sorprendas tanto, Maddie. No somos los únicos tíos de esa casa que están interesados en ti —admite.

—Y pensaste que querías ser el primero —comento con ironía.

—Sí. Quiero decir, no. Quiero decir. Mierda. —Ruge—. No pretendía que sonara así.

Alzo las cejas y miro el reloj.

—Sí. Quería ser el primero, pero solo porque me pondría muy celoso si te viera con alguno de esos tíos.

—Claro —le digo—. Tenemos que ir a clase. Empieza dentro de cinco minutos.

Braden suspira y los dos nos ponemos en pie. Cojo el vaso de café con ambas manos y salgo del local. Volvemos en silencio hacia el edificio principal del campus y casi deseo que no tuviéramos una clase juntos. Por mucho que odie a Braden, esto de no hablar es muy incómodo.

—Maddie —dice tirando de mí antes de que entre en clase—. No pretendía que saliera así. Lo siento.

Miro en dirección a la puerta abierta de la clase.

—No es para tanto, Braden. Tú nunca sales con chicas, ¿no? Ahora ya sabes por qué.

Alarga el brazo y me pone un mechón suelto detrás de la oreja.

—Pues a mí sí que me importa. Déjame volver a intentarlo, por favor.

Entorno los ojos y le miro.

—¿Me estás pidiendo otra cita?

—Sí —dice con suavidad—. Te estoy pidiendo otra cita.

—Lo pensaré y te llamaré.

—No tienes mi número.

Me dedica una pequeña sonrisa.

Camino en dirección a clase y me vuelvo para mirarle cuando llego a la puerta. Sigue apoyado sobre un costado observándome con la misma sonrisa en los labios.

—Entonces supongo que tendrás que esperar, ¿no? —sonrío y Megan dobla la esquina. Su mirada se alterna entre los dos.

—¿Cuánto tiempo? —pregunta Braden.

—El tiempo que me apetezca hacerte esperar. —Mi sonrisita se convierte en una enorme sonrisa—. Venga, vas a llegar tarde a clase.

Cruzo la puerta con Megan y nos sentamos en nuestros sitios.

—¿Segunda cita? —me susurra al oído.

—Sí —contesto—. Pero él aún no lo sabe.

Capítulo seis

Braden

$\mathcal{M}$e paso toda la clase mirándola. ¿Hacerme esperar? Yo no espero a nadie, pero aquí estoy.

Esperando.

Niego con la cabeza tratando de ignorar mis pensamientos e intento concentrarme en la lección, pero es imposible. La chica a la que debería estar enamorando es quien lleva la batuta. Supongo que esto es lo que pasa cuando metes la pata en la primera cita, ¿verdad?

Qué asco. Esto es un desastre y solo es el segundo día. ¿Y dónde narices se supone que debo llevarla para una segunda cita?

La clase termina y yo sigo a Maddie y a Megan hasta el pasillo. Tiro del pelo de Megan cuando paso por su lado y dejo resbalar los dedos por el brazo de Maddie. Ella levanta la mirada y me sonríe. Le guiño un ojo y me voy en dirección opuesta camino de la casa de la fraternidad.

Cuando llego Ryan está sentado en el sofá y tiene los pies apoyados en la mesa.

—¿Cómo ha ido?

—Pues como era de esperar, he metido la pata. —Me dejo caer junto a él—. Yo no tengo ni idea de cómo va esto de las citas, tío. No puedo creer que me estéis obligando a hacer esto.

—Yo no te estoy obligando a hacer nada —contesta—. Tú accediste a hacerlo.

—Ya, bueno, pues suponiendo que acepte, tengo que encontrar un sitio al que llevarla en nuestra segunda cita.

Ryan se ríe.

—¿Qué te parece tan divertido?

—¡Braden Carter pidiendo consejo sobre citas! —Se ríe—. Jamás pensé que llegaría a ver este día.

—Y yo nunca pensé que llegaría el día en que tendría una maldita cita —me quejo.

—Proponle quedar este viernes.

—¿El viernes? Para eso quedan cuatro días y es noche de fiesta.

—¿Qué mejor forma de demostrarle que vas en serio que pasando de tu propia fiesta? —Ryan alza las cejas.

—¿Y adónde llevo a la princesa para nuestra cita?

—¿A la playa? A dar un paseo bajo las estrellas —sugiere Ryan poniendo voz de chica y suspirando.

—Buena idea —murmuro—. ¿Y hasta entonces?

—Aparece cuando menos se lo espere. Pasa tiempo con ella. —Se encoge de hombros—. Esas tonterías funcionaron con Lila.

—Claro. Me dijo que cuando tenía tiempo libre entre clases se iba a la biblioteca. ¿Qué tal?

—Pídele a Megan que te diga qué horas tiene libres, siempre que no desconfíe.

—Tío, ella fue quien me dijo adónde podía llevar a Maddie la primera vez que salimos. Estoy seguro de que Megan tiene sus propios planes.

Me mira con complicidad.

—Entonces asegúrate de que tú te ciñes al nuestro y no caes en el suyo.

—Yo no me enamoro, Ry. —Resoplo al pensar en ello—. Y menos de princesitas como Maddie.

—Y, sin embargo, estás dispuesto a fingir para tirártela.

—Los fines desesperados precisan medidas desesperadas, amigo. Yo siempre consigo lo que quiero, y quiero acostarme con Maddie.

—En ese caso, espero que sepas lo que estás haciendo. Todos sabemos cómo es Megan cuando se le mete una idea en la cabeza.

—Las ideas de Megan se pueden quedar a vivir en su cabeza. Nunca les presté atención cuando era niño y no voy a empezar a hacerlo ahora. Además, este asunto con Maddie ni siquiera es real. Solo es un juego, tío.

—¿Un juego de amor? —Ryan se ríe.

—Algo parecido. Pero aquí el que se enamora pierde.

—Y Braden nunca pierde, ¿no? —Ryan sonríe con ironía.

—Exacto.

Capítulo siete

Maddie

*L*lamo a la puerta de Lila y Megan antes de abrir. Están las dos tumbadas en sus camas haciendo los deberes y yo me dejo caer en el suelo entre las dos mientras la puerta se cierra de golpe.

—¿Dónde está Kay? —pregunta Lila mirándome.

—Está… tiene visita.

—Oh.

Se queda algo desconcertada.

—Sí. Oh.

—¿Y quién es esta vez? —Megan se da media vuelta.

—Una tal Darla. —Me encojo de hombros—. No tengo ni idea, y si tengo que ser sincera preferiría no saberlo. Tampoco es que vaya a volver a verla.

Ella asiente.

—Mmmm. ¿Has tenido noticias de Bray?

—¿Por qué iba a tenerlas? No tiene mi número de teléfono.

—¿Por qué no? —Lila sonríe.

—Porque le estoy haciendo esperar.

—Porque metió la pata en la primera cita, le pidió una segunda y ella aún no le ha contestado —le aclara Megan.

—¿No le has contestado? —exclama Lila—. Muy buena, Mads. Así seguro que sigue enganchado.

—No es por eso. —Me quito una pelusa de los tejanos—. Es que cuando veo cómo trata a las chicas me dan ganas de vomitar. Yo no pienso ser como esas tontas; no voy a caer rendida a sus pies solo porque el infame Braden se digne decir mi nombre. Si tengo que ganar a este tío en su propio juego y conseguir que se enamore de mí, no voy a dejar que me pierda el respeto mientras lo hago.

Megan sonríe.

—Y ese es el motivo por el que eres la chica perfecta para esta misión, cariño.

Lila asiente.

—Exacto. Y precisamente por eso sé que va a salir bien. Sabes muy bien lo que haces.

Claro, soy una experta en capullos obstinados y arrogantes.

—Lo que vosotras digáis. Yo solo quiero acabar de una vez con esto. La idea de fingir que me he enamorado de él me da náuseas.

El móvil de Megan emite un pitido y lo coge. Sonríe a lo que ve en la pantalla y responde con rapidez.

—¿Algo interesante? —le pregunta Lila.

—No —contesta volviéndose a tumbar boca arriba—. Bueno, en qué fase estamos de nuestra OSAS.

—Hacerle esperar con la segunda cita. Hacerle sudar. —Me recuesto contra su cama y ella coge una libreta.

—¿Y cuándo le vas a dar una respuesta?

—Mmmm. —Aún no he pensado en eso—. Supongo que el miércoles.

Ellas asienten al unísono.

—El miércoles está bien. Así le darás el tiempo suficiente para planear algo para este fin de semana.

—¿Pero no se supone que la semana que viene ya deberíamos estar saliendo en exclusiva? —Las miro confundida.

—Y lo haréis. —Megan cierra la libreta—. Tenéis dos clases juntos, ¿verdad? Así que os veréis en clase y una de vuestras horas libres coincide.

—¿Y?

A Lila se le escapa un suspiro.

—¿Es que nunca has salido con nadie?

—Una vez —admito.

—¿Una vez? —Se incorpora—. ¿Solo una vez?

—Sí.

—¿Por qué?

Porque todos los tíos de Brooklyn eran unos capullos.

—Porque sí.

—Un momento. —Megan se incorpora y me mira—. Maddie, cariño. ¿Eres virgen? Porque si lo eres no vamos a obligarte a hacer esto.

Y ahí está. Mi escapatoria. Pero por algún motivo no la aprovecho.

—No —le contesto sonriendo—. No soy virgen.

—Uff. —Se deja caer de espaldas sobre la cama—. Nunca se me ocurriría pedirte que perdieras así la virginidad.

—¿Y entonces qué hacemos? —pregunta Lila—. ¿Mads y Braden van a pasar tiempo juntos sin necesidad de una cita oficial?

—Sí —contesta Megan—. A partir de mañana. Le cambiaré el sitio en la clase de Literatura Inglesa. Se sienta con Aston, y estoy segura de que no me costará mucho convencer a Aston de que me apetece sentarme con él. —Arruga la nariz.

—¿No te apetece? —le pregunto—. Está bastante bueno.

—Admito que su pelo corto me parece bastante atractivo, pero también es un poco presumido para ser heterosexual. Tarda un montón en arreglarse.

Lila gruñe.

—¿Es que no conoces a mi novio? Ryan es igual.

Siguen hablando de Aston y Ryan y yo desconecto y me muerdo las uñas. Primeras citas, pasar tiempo con él, sentarnos juntos... Esto es una locura.

Ya sabía que esto acabaría pasando, pero es demasiado pronto. ¿Cómo se supone que voy a pasar el rato con un chico al que no soporto?

Me enrosco un mechón de pelo en el dedo y tarareo en voz baja mientras entro en la biblioteca. Miro el reloj y veo que son las 10:55. Llego cinco minutos antes de la hora a la que he quedado con Megan, aunque tampoco es que eso signifique nada porque siempre llega tarde.

Me siento en nuestra mesa habitual del fondo y cuando dejo la cartera en la mesa se me cae un auricular. Me lo vuelvo a poner suspirando y saco el libro de Literatura para estudiar la lección que llevo tiempo posponiendo. Si hay algo que odie en este mundo es a Shakespeare. No consigo entenderlo, hay demasiada tragedia en su obra. Yo prefiero los finales felices de Disney.

Supongo que cuando ya has vivido tantas tragedias en tu vida, lo único que deseas es un final feliz.

Abro el libro de ejercicios por la página correspondiente y hago girar el bolígrafo entre mis dedos. Las letras se desenfocan ante mis ojos y paso los dedos sobre la página tratando de recuperar la nitidez.

No puedo concentrarme y sé muy bien por qué. Es este desafío. Me está empezando a pasar factura. Él me está empezando a pasar factura.

Maldito Braden Carter, malditas amigas y maldito sea quien fuera que inventara el campo de minas del amor. Me encantaría dispararle a Cupido una de sus propias flechas en el culo.

—Ese libro debe de ser muy interesante —me dice una sedosa voz muy suave por encima del hombro—. Llevas cinco minutos mirándolo fijamente.

—Braden. —Lo reconozco sin necesidad de levantar la mirada para ver si es él. El vello que se me ha erizado en la nuca es señal más que suficiente.

—¿Quieres compañía, cielo?

Se sienta en la silla que hay junto a la mía.

Lo miro.

—Por lo visto te vas a quedar de todos modos.

Sus ojos azules brillan divertidos.

—¿Eso es un sí?

—Eso es un «he quedado con Megan pero haz lo que quieras».

—En realidad no has quedado con ella. —Me acaricia el pie con el suyo. Yo frunzo el ceño—. Ha dicho que tenía que ir no sé dónde y me pidió que viniera a decírtelo. Y como tengo una hora libre he pensado que podría quedarme aquí contigo. Si no te importa.

¿¡Será bruja?!

—En ese caso supongo que no me importa. Pero te aviso de que no suelo hablar mucho cuando estoy estudiando.

—Yo tampoco.

Me sonríe y yo suspiro por dentro. Por lo visto últimamente suspiro mucho.

Selecciono la reproducción aleatoria del iPod y me pongo el otro auricular. Vuelvo a concentrarme en *Mucho ruido y pocas nueces* de Shakespeare tratando de entender algo entre tanto inglés antiguo. Pero no me va muy bien.

Cuando ya llevo mucho tiempo peleándome con los *thrices*, *m'ladys* y *hasts* que proliferan en el texto, noto que Braden apoya el brazo en el respaldo de mi silla. Me coge un mechón y lo desliza entre sus dedos. Yo le ignoro. O lo intento.

Está sentado a mi lado con pose despreocupada. Muerde el bolígrafo y va pasando las páginas de un libro que parece de química. También parece ajeno al hecho de que lo esté mirando.

¿Lo estoy mirando? Mierda. Vuelvo a concentrarme en el libro mientras él sigue jugueteando con mi pelo y analizo una vez más la escena que nos ha puesto el profesor Jessop.

Entonces se me cae uno de los auriculares.

—¿Estás lista? —pregunta Braden.

—¿Para qué? —le digo frunciendo el ceño.

—Para ir a clase. —Sonríe—. Como te concentras, ¿no?

—A veces —le contesto metiéndolo todo en la cartera. Me levanto y él me coge la bolsa—. Puedo llevarla solita, ¿sabes?

—Claro que lo sé.

Empieza a caminar y yo le sigo negando con la cabeza. Me abre la puerta de la biblioteca y cuando salgo le extiendo la mano.

—Mi cartera, por favor.

—¿Por qué no dejas que te la lleve yo?

Alzo una ceja.

—Braden, creo que nunca te he visto llevarle la cartera a ninguna chica.

Se encoge de hombros y me pone la mano en la espalda acompañándome hacia nuestra clase de Literatura Inglesa.

—Tú no eres una chica cualquiera.

Frunzo los labios y abro los ojos como platos cuando veo que Megan está sentada en el sitio que normalmente ocupa Braden al lado de Aston. La fulmino con la mirada y ella me sonríe con dulzura.

—Me parece que tendré que sentarme contigo. —Braden sonríe.

—Eso parece. —Me siento y él me da mis cosas—. Gracias. No era necesario, pero gracias.

—De nada. —Se vuelve hacia mí y sus brillantes ojos azules me miran por debajo de su despeinada mata de pelo rubio—. ¿Has decidido ya si aceptarás tener una segunda cita conmigo?

Yo miro al frente de la clase cuando entra el señor Jessop.

—Aún lo estoy pensando.

Braden se inclina hacia mí y acerca su boca a escasos milímetros de mi oreja.

—Aceptarás, Maddie.

—¿Ah, sí?

—Sí —susurra—. Aceptarás una segunda cita, una tercera y muchas más.

—Se te ve muy seguro para ser alguien que metió la pata en la primera cita.

—Y por eso seguirás saliendo conmigo. Me darás la oportunidad de redimirme.

Tiene razón. Seguiremos saliendo.

Pero no por el motivo que él cree.

Capítulo ocho

Braden

*E*stoy seguro de que salir con alguien no tiene por qué ser tan complicado. Bastaría con un simple sí o no. Tanto esperar me está volviendo loco. ¿Y por qué la estoy esperando en la puerta de su residencia?

Pues porque es miércoles. Han pasado dos días desde nuestra primera cita y faltan dos días para la que será nuestra segunda cita. Para la cual me perderé mi propia fiesta por ella.

La puerta se abre y Kay aparece delante de mí.

—¿Se puede saber por qué merodeas por la puerta de mi residencia, Carter? —Se lleva una mano a la cadera y me mira de arriba abajo.

—¿Maddie está por aquí?

—Podrías llamar para preguntarlo, ¿sabes? Esto de rondar por delante de la residencia de las chicas no te da buena imagen.

Aprieto los dientes.

—Limítate a contestar la maldita pregunta, Kay.

—Sí. —Pone los ojos en blanco—. Tiene clase dentro de media hora.

—¿Podrías pedirle que bajara por ejemplo ahora?

Suspira y saca el móvil. Presiona un botón y se lleva el aparato a la oreja.

—Tienes un acechador aquí abajo.

Cuelga y pasa de largo.

—¡Gracias, Kay! —le grito mientras se va y ella me hace una peineta. Bruja.

Me paso los dedos por el pelo y Maddie aparece en la

puerta. Dos chicas pasan por su lado y entran riendo en el edificio; ella niega con la cabeza.

—¿Esto de merodear no está un poco por debajo de tu nivel, Braden?

Me sonríe y sus brillantes labios rosas se curvan hacia arriba. Sus ojos verdes se ven más grandes gracias a la suave línea marrón que los rodea y como lleva la melena castaña echada a un lado, se le ve muy bien ese larguísimo cuello ligeramente bronceado que tiene.

—Eso dímelo tú, Maddie —le contesto. Se apoya contra la pared y yo hago lo mismo—. ¿Vas a salir conmigo o tengo que seguir persiguiéndote?

Juguetea con uno de sus mechones de pelo y desliza los dedos de arriba abajo. No puedo evitar imaginarme otros lugares por los que podría pasear los dedos de esa forma.

«Ahora no es el momento, Braden. Tienes que conseguir que se enamore de ti, no follártela en medio de la acera».

—Es posible —contesta devolviéndome a la conversación. Pero ahora mi cerebro está concentrado en cómo se mueven sus labios.

—¿Es posible que aceptes o es posible que tenga que seguir persiguiéndote? Tengo que decir, cielo, que estaré encantado de aceptar ambas posibilidades. —Deslizo la mirada por su cuerpo empezando por el ajustado top, siguiendo por los *shorts* cortados y de vuelta hacia arriba—. Esto de espiarte podría tener sus ventajas.

Jadea y me pega en el brazo. Ay. Eso duele.

—Eres un cerdo.

—Eso dicen. —Suspiro—. Por lo menos soy un cerdo sincero.

—Eso es cierto. —Se ríe—. Supongo que depende de lo que tengas en mente para la segunda cita.

—Supongo que tendrás que esperar para saberlo.

—¿Porque no tienes ni idea?

Mierda. Es demasiado lista.

—Solo tengo que concretar algunos detalles.

—Qué pretencioso.

—Prefiero pensar que solo soy un chico esperanzado —le respondo riendo—. ¿Qué me dices, Maddie? Por favor.

Se muerde la uña del pulgar y yo me meto las manos en los bolsillos.

—Está bien. —Acepta—. Volveremos a salir.

—¿De verdad?

—Sí, Braden. —Cierra un segundo los ojos y se vuelve en dirección a la puerta. Marca el código y la abre mirándome por encima del hombro y a través de sus pestañas—. Si vuelves a meter la pata no habrá más oportunidades. A mí no me van los juegos.

Cruza el umbral y la puerta se cierra. Yo me doy media vuelta y me marcho caminando por la acera.

A Maddie no le gustan los juegos pero en realidad ni siquiera se da cuenta de que ya está jugando.

No tengo ni idea de qué podemos hacer cuando salgamos. Sinceramente, intentar sacar una idea de mi cerebro anti-citas es como pretender sacar agua de una piedra. Es completamente imposible. Estoy pensando en el paseo por la playa que me sugirió Ryan, pero no puedo proponerle que hagamos solo eso, ¿no?

A la mierda. Cuando las cosas se complican pregúntale a Google. Google lo sabe todo.

Saco mi portátil de debajo de la cama y lo enciendo mientras agito la pierna. Las molestias por las que estoy pasando para conseguir un poco de sexo deberían ser ilegales en todos los estados. ¿De verdad habrá gente que hará estas cosas?

Esto es de locos. Me estoy volviendo loco.

Hago doble clic en el navegador y se abre la página de Google. Tecleo: «¿Dónde llevar a una chica para la segunda cita?». Presiono *Enter* y me suena el teléfono. Lo sujeto entre la oreja y el hombro mientras voy bajando por la pantalla de resultados de la búsqueda.

—¿Sí?

—¿Ya has hablado con ella? —pregunta Meggy.

—Sí. La he esperado en la puerta de la residencia.

—¿Perdona? ¿Que has hecho qué? —Se ríe—. ¿De verdad la esperaste en la calle?

—Quería una respuesta. Ya sabes que soy muy impaciente.

Hago clic sobre un enlace que tiene buena pinta.

—Bueno. ¿Y qué te ha dicho?

—Me ha dicho que sí. ¿Qué pasa? ¿Es que pensabas que me diría que no?

—No las tenía todas.

Sé que se está riendo y me encantaría borrarle la sonrisa de esa carita impertinente.

—Siempre tuvo la intención de aceptar, Meggy. Y tú lo sabes.

—Lo que tú digas. ¿Y qué estás haciendo? ¿Tienes algo planeado para la gran cita?

—Estoy trabajando en ello —le contesto con vaguedad.

—Eso es un no. —Suspira—. ¿Tienes alguna idea de lo que vas a hacer?

—Si te callas un par de minutos tendré diez.

—¿Estás haciendo lo que creo que estás haciendo?

—Depende de lo que creas que estoy haciendo.

—Braden William Carter, ¿lo estás buscando en Google?

Mierda.

—Pues….

Ella suspira con fuerza por el auricular.

—A ver. Dime lo que pone.

—De acuerdo. —Bajo por la pantalla—. Salir a cenar fuera, cenar en casa, una película, la ópera… ¿la puta ópera? Ni de coña. Bueno, sigamos, mmm, un picnic, ir a patinar, tomar un café —eso ya lo probé y no salió bien—, ir a la bolera. ¿La bolera? Eso podría estar bien.

—Podríais comer algo allí —sugiere Meggy—. Os divertiréis.

—¿Pero a Maddie le gustará?

—¿De verdad me estás preguntando si le gustará? ¿Acaso el señor insaciable se está ablandando?

—Vete a la mierda. —Me río—. Yo nunca salgo con nadie, ya lo sabes. Ayúdame un poco.

—¿Estás saliendo con ella para poder tirártela, Bray? —Me hace la pregunta tan deprisa que me coge por sorpresa.

«Sí».

—No. ¿Por qué lo preguntas?

—Puede que me cueste creer que te gusta de verdad y quieres algo más que sexo.

«Porque estás en lo cierto».

—Me gusta, Meggy. Es guapa, lista y divertida…

—Y tú suenas como un robot.

—Me estoy esforzando.

—Tú siempre te esfuerzas, Bray. ¿Entonces qué? ¿Qué vas a hacer?

Suspiro.

—Ir a la bolera y dar un paseo por la playa. Luego, si ella quiere, podemos volver aquí para la fiesta.

—Suena bien. Hasta luego.

Me cuelga cuando aún tengo el teléfono pegado a la oreja. A veces pienso que sería capaz de matarla si no fuera como mi hermana pequeña.

Marco el número de la bolera y pregunto si tienen alguna pista libre para dos el viernes por la noche. La chica que me atiende al otro lado de la línea deja escapar una risilla cuando le digo mi nombre y yo suspiro. A veces —y jamás admitiré esto ante nadie—, los halagos de las chicas me cansan un poco. Reservo la pista y cuelgo lo más rápido que puedo.

Suelto el móvil, cierro el portátil y apoyo la cabeza en la pared. Segunda cita programada.

Capítulo nueve

Maddie

$\mathcal{M}$e quedo mirando el móvil con incredulidad. Hace seis semanas que me marché de Brooklyn y, de repente, mi hermano Pearce se acuerda de mí. Este mensaje es la primera muestra de comunicación desde que vine a Berkeley. Bueno, por lo menos es la primera vez que me dice algo. Yo le mandé un mensaje cuando llegué para que supiera que había llegado bien y eso fue todo. Hasta hoy.

Vuelvo a mirar el teléfono. No sé por qué esperaba que actuara de forma diferente esta vez. Ya sabía que solo se pondría en contacto conmigo cuando necesitara algo. Y como siempre, lo que necesita es dinero. No quiero saber para qué lo quiere, pero teniendo en cuenta que me ha pedido ochocientos dólares, yo diría que lo quiere para pagar el alquiler. Y todo porque su arrogante y egoísta culo es incapaz de conservar un trabajo el tiempo suficiente para mantener al suicida de nuestro padre.

Me paso la mano por la frente intentando bloquear los recuerdos y le digo a Pearce que llamaré al banco para transferir el dinero directamente a la cuenta de papá. Aunque eso da igual. Pearce lo utilizará para lo que le dé la gana y dejará las necesidades de papá en un segundo plano.

Me asalta una oleada de culpabilidad por haber dejado solo a mi padre, pero me recuerdo que esto es lo que él quería y lo que ella habría querido para mí. Pearce siempre ha estado demasiado abstraído como para hacer algo provechoso con su vida. Yo soy la que tiene cerebro, y por eso ella ahorró todo ese dinero con la intención de que pudiera pagarme la universidad cuando cumpliera los dieciocho años.

Un día me dijo que era mi fondo de inversión universitario. Me explicó que empezó a ahorrar el mismo día que supo que estaba embarazada de mí porque quería que tuviera una buena vida. También ahorró para Pearce, pero él utilizó el dinero para comprarse un coche y Dios sabe qué más. Si pudiera verle ahora, se avergonzaría de él. También se enfadaría mucho.

Cierro los ojos con fuerza para borrar esos pensamientos de mi cabeza. Ya han pasado tres años y la herida sigue demasiado fresca, demasiado abierta. El dolor sigue brotando como la sangre que emana cuando uno se corta con un papel, pero es soportable. Es parte de mi vida. Otra parte que debí dejar atrás cuando me marché de Brooklyn. Pero como ocurre con toda buena tragedia, me ha seguido hasta aquí.

Decido saltarme la sesión de biblioteca en mi hora libre y me pongo a trabajar metida en la segura burbuja de mi habitación. Además, ir a la biblioteca significa que me encontraré con Braden.

El equivalente californiano de mi hermano.

Mis pensamientos escoran a nuestra cita de mañana por la noche. Debe de tener muchas ganas de acostarse conmigo si sigue esperando. Normalmente esperaría media hora. Si en ese tiempo consigue despertar tu interés bien, y si no pasaría a la siguiente. Sí, no se puede negar: al chico le gusta picotear de flor en flor. En cierto modo, hay una parte de mí que casi le respeta por perseguir lo que desea.

Una parte del tamaño de mi dedo pequeño del pie. El resto de mí sigue pensando que es un cerdo.

Me pregunto qué pensaría mamá si supiera que he aceptado este desafío. Como mujer fuerte e independiente probablemente se sentiría un poco orgullosa de que vaya a ponerlo en su sitio. Como madre me advertiría que tuviera cuidado de no perder mi corazón durante el proceso. Resoplo al pensarlo. ¿Perder mi corazón por Braden Carter?

Imposible.

—Informal —grita Kay desde el baño.

—No, informal pero elegante —contrarresta Lila negando con la cabeza.

—Lila, van a la bolera. —Megan resopla—. Necesita vestir informal y estar cómoda. Yo me decantaría por un vestido informal o algún top chulo con esos pantalones ajustados que tienes.

—¿Esos que le dan dimensión propia a mi culo? —Alzo una ceja.

—Sí. Tenemos que enseñarle lo que hay en el menú.

Se acerca a mis cajones.

—¿Por qué no me exhibes en un escaparate? —Pongo los ojos en blanco—. Además, creía que el objetivo era que se enamorara de mí, no convertirlo en una erección con patas.

—Para llegar al corazón de Braden hay que pasar por su entrepierna.

Coge los vaqueros, cierra el cajón con un golpe de cadera y me los da. Kay se deshace en carcajadas y vuelve a la habitación.

—¿Pero Braden tiene corazón? —Se ríe—. Muy divertido, Megs.

—Oye. —Megan se vuelve y la señala con el dedo—. Sí que lo tiene. Lo que pasa es que está envuelto en látex y suele estar entre las piernas de alguna chica.

—Muy bonito —murmuro cogiendo los vaqueros. Lila me da una palmadita en el brazo con complicidad.

—No será para tanto, Maddie —me tranquiliza—. Además, si le dices que después quieres volver a la fiesta nos encontraremos allí y te podrás escapar un rato.

—Pero van a ser como dos horas. —Observo cómo Megan rebusca por mi armario—. Dos horas a solas con Braden. Va a ser una tortura. Vosotras no lo entendéis.

—No puedes odiarlo tanto, Mads. —Megan se da la vuelta—. ¿No?

Suspiro mirando la alfombra.

—Ni te lo imaginas. No bromeaba cuando dije que ese chico encarnaba todo lo que odio.

—Pues no lo hagas. —Kay me atraviesa con su mirada—. Déjalo. Ríndete.

Encoge un hombro.

—¿Qué? —le pregunto frunciendo el ceño.

—Si tan mal lo vas a pasar, no lo hagas. Nosotras no te lo

tendremos en cuenta, pero tú te quedarás pensando si habría funcionado.

—No intentes manipularme con esas técnicas absurdas de psicología inversa, Kay. —Inspiro hondo, me levanto y me acerco al armario. Saco un largo top blanco con un motivo floral y cojo mis sandalias de gladiador—. Todas sabéis que no voy a abandonar. Solo tendré que sufrir para vuestra diversión.

Me doy media vuelta y me meto en el baño para cambiarme. Dejarlo. Puede que me moleste tener que hacer esto, pero no pienso abandonar. Dije que lo haría y lo haré.

Me cambio deprisa y me cepillo el pelo para hacerme una cola. Me pongo un poco de rímel en las pestañas, un brochazo de colorete en los pómulos, un poco de brillo en los labios y me doy por satisfecha.

Kay silba cuando vuelvo a la habitación.

—¡Qué *sexy*!

Me guiña el ojo y yo le sonrío.

—¿Estoy bien? —Giro sobre mi misma y hago una reverencia.

—Perfecta —afirma Megan—. Braden será incapaz de resistirse.

Me pongo delante del espejo y juego con algunos mechones de mi cola. Eso es lo que me preocupa.

Se escucha un pitido en la calle y Lila chilla mientras va corriendo hasta la ventana.

—¡Ya está aquí!

—Genial —murmuro cogiendo el bolso—. Divertíos sin mí e intentad no pensar demasiado en lo que pueda estar haciendo, ¿de acuerdo?

—Te irá muy bien, pequeña. —Kay me sonríe—. Menea ese culito, sacude la melena y deja caer esas pestañas unas cuantas veces. Si lo haces, lo tendrás en el bote.

—Claro. —Suspiro y me despido con la mano por encima del hombro mientras cierro la puerta. Luego corro escaleras abajo para no prolongar más esta «cita».

Lo veo a través de la ventana de la puerta principal. Tiene las manos en los bolsillos de otro par de vaqueros oscuros desgastados y su musculoso pecho está oculto bajo una camiseta oscura. Abro la puerta y cuando me sonríe sus ojos azules brillan por debajo de su pelo rubio.

Ya entiendo por qué las chicas caen rendidas a sus pies. Esa sonrisa desarmaría a cualquiera.

—Maddie. —Dice mi nombre con suavidad—. Estás muy guapa.

Por lo visto esta noche está en plan adulador.

—Gracias. Tú tampoco estás mal.

—¿Eso significa que no te importa que te vean en público conmigo?

Alza las cejas y yo sonrío bajo el sol de la tarde.

—Es posible. Aunque será mejor que sepas desde ahora que si vemos a alguien conocido, me esconderé.

Le sigo hasta su coche, un Jetta negro, por supuesto. Aunque apostaría a que no es él quien paga las letras.

Me abre la puerta y yo me subo y me acomodo en uno de los asientos de piel. Qué clase.

—Bonito coche —le felicito cuando se sienta a mi lado.

—Gracias. —Sonríe—. Regalo de graduación. Me esforcé mucho para conseguirlo.

Da una palmada sobre el salpicadero y lo pone en marcha para alejarse con suavidad de mi residencia.

—Estoy segura de que sí —murmuro mirando por la ventanilla.

—¿Qué? —Me lanza una rápida mirada.

—Nada.

Ojalá me hubiera retirado antes. En tres días he tenido dos oportunidades de levantar las manos y decir «a la mierda» y no lo he hecho. ¿Por qué? Pues porque es muy probable que esté completamente loca. Y si no es eso, será que solo soy idiota.

Volver a tener noticias de Pearce ha reafirmado la imagen que tengo de Braden. Cuando lo miro veo todas las cosas que mi hermano le hizo a mi mejor amiga. Inspiro hondo y suelto el aire despacio. Hoy no quiero pensar en eso. No quiero pensar que vi cómo la destruía y de paso también se llevaba nuestra amistad por delante.

—Pareces distraída, cielo.

Braden se vuelve hacia mí girando sobre el asiento del coche y entonces me doy cuenta de que ya estamos en el aparcamiento de la bolera. Me vuelvo hacia él.

—Solo estaba pensando en mi familia, eso es todo —contesto desabrochándome el cinturón de seguridad. Oigo cómo abre y cierra su puerta, y luego abre la mía. Se está haciendo el caballero—. Gracias —le digo, y acepto la mano que me ofrece.

—Lo siento —me dice cerrando el coche y posándome una mano en la espalda—. Olvidaba que eres de Brooklyn. Debe ser duro estar lejos de la familia.

De lo que queda de ella.

—A veces. Otras veces agradezco la libertad que tengo ahora.

—Ya me imagino. —Me sonríe—. ¿Hablas mucho con ellos?

—¿Esto es un interrogatorio? —le pregunto divertida.

—¿Te molestaría que te dijera que sí?

—En absoluto —digo dejando escapar una pequeña carcajada—. Según tengo entendido, cualquier chica puede sentirse afortunada de que Braden Carter se moleste en preguntarle su nombre.

Me sonríe y me guía hacia el mostrador.

—En ese caso deberías considerarte muy afortunada.

Mira a la chica que hay tras el mostrador. Ella le recibe con una radiante sonrisa, enroscándose un mechón de pelo en el dedo y sacando pecho.

Es evidente que sale conmigo. ¿Acaso estas chicas no tienen principios?

No es que me importe. Pero es repugnante.

—Tengo una pista reservada a las seis y media. A nombre de Carter —dice ignorando sus evidentes intentos de llamar su atención. Vaya, lo hace muy bien.

—Claro, lo tenemos apuntado aquí mismo. De hecho creo que fui yo quien atendió tu llamada.

La tetuda sonríe un poco más y tacha su nombre de la lista haciendo una floritura. Qué asco. Habrá estado practicando delante del espejo para parecer una Barbie. Ya casi ha conseguido convertirse en una de tamaño real.

—Seguro que sí.

Braden le sonríe con educación pero contenido. No parece forzado. Vaya, espera un momento. ¿Es posible que al señor conquistador no le guste recibir tanta atención? Estoy segura de que no. Otra mirada. Sí. Definitivamente no está impresionado. Me guardo esta información para cuando mañana analicemos la cita con las chicas. Interesante.

—¿Maddie? —Me da un golpecito en el costado—. ¿Qué número calzas?

—Oh, un siete, por favor. —Le sonrío con dulzura a la tetona. Ella me lanza una mirada gélida y coge un par de zapatos. Cuando me los acerca miro el número—. Son un nueve —le digo—. He dicho un siete.

Los coge y me da otro par. De sietes.

—Gracias.

Esbozo otra dulce sonrisa y sigo a Braden hasta los asientos que hay enfrente para cambiarnos los zapatos.

—¿Estás bien? —susurra cuando nos sentamos.

—Me ha dado un número equivocado. —Me pongo los calcetines que llevo en el bolso—. Además, creo que está celosa.

—¿Otra vez con eso? —Me guiña el ojo y yo pongo los ojos en blanco y le doy mis sandalias cuando nos levantamos.

—Intenta no quedarte enganchado a sus pechos cuando se las des.

—Vaya, Maddie. —Da un paso hacia mí, me posa un dedo bajo la barbilla y me levanta la cabeza—. ¿No serás tú la que está celosa?

Yo pestañeo con coquetería un par de veces.

—¿Te molestaría que dijera que sí?

Él se ríe con ganas y desliza el pulgar por mi mandíbula.

—No, cielo, no me molestaría. En realidad estoy seguro de que me encantaría que estuvieras celosa. Además, creo que estarías muy *sexy* poniéndote celosa. Y me parece que llegado el caso nos tendríamos que ir.

Le da los zapatos a la tetona y cuando vuelve conmigo me desliza el brazo por la cintura.

—Eso sería una pena —susurro mordiéndome el labio para evitar reírme.

—No para mí —me dice al oído con la voz ronca.

Sigue. El. Juego.

—En ese caso es posible que esté celosa.

—¿Lo estás? —Alza las cejas.

—Sí, pero ahí hay una bola con mi nombre y un chico al que tengo que patearle el culo. Así que sí, sería una pena que nos marcháramos.

Me separo de él y camino hacia atrás sonriendo. Él esboza una sonrisa divertida y le brillan los ojos.

—Te propongo un trato: si consigues patearme el culo, yo podré tocar el tuyo.

Allá vamos. Primer asalto, ding, ding.

—Entonces no pierdas, Braden —le digo con inocencia con la mano sobre la bola azul que utilizo siempre.

—Ya lo sé. —Se para delante de mí y yo me muerdo el labio superior. Él me mira la boca—. No me gusta perder.

Dejo de morderme el labio y se me acelera el corazón. ¿Eso es un desafío o una promesa?

—A mí tampoco —susurro—. Así que prepárate para que te dé una buena paliza.

Cojo la bola y me acerco a nuestra pista. Noto cómo me tira del pelo cuando se pone detrás de mí.

—Voy a disfrutar mucho tocándote el culo, Maddie.

—Y yo disfrutaré mucho pateando el tuyo, Braden.

—Guerrera —me dice sonriendo de nuevo.

Le sonrío y doy un paso atrás para lanzar. Tengo que admitir que, en cierto modo, esto es bastante divertido.

Capítulo diez

Braden

$\mathcal{M}$addie echa el brazo hacia atrás y se suelta el pelo. Sus feroces rizos rojizos resbalan por sus hombros y se descuelgan por su espalda mecidos por un último balanceo. Las puntas de su melena cuelgan a escasos centímetros de su culo, ese culo que he podido tocar hace un rato gracias a las condiciones del contrato.

Ganó ella, pero yo pude tocar su culito respingón, así que diría que ha sido un empate.

—Bueno —empiezo a decir mientras paseamos por la arena de la playa—. Antes no has contestado a mi pregunta.

—¿Qué pregunta? —Me mira con sus enormes ojos verdes.

—¿Hablas mucho con tu familia?

—Mi padre y yo hablamos una vez por semana, normalmente los domingos. Se ha convertido en una especie de costumbre. Pero con mi hermano no hablo mucho —dice encogiendo un hombro.

—¿No estáis unidos?

Ella resopla y niega con la cabeza.

—Tan unidos como dos polos opuestos.

—¿Y qué hay de tu madre? ¿Hablas alguna vez con ella?

Se detiene junto al agua y dibuja una línea en la arena con el dedo del pie. Se le humedecen un poco los ojos y yo me acerco a ella. Levanta la mirada y veo el dolor en sus ojos. Un dolor que soy incapaz de comprender.

—Mi madre murió hace tres años —susurra con suavidad bajando de nuevo la mirada—. Fue víctima de un tiroteo desde un coche.

Mierda.

—Lo siento —le digo con tono débil. ¿Qué narices se puede decir ante algo así?

—No te preocupes. —Maddie me mira—. ¿Acaso disparaste tú? No. No es culpa tuya. No te disculpes por algo que hizo otra persona.

Alargo el brazo y le pongo un mechón de pelo detrás de la oreja. ¿Qué tendrá su pelo que me gusta tanto?

—Siento que tuvieras que pasar por un golpe tan fuerte.

Reflexiona sobre mis palabras con la mirada sorprendentemente clara. No hace ningún gesto de dolor, no llora y no se derrumba. ¿Es que tiene el corazón de piedra?

—Yo también —contesta por fin—. Pero ya pasó. No tiene sentido regodearse en lo que podría o debería haber pasado, porque eso no mejora las cosas para nadie. En realidad es muy posible que las empeore. Ella ya no está. No puedo cambiarlo, solo puedo aprender a vivir con ello. Y es lo que hago —prosigue en voz más baja—. Convivo con esa realidad a diario y la echaré de menos toda la vida, pero que ella se haya ido no significa que yo no pueda ser la persona que debería ser.

Vaya, qué profundo. ¿Qué se puede contestar a eso? ¿Cómo es posible que esta chica me deje sin habla? Yo siempre tengo respuestas para todo.

Ya sé que suele ser alguna palabrota o un comentario subido de tono, pero sigue siendo una respuesta.

Dejo resbalar por su brazo la mano que le había apoyado en el hombro. Entrelazo los dedos con los suyos y le estrecho la mano.

—Eres muy fuerte, ¿lo sabes?

—No. Solo trato de ser yo.

—Eso no cambia nada. Eres fuerte.

—¿Y qué hay de ti? —dice de repente, y la niebla se evapora de sus ojos. Esto es todo lo que sacaré de ella por hoy. Pero si se abre quiere decir que confía en mí, ¿no es así? ¿Es eso lo que significa? Y la confianza conduce al amor. ¿Dónde está Megan cuando la necesito?

Mierda. Soy un capullo de campeonato por estar pensando en esto cuando ella acaba de desnudar su alma delante de mí.

—Pues no hay mucho que decir. —Retomamos el paseo

con las manos cogidas y meciéndolas ligeramente entre nosotros—. Crecí en Palm Springs con Megan y he tenido una buena vida sin complicaciones hasta que extendí las alas y me vine a la universidad.

—Con Megan.

—Sí. Hicimos un pacto y nos prometimos que iríamos juntos a la universidad. Solo soy dos meses mayor que ella y llevamos toda la vida viéndonos todos los días. Es como mi hermana.

Maddie asiente y sé que me entiende. Es un alivio porque eso facilitará mucho todo este rollo de las «citas», aunque ni siquiera los chicos entienden que sea tan protector con ella. En realidad soy tan protector que sería capaz de matar a cualquiera que le tocara un solo pelo de la cabeza.

—Me parece muy bonito que estéis tan unidos —me dice—. Yo añoro sentirme tan unida a alguien. Quizá vuelva a sentirlo algún día.

—Estoy seguro de que sí. ¿Quién sabe? Quizá tú y yo lleguemos a estar así de unidos.

Dios, hoy estoy realmente encantador.

Ella me mira con una sonrisa en los labios y el ceño fruncido.

—Qué pretencioso.

—Prefiero pensar que es una esperanza. —Sonrío. Ella se ríe y niega con la cabeza—. Lo digo en serio.

—Claro, Braden. —Sigue negando con la cabeza—. Sería un milagro si esto... —Nos señala— sigue existiendo después de esta noche.

—¿Eso piensas? —la desafío parándome delante de ella y cogiéndole la otra mano.

—¿Y qué voy a pensar? He conseguido captar tu atención durante seis días. Eso ya es un milagro.

Yo niego con la cabeza. Es muy lista; tengo que jugar bien mis cartas. Solo es un juego. Amar o ser amado. Y a mí lo primero no me va, así que tendrá que ser lo segundo. Megan me ha obligado a ver las películas ñoñas suficientes como para poder fingir este pastel.

—Cielo —le digo despacio mientras le acaricio la mejilla con el pulgar y lo deslizo por las minúsculas pecas que no había advertido hasta ahora—. ¿Qué me dirías si te pidiera una oportunidad?

—¿Una oportunidad? ¿Para qué?

—Una oportunidad para ser algo más que tu amigo.

Sus ojos se pasean por mi rostro valorando mi grado de sinceridad. Por suerte soy muy bueno poniendo cara de póquer.

—¿Y? —me pregunta.

—¿Y qué?

—¿Y qué pasa si metes la pata? ¿Qué pasará entonces? —Maddie baja la mirada.

—Entonces tienes mi permiso para dejarme en manos de Kay —le digo en voz baja levantándole la cabeza—. Te lo prometo. No soy perfecto, Maddie. Estoy muy lejos de ser perfecto y soy el primero en admitirlo. Pero si me dejas, intentaré ser perfecto para ti. Así podrás tener esa cercanía que deseas.

Soy un desgraciado.

—Está bien —dice un momento después—. Una oportunidad, Braden. Nada más.

Esbozo una lenta sonrisa y apoyo la frente sobre la suya. Mi aliento le acaricia los labios y ella cierra los ojos. Solo tengo que besarla para cerrar el trato.

Acerco los labios a los suyos y entonces suena mi maldito teléfono. Suspiro y me separo de ella llevándomelo a la oreja.

—¿Qué? —espeto.

—Vaya, ¿interrumpo algo? —Ryan deja escapar una risita.

—No puedes ser más inoportuno. —Miro a Maddie y ella se ruboriza un poco y aparta la mirada.

—¿Ah, sí?

—Sí. ¿Qué quieres, capullo?

—¿Vais a venir? Lila quiere saber cómo ha ido vuestra cita. Está histérica, tío.

Tapo el auricular del teléfono con la mano y miro a Maddie.

—¿Te apetece volver a la casa? Las chicas ya están allí.

—Claro. —Me sonríe.

—Vamos para allá —digo con tono resuelto—. Nos vemos en un rato. —Cuelgo y vuelvo a meterme el móvil en el bolsillo—. Capullo.

Maddie se muerde el labio para aguantarse la risa.

—Oye. —Le doy un golpe con el codo y la vuelvo a coger de la mano—. No te rías.

—Lo siento.

Le brillan los ojos de diversión.

—No es cierto.

—Es verdad. No lo siento. —Se encoge de hombros y se ríe tirando de mi mano—. Venga. Apuesto a que Kay ya tiene mis chupitos preparados y si no lo hago yo se los beberá ella.

Miro hacia delante y niego con la cabeza siguiéndola en dirección al coche.

Tengo novia. Una novia falsa pero sigue siendo una novia.

¿Quién lo iba a decir?

Capítulo once

Maddie

Cuando entramos en la casa nos recibe el latido de la música. Braden busca mi mano y entrelaza los dedos con los míos. Yo dejo que lo haga, le estrecho un poco la mano y tira de mí entre los grupos de gente que hay en la casa. Emergemos en la cocina; Kay, Megan y Lila están sentadas en la barra.

—Voy a buscar a Ryan. —Inclina la cabeza y me susurra al oído—: ¿Me esperas junto a la barra?

Asiento y doy un paso adelante soltándole la mano. Le sonrío por encima del hombro y él me guiña el ojo. Dios. Solo han pasado veinte minutos y ya estoy cansada de fingir que todo esto me importa. Y, sin embargo, sigo preguntándome por qué me he abierto a él hace tan solo un rato. Quizá sea porque no me importa y sé que es vital conseguir que acabe sintiendo algo por mí. Es una lástima, ¿no? Pobre Maddie. Me reprendo mentalmente.

Megan enlaza su brazo con el mío en cuanto llego a su lado.

—¿Y bien?

—Continuamos para bingo —susurro sonriéndoles a Lila y a Kay.

—¡Olé! —grita Kay y le hace un gesto a Kyle para que se acerque—. Ocho chupitos, dos para cada una. ¡Uno, dos, bam!

—¡Hecho! —Kyle me guiña el ojo. Yo le sonrío con amabilidad. De cara a la universidad de California, Berkeley, tengo una relación con Braden Carter. Aunque no creo que Kyle vaya a entenderlo.

—¿Una buena noche? —pregunta deslizando los vasos de chupito hacia nosotras.

—Yo diría que sí —dice Lila riendo y levantando un chupito. Todas cogemos un vaso y nos lo tomamos de un trago seguido del siguiente.

—¿Y a qué se debe?

Se inclina hacia delante y me acerca la cara.

—A que esta chica tiene novio. —Megan se ríe y se da media vuelta.

—Me tomas el pelo —espeta poniéndose serio de golpe.

—Oh, no. —Encojo el hombro.

—¿Estás con Braden?

—Sí —dice Braden apareciendo detrás de mí—. ¿Tienes algún problema, Kyle?

Kyle levanta la mirada con rabia en los ojos.

—Pues sí, la verdad.

—Pues en ese caso, por favor, explícanos a todos por qué te crees mejor que yo para el puesto.

Kyle me mira y yo me aparto.

—Animales —murmuro. Lila asiente.

—No, Maddie. —Braden me mira—. Quiero saber qué es lo que cree que puede darte que yo no pueda ofrecerte.

—Bray... —le advierte Megan.

—¿Qué puedo darle que tú no puedas ofrecerle? ¿Qué te parece una relación estable basada en la confianza en la que no se tendrá que preocupar de que vayas a salir corriendo para tirarte a una de tus fulanitas? —Kyle lo mira con asco—. Y todo lo demás. El día no tiene las horas suficientes para que pueda explicar lo cerdo que eres con las chicas.

—¡Oye! —Megan protesta golpeando la barra—. Eso está fuera de lugar, Kyle.

—Ha preguntado él.

—Sí, y ahora soy yo la que te está diciendo que ya es suficiente.

—No, Meggy, deja que continúe. —El rostro de Braden es puro granito.

—¿No vas a intervenir? —me susurra Kay.

—¿Para qué? —Me encojo de hombros—. No hay nada que pueda decir para frenar este concurso de testosterona. Además, esto nos ayudará a conseguir lo que queremos.

—¿El qué?

—Publicidad para la relación.

Me da una palmada en el hombro.

—Chica lista.

—Braden, todos sabemos que no te quedarás con ella. Solo quieres echar un polvo y buscar el siguiente agujero. Eres un mierda. ¿Por qué no la dejas salir con alguien que la trate bien y no como a una de tus fulanas? —grita Kyle.

Braden se lanza sobre la barra y tira una botella de vodka que se hace pedazos en el suelo. Agarra a Kyle por la camiseta y lo empotra contra la pared.

—¿Quieres repetir eso, Kyle? —sisea Braden entre dientes.

—Mierda —suspira Megan negando con la cabeza.

—Lo haría encantado, pero me parece que ya me has oído la primera vez —contesta Kyle—. Además, así no le estás demostrando a tu chica que eres un novio decente precisamente, ¿no crees?

—Sí, Kyle, exacto. Mi chica. Maddie es mía. Será mejor que no lo olvides. —Braden lo suelta y lo fulmina con la mirada—. Si intentas algo con ella, la botella no será lo único que se rompa.

—Venga. —Ryan interviene—. Se acabó el espectáculo, chicos. Buen rollo o bien os largáis de aquí ahora mismo.

—Vaya, mejor tarde que nunca —murmura Lila—. Llegará tarde hasta a su propio funeral.

Resoplo y me tapo la boca con la mano. No es el momento. La bajo y vuelvo a mirar a Braden.

Megan le dice algo y él se vuelve para mirarme con una pizca de arrepentimiento en sus ojos azules. Yo me mantengo firme y no pierdo el contacto visual. Megan le dice algo más y él asiente y empieza a caminar. Me coge de la mano en silencio y me saca de la cocina.

—Todo el mundo a la fiesta. ¡Aquí ya no hay nada que ver! —grita Ryan mientras nosotros subimos las escaleras.

Braden me lleva dos pisos más arriba y abre una puerta. La de su habitación.

Está impecable. Por algún motivo me sorprendo y lo busco rápidamente con los ojos. La ropa de cama negra contrasta contra las clásicas paredes blancas y en una esquina hay una mesa llena de libros. La única forma de adivinar que es la habitación de un adolescente es la enorme pantalla de televisión que hay pegada a la pared suspendida sobre una Xbox. Naturalmente.

—¿Maddie? —Cierra la puerta y posa la mano en mi cara—. Lo siento, cielo. No pretendía que pasara esto.

—Pareces hacer muchas cosas que no pretendes, Braden —le contesto.

—Lo sé. Y siempre cuando estoy contigo. —Sonríe con ironía. Yo encojo un hombro—. No quiero que cambies la opinión que tienes de mí por eso.

Síguele el juego, Maddie.

—¿Por qué?

Él frunce el ceño y sonríe.

—Pues porque casi le parto la cara.

—¿Por qué iba a cambiar mi opinión? ¿Acaso no es eso lo que se supone que debes hacer? —Mis ojos se posan sobre nuestras manos entrelazadas y vuelven a los suyos.

—Eso creo.

Yo me río.

—Vaya. Las citas realmente no son lo tuyo.

—No lo eran. Eran. No sé si te has dado cuenta, pero la mitad de las personas que hay abajo, acaban de ver cómo sacabas mi lado más protector.

—Ah, sí. El numerito de cavernícola. Yo, Braden. Maddie, mía. ¿Eso?

Se ríe.

—Sí, eso.

—Bueno, dudo mucho de que a nadie se le vaya a ocurrir intentar nada conmigo ahora —le digo—. Me parece que es bastante evidente a quién creen que pertenezco.

—¿Creen? —Da un paso hacia mí.

—Sí, creen. —Entorno un poco los ojos—. Yo soy mi única dueña. Yo soy quien controla mi cuerpo y mi vida, y que ahora sea novia de alguien no va a alterar eso.

—Normalmente, en un momento así, admitiría lo excitado que estoy, pero creo que me decantaré por esto: Maddie, eres mía. Te guste o no, es así.

Me coge de la mejilla.

—Soy tu novia. Eso es todo. Aun así no te pertenezco.

—¿Por qué estás convirtiendo esto en una discusión? —ruge.

—¡Yo no estoy discutiendo! —protesto—. Solo quiero dejar claro que no me va el rollo cavernícola, ¿lo entiendes?

—¡Claro que sí!

—¿Y ahora quién es el que discute?

—Maddie.

—Braden.

—¿Es que nunca te callas?

—No.

—Genial. He tenido que elegir a la chica que siempre habla.

—¡Si no te gusta me iré a hablar con alguien que me escuche y no viva anclado en la Edad de Piedra! —Recupero la mano que me tenía cogida y doy media vuelta en dirección a la puerta.

—¡De eso nada! —Ruge de nuevo empotrándome contra la puerta.

—¿Ya me estás diciendo lo que tengo que hacer? —Es exasperante. Necesito recordar por qué he aceptado este desafío.

—No, solo me preguntaba si se te daría mejor besar que hablar.

Sus ojos se posan sobre mis labios y saca la lengua para humedecérselos.

—Puede que sí, pero si no dejas de hablar nunca lo sabrás, ¿no crees?

Agacha la cabeza y presiona sus labios sobre los míos con suavidad. Una de sus manos me rodea la cintura para estrecharme contra él y la otra se esconde entre mi melena. Jadeo cuando me succiona el labio inferior con delicadeza y él aprovecha la oportunidad para deslizar la lengua dentro de mi boca. Le agarro de los brazos, dejo resbalar las manos por sus hombros y las entrelazo por detrás de su cuello.

Su beso es delicado e inquisidor a un mismo tiempo, y no puedo evitar que se me acelere el corazón. Le odio y le deseo a un mismo tiempo y esas emociones se mezclan en mi interior para crear una emoción nueva completamente indescifrable.

Una oleada de calor me recorre todo el cuerpo y Braden me estrecha con más fuerza. Estoy completamente pegada a él y siento cada curva y cada músculo de su pecho. Me suelto las manos y deslizo y enredo los dedos en su pelo.

—Maddie —susurra contra mi boca retirándose un poco—. Tenemos que parar ahora o no seré capaz de hacerlo.

¿Parar? ¿Parar el qué? ¿De besarnos? Vaya. ¿De verdad?

—Está bien —le contesto.

—Cielo, solo te lo digo porque sé que tú no eres como la mayoría de las chicas. Iremos más lejos cuando estés preparada, ¿de acuerdo?

Asiento y me vuelve a besar, una prolongada caricia en mis labios hinchados.

Deja resbalar la mano hacia abajo hasta que tiene las dos sobre mi espalda y apoya la cabeza en mi cuello. Entierra la cara en mi pelo y yo apoyo la cabeza en él y dejo que me abrace.

En este momento no estoy pensando en el desafío. No estoy pensando en Brooklyn ni en los motivos por los que odio a Braden. Solo puedo pensar en que ha sido el mejor beso que me han dado en mi vida.

Y eso podría ser un problema.

Capítulo doce

Braden

Me despierto y me reprendo mentalmente. Rebobino mentalmente la noche de ayer y entonces lo recuerdo: tengo novia. Vaya. Qué raro me siento.

Y luego está lo de Kyle. A ese tío le molesta de verdad que Maddie y yo estemos juntos. Y no le culpo. Si yo estuviera en su lugar, probablemente también me molestaría. Ya sé lo que estaban pensando la mitad de los invitados a la fiesta de anoche. Se estaban preguntando por qué Maddie es tan distinta a las demás y qué tiene de especial. Las chicas la maldecían por haberse quedado con lo que todas desean, y los chicos se retiraban convencidos de que habían perdido cualquier oportunidad de seducirla.

Se pueden ir todos a la mierda.

—¿Y bien? —Ryan abre la puerta de mi habitación.

—No te molestes en llamar —le digo con sarcasmo dejando el teléfono—. Me encantan los capullos entrometidos.

—Ah, sí. —Alza una ceja, cierra la puerta y se sienta en la silla de mi escritorio—. ¿De qué iba esa mierda?

—Estaba a punto de besarla. Iba a cerrar el trato de este desafío y vas tú y llamas.

—Ostras, tío. Lo siento. Si lo hubiera sabido…

—Serías adivino. —Me río y me incorporo—. No pasa nada.

—Entonces, ¿lo cerraste?

—Ayer por la noche, después de mi numerito de cavernícola.

—¿Numerito de cavernícola? —Se ríe.

—Eso dijo ella, tío. —Sonrío, cojo el teléfono y le hago un gesto con la mano—. ¿Te importa? Tengo que escribirle un mensaje a mi novia.

Ryan deja escapar una carcajada y se da una palmada en la pierna.

—Vaya, esta sí que es buena. ¿Acabas de decir *novia*?

—¿Estás sordo? Pues claro.

—Un momento, ¿lo dices en serio? —Deja de reírse.

—Tío, es oficial. Deberías haber imaginado que no me costaría mucho conseguirlo. —Le enseño la palma de la mano—. ¿Ves esto? La tengo comiendo justo aquí.

Capítulo trece

Maddie

—¿Veis esto? —Paseo la palma de la mano por la habitación—. Braden está comiendo justo aquí.

Kay se tumba en la cama, cruza los brazos por detrás de la cabeza y suspira con felicidad.

—Esta mierda es muy entretenida. Y altamente satisfactoria.

—¿Satisfactoria? —Lila la mira.

—Sí. Sí, Braden Carter, el señor Casanova en persona, está comiendo de la palma de Maddie. Es como una mosca atrapada en la tela de una araña.

—Con la diferencia de que yo no me lo voy a comer —le recuerdo—. No soy caníbal.

—Bueno… —Se da media vuelta y mueve las cejas—. Siempre podrías…

—Para —le ordena Megan. Levanta la mano—. Ya basta, Kayleigh. Es suficiente.

—Qué mente más sucia. —Lila se ríe. Yo sonrío y Megan saca el OSAS.

—Entonces vamos un día por delante de lo planeado. —Pasa un dedo por encima de las letras—. Llevas muy buen ritmo, Mads. ¿Qué vais a hacer hoy? ¿Os vais a ver?

—Pues no estoy segura. —Sonrío avergonzada—. Pero ya le he dado mi número de teléfono. —Kay silva—. Así que supongo que me llamará o algo.

Justo en ese momento mi móvil emite un pitido y alargo el brazo para cogerlo.

—Hablando del rey de Roma —Lila sonríe.

Buenos días, cielo. ¿Tienes el día libre?

Levanto la mirada del móvil, balanceo el teléfono y sonrío.

—Bingo.

Los tres rostros que tengo ante mí esbozan lentas y traviesas sonrisas. Las comprendo, la cosa se pone interesante. Megan se humedece los labios.

—No le contestes todavía. —Destapa el bolígrafo—. Después de lo que sucedió ayer por la noche, el paso dos debería ser bastante accesible. Tu precioso culito despertó su lado más protector y todos los que estaban en la casa de la fraternidad lo vieron, lo escucharon o se lo han contado.

—Pero nadie se lo va a creer —señala Lila.

—Entonces, siempre que estéis en público, asegúrate de que os estáis tocando, riendo o besándoos. —Kay suspira—. Tampoco es tan difícil, chicas. Por Dios.

Megan le tira el capuchón del bolígrafo.

—Esa no es la actitud, Kayleigh.

—Cállate. —Kay se lo tira a ella.

—Niñas. —Me río—. ¿Cuál es el plan? Sé que tenéis algo preparado.

—Exacto. —Megan garabatea algo y dibuja un punto exagerado al final—. Un día de esta semana tendréis una cita doble con Ryan y Lila.

—¿Qué? —exclamamos Lila y yo al unísono.

—Que tendréis una cita doble con Ryan y Lila —repite.

—¿Qué?

—Tendréis. Una. Cita. Doble. Con. Ryan. Y. Lila —dice Kay muy despacio pronunciando cada sílaba a la perfección.

—Ya lo he oído la primera vez —digo apretando los dientes—. No te ofendas, Lila, pero si hay algo peor que salir con Braden Carter es tener una cita doble con Ryan.

—En realidad tienes suerte de que sea Ryan —reflexiona Lila—. Es un grano en el culo, pero Aston es mucho peor.

—Eso es verdad —afirma Kay—. Aunque Aston está buenísimo.

—Pensaba que preferías las chicas.

—Y las prefiero. Pero eso no significa que no disfrute de un poco de…

—¡Ya está bien! —interrumpo, y Kay se ríe—. ¿Cuándo será la cita? Necesito prepararme mentalmente.

—Y contestarle a Braden —responde Megan.

—Ah, sí. —Desbloqueo el teléfono y miro la pantalla—. A ver, ¿qué le digo?

Todas suspiran.

—¿Qué te ha dicho él?

—Me ha preguntado qué hacía.

—Dile que estás libre.

—Vale.

Buenos días. No tengo planes. ¿Y tú?

Presiono enviar y me encojo de hombros.

—Parece bastante fácil.

—Tengo ganas de verte. ¿Te apetece repetir lo del café?

—Claro. ¿Nos vemos allí en media hora?

—Hasta luego.

—He quedado con él en el Starbucks dentro de media hora —anuncio.

—¡Yo también me apunto! —Megan le pone el capuchón al bolígrafo y se ríe.

—¿Eso no va en contra de todo este rollo de las citas? —Lila alza una ceja.

—No.

—¿Y por qué no?

Megan suspira y pone los ojos en blanco.

—Bray y yo somos como hermanos, ¿no es así? Todo el mundo cree que hay algo entre nosotros y es evidente que no lo hay, qué asco. Si nos ven a los tres juntos todo el mundo sabrá que van en serio. Todos se darán cuenta de que no hay nada entre Bray y yo, pero sí lo hay entre él y Mads, y también verán que ella acepta la proximidad de nuestra relación de hermanos no emparentados, cosa que solidificará la creencia de que Braden y Maddie están saliendo. Saliendo en serio.

—Pero no hay nada entre nosotros.

Todo esto es muy confuso. ¿Alguien puede recordarme por qué estoy haciendo todo esto?

Porque odio todo lo que representa para las mujeres. Y besa muy bien.

Y eso es totalmente contradictorio.

—Eso lo sabes tú. Yo lo sé. Lila y Kay lo saben. Pero Mads, Braden no lo sabe. —Se pone bien la ropa.

—Ni tampoco el resto del campus —concluye Kay—. Así que para el resto del mundo sí que hay algo entre vosotros.

—Genial —suspiro—. No podríais haberme desafiado a hacer algo sencillo o divertido, ¿no?

Porque ayer por la noche lo pasé fatal. Maldita sea.

—Sí hombre. —Lila escribe un mensaje en su móvil—. Esta noche todo el mundo irá a la playa. Otra oportunidad para extender el rumor de que Braden Carter está fuera del mercado.

Kay sonríe.

—¿Extender un rumor? Yo me encargo.

Coge el teléfono y yo niego con la cabeza.

—¿Dejamos que se ocupen ellas, Megs? —Me levanto y cojo mis cosas—. Parece que lo tienen todo bajo control.

Los brillantes ojos azules de Megan echan chispas.

—Vámonos.

Capítulo catorce

Braden

*E*scucho la risa de Megan antes de verla junto a Maddie al doblar la esquina. Compañía. Excelente. Y sé lo que hace aquí. Meggy me proporcionará valiosa información silenciosa haciendo esos gestos tan extraños que hace con los ojos.

Ignoro a mi amiga de toda la vida y me centro en Maddie. Si voy a fingir estar saliendo con alguien, está claro que tiene que ser con ella. Su preciosa figura es evidente incluso con una falda vaquera y una sencilla camiseta: no está flaca ni es demasiado voluptuosa. Su cuerpo es la mezcla perfecta de musculatura torneada y curvas y me tiene muerto de ganas de deslizar las manos por cada centímetro de su piel desnuda. Y ese beso que nos dimos ayer por la noche no ayuda nada. Ayer pude sentir ese cuerpazo pegado al mío.

Me esfuerzo por ignorar mis pensamientos subidos de tono y le sonrío cuando se detiene delante de mí. Me devuelve la sonrisa y yo me inclino despacio cogiéndole la cabeza para capturar sus suaves labios con los míos. Ella apoya una mano sobre mi cintura para mantener el equilibrio y con la otra me agarra el brazo con el que la estoy abrazando. Responde al beso casi con impaciencia y yo no tengo ninguna prisa por retirarme.

Esta chica me vuelve loco con sus labios. No voy a mentir y decir que no quiero sentir su boca en otras partes de mi cuerpo, porque sí que quiero, pero hasta que eso ocurra podría quedarme aquí besándola todo el día.

Megan carraspea con discreción y yo me despego de Maddie a regañadientes.

—Buenos días, cielo —le digo en voz baja.

—Buenos días.

Se muerde el labio inferior y me mira con sus preciosos ojitos.

—Buenos días, Bray. Te preguntaría cómo estás, pero parece que estás bastante bien —dice Megan con ironía.

—Buenos días, Meggy. —Rodeo a Maddie con el brazo—. Estoy muy bien. ¿Y tú?

—Vaya, ¡pero si me has oído! —Pone los ojos en blanco. Maddie sonríe a mi lado.

Le tiro del pelo.

—Tendría que estar muy sordo para no oírte.

—Eso o estar muy ocupado jugando un partido de tenis de amígdalas.

Abre la puerta del Starbucks y me guiña el ojo.

—Nada de amígdalas —responde Maddie con naturalidad—. Aún no me he tomado el café. Si hubiera intentado hacer eso, le habría mordido.

¿Maddie Stevens mordiéndome? Sí. Por favor.

—Eso suena bien —murmuro. Megan me da un codazo.

—Cerdo.

—Ya deberías saber que soy un cerdo. —Nos acercamos al mostrador—. No sé por qué estás tan sorprendida.

—¿Qué os pongo? —pregunta la camarera. Creo que es la misma del otro día y está buena. Más morena que Maddie y es posible que esté un poco más rellenita, pero le echaría un polvo. O dos.

—Yo me encargo. —Le guiño el ojo a Maddie—. Dos *frappuccinos* dobles con pepitas de chocolate.

—Impresionante. —Me mira y sonríe.

—¿Lo he dicho bien?

—Sí, pero te has olvidado las magdalenas.

Me río y tiro de ella hacia mí.

—Y dos magdalenas de arándanos.

—Y yo tomaré un *frappuccino* de caramelo con nata. —Añade Meggy—. Paga él.

Me encojo de hombros como queriendo decir «¿cómo me voy a negar?», pero no me importa. Solo es café.

La camarera nos prepara el pedido y deja los cafés sobre el

mostrador sacando pecho en mi dirección. Su placa identificativa me dice que se llama Amanda. Como si me importara, su nombre es irrelevante.

Cojo un café y se lo doy a Maddie controlando mis ojos para ignorar la forma en que los pechos de Amanda sobresalen por encima del cuello de su camisa. Vaya, este rollo de la exclusividad es difícil. Maddie coge el café y se acurruca a mi lado lanzándole a Amanda una mirada punzante. Oh, sí, a esta chica le gusto.

—Está claro que tiene novia. —Meggy coge el café—. No te vendas tan barato.

Sonrío y Maddie se atraganta con el sorbo de café que acaba de tomar. Le froto la espalda para tranquilizarla.

—¿Estás bien, Maddie?

—Sí —se retuerce—. Estoy bien.

Meggy le sonríe a Amanda y se va en dirección a los sofás acolchados del fondo. Yo acompaño a Maddie y me siento a su lado asegurándome de que mi pierna roza la suya. Deja el café en la mesa y pellizca la magdalena de la misma forma que lo hizo el martes pasado, metiéndose pequeños trocitos de masa entre esos labios tan bonitos que tiene.

En este momento me encantaría ser esa magdalena.

La observo hipnotizado por la forma en que se lame los labios después de cada mordisco y por cómo saca la lengua con delicadeza para recoger las migas. También me encantaría ser esas migas.

—¿Braden?

Me vuelvo para mirar a Meggy.

—¿Qué?

—Te he preguntado si vas a ir a la fiesta de la playa esta noche.

En su rostro aparece una lenta y astuta sonrisa. Me ha sorprendido mirando a Maddie. Pillado.

—Depende —contesto deslizando la mano hasta el muslo de Maddie. Su piel es suave como la seda, como el mármol. Mi polla se despereza y al momento imagino esos muslos rodeando mi cintura, mis piernas, mi cuello…

—¿De qué?

—De si mi chica va o no.

Mis ojos se posan sobre los suyos y dibujo suaves círculos en su piel desnuda. Vaya. Me estoy torturando yo solo.

—Lila nos ha dicho que ella y Ryan sí que irán. No me importa —dice—. Será divertido.

—En ese caso sí que voy —le digo a Meggy. Frunce los labios para esbozar una sonrisa divertida y yo me muerdo el labio inferior con los dientes—. ¿Qué?

—Nada. —Se relaja y apoya la espalda en el respaldo del sofá—. Nada en absoluto.

Mentirosa.

Se abre la puerta y yo levanto la vista. Una de las chicas que entra en el local es la rubita de la semana anterior. La chica de la que pasé. Esto puede ser un poco incómodo.

Me mira y me saluda con los dedos.

—¡Hola, Braden!

Veo cómo Maddie posa los ojos sobre ella para después volver a mirarme a mí y de nuevo posarlos sobre la chica. Sé que está estableciendo la conexión y sé lo que está pensando. Mierda.

Levanto la mano de su muslo y entrelazo los dedos con los suyos para llevarme su mano a la boca y darle un suave beso en los nudillos. Cuando me mira me doy cuenta de que hay cautela en sus ojos, se le ha endurecido la mirada y de que, definitivamente, ya no tiene la mirada juguetona de hace un momento.

—¿Siempre ignoras a las chicas con las que te acuestas? —me pregunta en voz baja mirando fijamente un punto de la pared que tengo detrás. Meggy se levanta murmurando que tiene que ir al servicio. O lo que sea.

—Maddie, no me he acostado con ella. —Tiro de su mano—. Ella lo intentó, pero yo no estaba interesado. Y menos después de haberte visto aquella noche.

Por lo menos esto no es mentira.

Sus ojos verdes se clavan en los míos.

—No sé si creerte o no. Parece que te conozca muy bien.

—Si te da esa sensación es porque pasó como veinte minutos frotando su cuerpo quirúrgicamente alterado contra el mío mientras yo te miraba.

Resopla y niega con la cabeza.

—Vaya. ¿Eso es un cumplido o un insulto?

No tengo que contestar, ¿verdad? ¿O sí? Qué complicadas son las chicas.

—Créeme cuando te digo que solo tengo ojos para ti. No estoy interesado en nadie más. —«Cuando estamos solos». Vuelvo su cabeza hacia la mía con suavidad y me inclino hacia delante—. Solo tú, cielo, ¿de acuerdo? Me importa un pimiento la rubita.

La beso con suavidad. Quizá todo esto no sea más que un juego, pero podría acostumbrarme a besarla.

Sonríe contra mi boca.

—¿Rubita? ¿Ni siquiera sabes como se llama?

Me aparto y apoyo la frente sobre la suya.

—No. Como ya te he dicho, estaba demasiado ocupado mirándote para preocuparme de si se llama Laura o piruleta.

Maddie se ríe y yo sonrío.

—De acuerdo, está bien —me dice con dulzura—. Te creo.

—Bien —murmuro y la vuelvo a besar, aunque esta vez me recreo un poco más.

Por si acaso.

Capítulo quince

Maddie

—Cuando le has preguntado si siempre ignoraba a las chicas con las que se acostaba has estado sembrada, Maddie. Ha sido genial. —Megan se ríe desde la otra punta de la habitación. Yo me detengo un momento y dejo suspendido el pincel del rímel para sonreírle a través del espejo. Me alegro de que ella esté pensando en el plan, porque yo no estoy pensando en eso.

Me preocupa demasiado cómo me siento cada vez que él me toca. Cuando me puso la mano en el muslo tuve ganas de castrarlo. De verdad, quería arrancarle sus partes y frotarlas contra un rallador de queso una y otra vez. Luego empezó a acariciarme la pierna y quise pegarle, y, sin embargo, cuando apartó la mano, me dieron ganas de cogérsela y ordenarle que la dejara donde estaba.

Ese pensamiento me provoca náuseas. Yo quería que Braden Carter me tocara y cuando lo hizo me gustó. Disfruté de esa maniobra tan sensual con la que arrastró la yema del pulgar por la cara interior de mi pierna. Este plan empieza a ser peligroso.

Solo ha pasado una semana y ya noto que se está abriendo una grieta en la atracción que niego sentir por él. Sí, esa misma atracción que había encerrado en una caja de acero con candado y protegido con una contraseña codificada.

Lo que me está volviendo loca es saber que estaba indignada con él y al minuto siguiente le estaba besando. Y no me ha importado. Sigue sin importarme. Qué asco, ¿cómo puede gustarme besar a alguien a quien odio tanto? Tengo que recordar que esto es un juego y que para ganar debo jugar bien mis cartas. Tengo que jugar según las reglas. Sus reglas. La única forma de ganar es jugar siguiendo las reglas del seductor.

El sexo es la clave para dominar el juego. Es el objetivo, el gran premio. Cualquier otra cosa que no sea atracción sexual y los sentimientos relacionados con el deseo sexual no tienen cabida en el plan. No para mí.

Ya ha pasado una semana y quedan tres más. Él siente algo más que atracción sexual por mí, eso lo tengo claro. Mi actuación es creíble y sé que está cayendo en la red. Se está enamorando de mí.

Solo tengo que acordarme de odiarlo.

Mi melena ondea azotada por el viento y la deslizo alrededor del cuello sujetándola a un lado. Estos días de otoño tan calurosos se agradece que sople un poco de brisa y no me importa nada. Solo desearía haber cogido una goma de pelo.

Lila canturrea en voz alta mientras nos internamos en el sonido siguiendo las risas y vítores procedentes del otro extremo de la playa. Parece que todos los estudiantes de primer año están aquí. La música brota de alguna parte y están encendiendo una hoguera. Megan ruge:

—¿Para qué necesitamos una hoguera? Todavía estamos a 27 grados.

—Porque son guais. —Kay se ríe—. Qué idiotas.

Yo gruño mi asentimiento y observo la multitud en busca de Braden. ¿Dispondré de cinco minutos para disfrutar de la fiesta antes de verme obligada a representar el papel de adorable novia recién estrenada?

Parece que sí.

Encontramos un espacio libre y Lila en seguida se pone a examinar la arena en busca de piedras y pedazos de madera. Qué Dios no quiera que algún trozo de madera le arañe la pierna. Cuando parece considerar que el espacio es lo bastante seguro como para quedarse, se sienta y se apoya contra un árbol. Megan niega con la cabeza y ella y Kay se dejan caer en la arena. Yo hago lo mismo, pero con un poco más de cuidado que ellas.

Me paso los dedos por el pelo para deshacer los pequeños

enredos que se me han formado en las puntas de los rizos. Entonces noto que la arena se mueve detrás de mí. Dos manos me agarran de la cintura y yo me sobresalto y grito.

—Qué nari… —Me doy la vuelta y me encuentro con unos brillantes ojos azules llenos de diversión—. Braden. Me has asustado.

—Lo siento, cielo. Quería sorprenderte —contesta moviéndose para acercarse un poco más a mí.

—Pues creo que lo has conseguido —murmuro odiando la sensación que me embarga al notar cómo me roza su piel. ¿O en realidad lo que odio es que me guste lo que me hace sentir? No tengo ni idea.

Me apoya la barbilla en el hombro y presiona la mejilla contra la mía.

—Pensaba que ibais a empezar la fiesta sin mí, chicas.

—Cómo se nos iba a ocurrir algo así —dice Kay fingiendo un tono agradable—. Todas sabemos que eres el alma de la fiesta, Carter.

—Esconde las zarpas, gatita. —Lila le tira un vaso de plástico a la cara—. Calla y bebe.

—Lo que tú digas, mamá.

Kay pone los ojos en blanco y Lila esboza una sonrisa antes de dirigirse a Braden.

—¿Dónde está Ryan?

—Ha ido con Aston a buscar la cerveza al coche. Vendrán en seguida —contesta Braden moviendo la cabeza de forma que su frente me roza la mejilla.

—Lila, ¿me pones algo de beber? —le pregunto. Esta noche necesito algo que me ayude a conservar el juicio.

—Misión cumplida. —Kay levanta las manos y deja el vaso en la arena—. He conseguido corromper a Maddie.

—No del todo. —Megan esboza media sonrisa—. Sigue sin decir palabrotas y sin acostarse con todo lo que se mueve.

—Tampoco lo va a hacer —murmura Braden—. Me refiero a eso de acostarse con todo el mundo.

—Mira quien habla. —Lila alza una ceja.

—Oye. —La señala con el dedo—. En ese momento estaba soltero. Ahora soy un hombre nuevo.

Me dan ganas de poner los ojos en blanco. Varias veces.

Pues claro que lo es, y si no lo es, pronto lo será por cortesía de una servidora. Yo lo conseguiré.

Lila pone los ojos en blanco por mí y aparecen Ryan y Aston. Ryan nos esquiva para irse con Lila y Aston se sienta cerca de Megan como el que no quiere la cosa. Oh, oh, ¿podría ser que alguien tuviera un pequeño cuelgue? No, eso sería una tontería. Por lo único por lo que está colgado es por lo que ella tiene en las bragas.

—Estás muy callada —me dice Braden en voz baja.

Sonrío y vuelvo la cabeza hacia él.

—Solo estoy escuchando.

—Ah, ¿pero tienes la capacidad de escuchar?

Me hace cosquillas en el costado y yo me retuerzo.

—No me hagas cosquillas.

Me aparto.

—¿Por qué? ¿Tienes cosquillas?

—No. Para nada. En absoluto.

—Pues yo creo que sí.

—¡Que no!

Empieza a deslizar los dedos por mi cintura y yo me retuerzo moviéndome y contoneándome entre sus brazos para escapar.

—¡Braden, para! —espeto intentando aguantarme la risa.

—No pienso soltarte hasta que admitas que tienes cosquillas —bromea y me vuelve a hacer cosquillas.

Yo grito y caigo de espaldas levantando un poco de arena. Él se tumba conmigo poniéndose parcialmente sobre mi cuerpo y sin dejar de rodearme la cintura con el brazo.

—Dilo —susurra mirándome a los ojos.

—No —murmuro—. No pienso rendirme.

—Pues yo tampoco.

Agacha la cabeza y sus labios capturan los míos: son suaves y cálidos. Se me cierran los ojos y le pongo la mano en el cuello. Entierro los dedos en su piel y lo atraigo hacia mí.

Braden saca la lengua y la desliza por mi labio inferior para metérselo en la boca con delicadeza. Lo roza suavemente con los dientes y lo mordisquea antes de soltarlo. Ignoro el jadeo que lucha por escapar por entre mis labios y el calor que se está extendiendo por mi cuerpo. Se acumula en el fondo de mi estómago como lava ardiente, es un remolino abrasador de deseo y necesidad.

Y entonces recuerdo que le odio.

—Oye —le rujo—. No me distraigas con besos.

Él levanta la cabeza y me sonríe. Es una sonrisa muy *sexy*, la clase de sonrisa por la que me derretiría si no perteneciera a Braden. Sí, Braden. Un casanova, un seductor que utiliza a las mujeres a su antojo.

Sí. Ha funcionado.

Me aparto de él y me siento sacudiéndome la arena del pelo.

—Vigila donde sacudes esta mierda. —Kay me azota la melena—. Me podrías sacar un ojo. Es una arma letal, Mads.

—Oh, cállate. —La golpeo con las puntas de mis rizos y entonces me doy cuenta de que los demás han desaparecido—. ¿Dónde se ha metido todo el mundo?

—Han ido a buscar algo de comer a la barbacoa mientras tú y ese casanova os dabais el filete.

Niego con la cabeza. A veces es un poco desagradable, pero ella es así. No me gustaría que fuera de otra forma.

—Oye, Kay. —Braden se apoya contra mí—. ¿Esa no es tu amiga? ¿Esa tal Darla o como se llame?

Vaya, genial.

Kay resopla.

—Si queréis estar solos, decidlo.

Se pone de pie, me saluda con aire juguetón y se va caminando tranquilamente en dirección a Darla, que es un auténtico bombón rubio.

Vuelvo la cabeza y traspaso con la mirada el fuego y la fiesta hasta posarlos en el agua que acaricia la arena. Siempre me pasa lo mismo en las fiestas. Da igual que sea una fiesta de la fraternidad, de la residencia o una fiesta en la playa. Siempre tengo la sensación de que soy la única que no se lo está pasando bien.

Después de pasar seis meses siguiendo a mi mejor amiga de fiesta en fiesta para que ella no perdiera de vista a mi hermano y él pudiera romperle el corazón, supongo que nadie puede culparme. No. Yo tampoco me culparía.

—Estás en otro sitio —observa Braden. Recordar lo mucho

que le odio resultaría más fácil si no estuviera tan conectado conmigo.

—Solo estaba pensando —contesto obligándome a pegar los ojos en la cristalina agua del mar—. No tienes por qué quedarte conmigo. Te puedes ir con los chicos.

—No.

Se recuesta contra el árbol y da unas palmaditas en el hueco que hay junto a él. Suspiro.

Reculo y me siento a su lado, me acurruco contra él y me rodea con el brazo. Apoyo la cabeza en su hombro y él me levanta las piernas para que pueda apoyarlas sobre las suyas. Entonces levanta las rodillas y quedo pegada a él como una manta. Luego apoya la mejilla sobre mi cabeza.

Siento cómo nos observa la gente. Se me están poniendo los pelos de punta y me dan ganas de levantarme y escapar de toda esta farsa.

Pero también es verdad que hay una pequeña parte de mí que está disfrutando.

Capítulo dieciséis

Braden

*A*yer por la noche aprendí tres cosas.

Una: Maddie Stevens encaja en mis brazos a la perfección. Dos: tengo muchas ganas de acostarme con ella, pero muchas. Algo serio. Y tres: su pelo huele a manzanas.

Ya han pasado nueve días desde que Ryan y Aston me desafiaron a conseguir que Maddie se enamorara de mí y me impusieron un límite de un mes para conseguirlo. A este ritmo no me va a hacer falta un mes entero. La chica está cayendo y está cayendo profunda y rápidamente. Le doy diez días. Luego les demostraré a estos dos que soy perfectamente capaz de hacerlo y dejarla.

Porque afrontémoslo, si yo fuera la clase de chico que se enamora, me enamoraría de una chica como ella. Y es que debajo de esas curvas, su feroz melena y esos preciosos ojos verdes, hay una chica diferente a todas las demás. También estoy bastante seguro de que jamás volveré a conocer a nadie como ella.

Y ese es el problema. Cuando me sonríe lo hace de veras, y sé que ella podría transformarme en la clase de chico que se enamora. Y eso la convierte en un peligro, en un gran peligro. Tengo que conseguir llevármela a la cama y dejarla antes de que sea demasiado tarde.

Cuando dobla la esquina en dirección a mí, veo que está escribiendo un mensaje en el móvil con el ceño fruncido. Tiene el pelo colocado a un lado y su cara queda escondida. Salgo de donde la estaba esperando bajo la escalera y tiro de su mano para acercarla a mí.

Ella me mira con los ojos muy abiertos y se apoya sobre mi pecho.

—¡Maldita sea, Braden! Deja de hacerme esto.

—¿El qué? —Le sonrío.

—Asustarme —resopla metiéndose el móvil en el bolsillo.

—¿Va todo bien? —Le aparto el pelo de la cara.

—Sí, solo es mi hermano. —Frunce el ceño de nuevo y niega con la cabeza—. No pasa nada. Solo está siendo tan estúpido como de costumbre.

—¿Estás segura? —Aliso las arrugas de su frente con el pulgar.

—Sí —dice con alegría. Con demasiada alegría. Sonríe, pero no hay ninguna luz en su gesto, no tiene nada que ver con las sonrisas de ayer por la noche. Y no comprendo que me muera por averiguar qué le pasa en lugar de estar pensando en follármela de todas las formas posibles.

Es amiga de Megan. Eso explica la preocupación que siento. Claro.

Le beso la frente y entrelazo los dedos de mi mano con los suyos. Nos alejamos de la escalera y nos marchamos en dirección a la cafetería del campus. No sirven la mejor comida del mundo, pero sé que tiene una clase dentro de media hora. Esta chica no se salta ni una sola clase.

Nos ponemos en la cola del autoservicio y luego encontramos una mesa en la esquina. Ya me he dado cuenta de que no soporta ser el centro de atención.

Está picoteando la comida y apenas come nada. Quiero hablar con ella, pero no tengo ni idea de qué decir. Debo de ser el tío más insensible del mundo, pero los sentimientos nunca me han importado mucho. Para mí, los únicos sentimientos que significan algo y son reales son los que se desatan en el dormitorio.

Hasta que veo los tristes ojos de Maddie. Entonces sus sentimientos se convierten en algo muy real.

En lugar de hablar decido deslizar la mano por la mesa y coger la suya. He visto cómo lo hacen los tíos de esas películas absurdas que Meggy me obligaba a ver. Maddie levanta la mirada y esboza una triste sonrisa. Así que asumo que el gesto la ha reconfortado un poco.

¿Cómo voy a saberlo?

—Hola, Braden.

Se me acerca una chica con una larga melena rubia. Es la distracción perfecta.

Si no estuviera manteniendo esta maldita relación postiza, claro.

—¿Hola? —contesto. Estoy bastante seguro de que debería saber su nombre, pero estoy en blanco.

—Me estaba preguntando si estás libre esta noche. ¿Crees que podríamos, ya sabes, seguir dónde lo dejamos la última vez? —Se enrosca un mechón de pelo en el dedo y contonea la cadera.

Vaya. ¿Por qué no paran de pasar estas cosas?

—No, lo siento —le digo muy consciente de que Maddie me está mirando—. Ya no estoy disponible.

—¿A qué te refieres con eso de que no estás disponible? —La rubia nos mira. ¿Es que todas las chicas con las que me acuesto son rubias? Mierda.

—Pues a que tengo novia.

—Que casualmente está sentada delante de él —murmura Maddie. No hay palabrotas suficientes en el mundo para expresar cómo me siento en este momento. ¿Por qué no paran de aparecer chicas que pueden arruinar mi meticuloso plan?

—Ah, sí, no te había visto. —La rubia se vuelve hacia Maddie—. Ya sabes, no eres su tipo, querida.

—Quizá por eso soy su novia y tú eres un puto polvo de fin de semana olvidado cuyo nombre es incapaz de recordar, querida.

¿Maddie acaba de decir una palabrota? Vaya. Sí que lo ha hecho. ¿Acaso ayer por la noche la abdujeron los extraterrestres?

Miro a las dos chicas. La rubia está lanzándole puñales con los ojos a Maddie mientras ella sigue picoteando la comida con despreocupación como si no acabara de decir algo completamente atípico en ella.

—Será mejor que te vayas. —Le hago un gesto con la cabeza a la rubia. Ella le lanza a Maddie una última mirada de desprecio y se vuelve de nuevo hacia mí con una dulce sonrisa en los labios.

—Llámame cuando te canses de ella, ¿de acuerdo? —Se

da media vuelta y se marcha exagerando el balanceo de sus caderas.

—Tienes muy mal gusto para las chicas —dice Maddie cuando la rubia desaparece.

Eso parece.

—¿Te estás incluyendo en esa afirmación?

Ella levanta la vista y su mirada triste es ahora fría como el hielo. Estoy convencido de que esa mirada podría congelar el infierno.

—No me toques las narices, Braden. Hoy no. No me pienso quedar aquí sentada rodeada de una panda de fulanas con las tetas operadas que se sienten con el derecho de venir a decirme que no soy tu tipo.

Arranca la mano de entre las mías y se levanta para pasar a toda prisa por mi lado.

Yo echo la cabeza hacia atrás, suspiro y me levanto para seguirla. ¿Por qué, Dios, por qué tiene que ser tan complicado?

La sigo hasta una arboleda sombreada. Se queda ahí parada y la luz del sol que se cuela por entre las hojas de los árboles se refleja en su cabeza. Se ha cruzado de brazos y cuando se apoya en el tronco de un árbol y reposa la cabeza contra la áspera corteza veo cómo se le mueve el pecho de arriba abajo.

—Venga, cielo —le digo acercándome a ella—. ¿Por qué no me dices de qué va todo esto?

—No estoy de humor para hablar de tus ex compañeras de cama, Braden —contesta con los ojos cerrados.

—No estoy hablando de eso. —Me acerco a ella—. ¿Por qué no me dices de dónde salen todas esas palabrotas? Porque estoy convencido de que no te había oído decir ninguna jamás.

—Tengo un mal día. Ha sido un desliz. Olvídalo.

—¿Por qué iba a olvidarlo?

—Porque te lo digo yo.

—Si tienes un mal día habla conmigo. Para eso estoy aquí, ¿no? —Hago una pausa—. Te dije que quería apoyarte; déjame hacerlo.

Ella se ríe con amargura y niega con la cabeza. Cuando abre los ojos me doy cuenta de que esa dura y precavida expresión se ha vuelto a adueñar de los brillantes ojos verdes a los que tanto me estoy acostumbrando.

—La vida que yo llevaba antes de venir a Berkeley es muy distinta de la tuya. Ni siquiera puedes imaginártela, así que no tiene ningún sentido hablar de ello. No lo entenderías.

—Pues ayúdame. —Apoyo una mano en el tronco y me coloco delante de ella. Me mira a los ojos—. Ayúdame a comprenderlo. Ayúdame a ayudarte.

Ella se muerde el labio superior.

—Hoy no —susurra—. Ahora no puedo hablar.

Deslizo la mano por su nuca y tiro de ella hacia mí hasta apoyar su cuerpo contra el mío. Ella posa las manos en mi estómago y me empuja hacia atrás.

—No —le digo al oído—. Maddie, si no quieres hablar conmigo por lo menos déjame abrazarte. Eso sí lo puedo hacer.

Se queda helada, atrapada por la indecisión, pero entonces se relaja y me rodea la cintura con los brazos.

—Lo siento —murmura—. Siento haberme comportado como una perra rabiosa.

—No te disculpes —le contesto acariciándole la cabeza. Eso también lo vi en una película—. Soy yo quien lo siente.

Y es verdad. Pero no tengo ni idea de por qué.

Capítulo diecisiete

Maddie

$\mathcal{M}$i hermano, que en este momento está a cinco mil kilómetros de distancia, sigue teniendo la habilidad de arruinarme el día y el humor. Y por lo visto también tiene la capacidad de haber estado a punto de arruinar nueve días de duro trabajo con Braden.

Pero, sinceramente, ¿a quién se le ocurre asaltar a un tío en la cafetería de la universidad para sugerirle acabar lo que tenían empezado? Es repugnante y me recuerda exactamente los motivos por los que estoy haciendo esto. También ha servido para actualizar el odio que siento por Braden y que olvidé cuando me abrazó de esa forma después de mi arranque de ira.

Suspiro y vuelvo a pensar en Pearce. La ira borbotea en mi interior y siento la loca necesidad de tirar el móvil por la ventana de mi habitación. Sería muy satisfactorio ver cómo se hace mil pedazos contra la acera. Aunque también podría cambiarme el número. Probablemente esa sea la mejor opción, pero la tentación de destruirlo resulta estimulante.

No me sorprende que se haya puesto en contacto conmigo tan pronto. Supuse que querría el dinero para pagar el alquiler, pero me equivoqué. Del todo.

Tengo que admitir que hay una diferencia entre Pearce y Braden. Y esa diferencia son las drogas ilegales.

Pearce se enganchó cuando murió mamá. Eran su «refugio». No es que pase nada por querer un refugio, pero si ese refugio te hace sentir aún peor, tienes un problema. Y mi querido hermano lo solucionó buscando más refugio.

Y esta vez se ha pasado tanto que los ochocientos dólares que le transferí no sirven para cubrir ni la mitad del gasto.

Naturalmente le habrá dicho a quienquiera que le consiga la droga que reunirá el dinero asumiendo que yo se lo daré como hago siempre, pero esta vez le he dicho que no. Le he dicho que no pensaba volver a salvarle el culo. Y se ha vuelto loco.

En el mensaje que me envió ayer por la mañana me informaba de que estaba buscando la forma de venir aquí y que debo esperar su visita en cualquier momento de la semana que viene.

Chasqueo la lengua. La fusión de dos vidas muy distintas. Aquí todo el mundo sabe que dejé un hermano mayor en Brooklyn pero no saben los detalles. Aparte de Kay, Megan y Lila, solo Braden sabe que mi madre murió asesinada. Nadie me lo ha preguntado, y nunca he sentido la necesidad de compartir esa información.

Pero la idea de que Pierce pueda venir aquí me asusta porque sé cómo es. A fin de cuentas, yo lo vi dominar, controlar y hacer que mi mejor amiga intentara suicidarse, y todo por su adicción a las drogas y su complejo de inferioridad.

—¡Argh! —Me froto los ojos con la palma de las manos y aprieto como si de esa forma pudiera borrar los recuerdos del último año. Ojalá tuviera esa suerte.

Los brillantes colores de la Operación Seducir al Seductor captan mi atención. Ya vamos por el décimo día y estoy más que decidida a llegar hasta el final. Y por lo que parece la centésima vez en estos últimos días, levanto una coraza alrededor de mi corazón.

A pesar de todo lo malo, Megan tenía razón. Braden es cuidadoso, dulce y considerado. Por lo menos ahora sé que tiene un corazón en alguna parte.

Pero Pearce también lo tenía antes de arrancarle el corazón a Abbi.

Cruzo el césped en dirección a la casa de la fraternidad de Braden. No hemos vuelto a hablar en serio desde que exploté en la cafetería y sé que tengo que arreglar las cosas por el bien del plan. Aunque lo único que quiero hacer es huir y esconderme en algún sitio donde Pierce no pueda encontrarme.

Lila me recibe en la puerta.

—Está detrás, pasa.

Le sonrío agradecida, pero suspiro de todos modos.

—Oye. —Me rodea los hombros con el brazo—. Todo irá bien. Si viene estaremos todos contigo. Te lo prometo. No estarás sola.

—Ya lo sé.

Clavo la mirada en el suelo mientras ella abre la puerta.

—¡Tiempo! —grita Braden. Vuelvo a levantar los ojos y me recibe un sudoroso Braden sin camiseta que viene corriendo hacia mí. Esboza una sonrisa y salta hasta el pequeño porche de la casa—. Hola, cielo.

—Hola —digo en voz baja—. Braden...

—Si te vas a disculpar por lo que pasó ayer, ya puedes olvidarlo. —Da un paso hacia mí y me aparta el pelo del ojo—. Todos tenemos derecho a perder los papeles de vez en cuando, ¿no es así?

—Claro. —Le sonrío—. ¿Entonces estamos bien?

Se ríe.

—Maddie, nunca hemos estado mal. Solo pensaba que necesitabas un poco de tiempo para tranquilizarte.

Asiento y él me rodea con el brazo. Nos apoyamos en la pared del porche dando la espalda al patio. He apoyado mi mano en su estómago y, aprovechando que tengo muy fresca la decisión de acabar con todo esto, me aventuro a llevar el juego a un nuevo nivel.

Repaso las ondulaciones de su torso con la punta del dedo y voy rozando sus sólidos músculos a medida que avanzo. Noto cómo me agarra con más fuerza de la cintura a medida que me aproximo a la definida V que se dibuja por encima de la goma de sus pantalones cortos. Noto su escalofrío y su mano libre agarra la mía un centímetro antes de que llegue a los pantalones.

—Maddie —susurra en el tono de voz más profundo que le he escuchado emplear jamás—. Si estuviera en tu lugar, yo lo dejaría aquí.

Bingo.

—¿Por qué? —Sonrío divertida y le miro—. Solo me estaba preguntando si ese músculo seguía bajando tanto como parece.

Se vuelve hacia mí con el azul eléctrico de los ojos nublado por el deseo.

—Sí, sigue bajando.

Me muerdo el labio superior y me meto la comisura en la boca mientras bajo la mirada para observar nuestras manos entrelazadas. Él carraspea y yo le miro a los ojos.

—Lo siento —susurro—. Tenía curiosidad.

Braden agacha la cabeza y acerca los labios a mi oreja.

—Cielo, puedes ser todo lo curiosa que quieras, pero a menos que quieras que mis hermanos de la fraternidad te vean desnuda, será mejor que te detengas.

Una oleada de calor explota en mi tripa. Vaya… Trago saliva. Esto se me está escapando de las manos. Ni siquiera puedo hacer justicia a ese excitante tono de voz. Es un sonido ronco y masculino que vibra por todo mi cuerpo. Puedo sentir cómo rodea cada centímetro de mi piel.

—De acuerdo —exhalo—. Pararé.

Saco la mano de debajo de la suya y la subo por su cuerpo hasta alcanzar su hombro para deslizarla por su brazo. El paso de mi mano va dejando un camino de piel de gallina y a Braden se le escapa un rugido. Yo me esfuerzo por no sonreír y entrelazo los dedos con los suyos, que son mucho más grandes que los míos.

Es verdad que he dicho que pararía, pero no he dicho cuándo.

Él deja escapar el aire con fuerza y su aliento me mueve el pelo.

—Maddie.

—Ya he parado. —Me muerdo el labio—. Lo siento.

Niega con la cabeza sonriendo y se agacha para apoyar la frente sobre la mía. Le miro a los ojos y sus pestañas me hacen cosquillas en la piel. Braden frota la punta de la nariz con la mía e inclina suavemente la cabeza para que sus labios rocen los míos. Yo me pongo de puntillas y le estrecho la mano. Le rodeo el cuello con el brazo que tengo libre y le devuelvo el beso.

Pues sí, me gusta besar al chico que odio. Disparadme.

—¡Oye, Carter! ¡Deja en paz a mi chica! —grita Kay dando un portazo. Yo sonrío contra los labios de Braden y vuelvo a posar los pies en el suelo.

—Hola, Kay —la saludo dándome la vuelta.

Ella nos mira a Braden y a mí.

—Sois como una película pornográfica andante.

—Oye, ¿es que ya no puedo besar a mi chica? —Braden la mira—. Es normal que quiera presumir de ella.

Me ruborizo un poco. Ha sido intencionado. Muy intencionado. No, estoy mintiendo. No ha sido intencionado en absoluto. Mierda.

—Claro que puedes. —Aspira con fuerza por la nariz—. Pero no puedes hacerlo delante de mí.

Megan le da una palmada en el brazo.

—No seas tan gruñona. ¡A mí me encanta verlos tan felices!

Le sonrío.

—Gracias, Meggy. —Braden le sonríe. Kay resopla, le hace una peineta a Braden y se da media vuelta para irse con Lila y Ryan.

—Esa chica me odia, ¿no?

—Es porque no tienes vagina. —Megan se ríe—. O eso espero.

—Te aseguro —contesta Braden mirándome— que en mis pantalones no se esconde ninguna vagina.

Me vuelvo a morder el labio para evitar ponerme a reír como una loca.

Sí, me he saltado un nivel. Este es mucho más divertido.

Capítulo dieciocho

Braden

*E*stoy jodido. Estoy bien jodido.

Cuando Maddie deslizó la mano por mi estómago, me provocó una instantánea erección dura como una roca. Mi polla se puso firme tan rápido que parecía estar en plena instrucción militar.

Me revienta que no sea como las chicas con las que suelo enrollarme. Normalmente me basta con una sonrisa sugestiva y un guiño, pero con Maddie me lo tengo que currar. Al final acabaré cantándole serenatas a la luz de la luna. ¿Y sabéis qué? Si se me diera bien cantar quizás lo haría.

¿Por qué será que siempre quiero lo que no puedo tener? Y Maddie es la primera de esa lista. Bueno, ella está la primera de todas mis listas.

También es como intocable, como un mineral excepcional expuesto en un museo y rodeado de luces láser. Me siento como un ninja que tiene que esquivar uno de esos rayos cada día para acercarme un poco más a su corazón.

¿Pero de verdad quiero que se enamore de mí? El problema de este desafío es que no se trata solo de un revolcón rápido sobre la hierba. Tengo que llegar a conocerla, tengo que fingir que me preocupo por ella, ¿pero en qué punto empiezan las apariencias a convertirse en realidad?

Ahora sé que su madre fue asesinada, que no tiene una buena relación con su hermano y que quiere a su padre, y también sé que cuando está de mal humor su sucia lengua puede medirse con mis momentos de máxima expresividad. Y cuando se pone así me parece muy *sexy*.

Maddie la correcta y formal haciendo el papel de mala es lo más excitante que he visto en la vida.

Mierda.

Me levanto y salgo de mi habitación dando un portazo. No puedo quedarme en mi dormitorio pensando en ella. Casi me caigo encima de Ryan y Aston al final de la escalera y los cojo del brazo para arrastrarlos hasta la puerta principal y sacarlos de la casa.

—Tío, ¿qué haces? —Aston se frota los brazos.

—Vosotros dos. —Los miro alternativamente—. Me estáis volviendo loco.

—¿Qué?

—Este desafío. ¿Tenéis idea de lo duro que es tener ese excitante culo frotándose contra mí y no poder follármela? —Me esfuerzo para no abandonarme a la necesidad de atravesar la pared con el puño.

Ryan sonríe.

—Tú aceptaste, hermano. Yo solo estaba de broma, pero tú aceptaste. Ahora no te puedes echar atrás. La tienes comiendo de la palma de tu mano.

—Sí, y ese es el problema. —Lo miro fijamente—. No quiero tenerla comiendo de la palma de mi mano. La quiero comiéndome la puta polla.

—Pues llévatela a la cama —sugiere Aston—. La otra noche estabais muy acaramelados, ya me entiendes.

—Ni siquiera han pasado dos semanas, tío. —Niego con la cabeza—. No puedo ni planteármelo por lo menos hasta la semana que viene. Se siente atraída por mí y está empezando a caer, pero no se ha soltado del todo. No lo hará hasta que no esté totalmente enamorada de mí. Y tampoco ayuda nada que no paren de acercarse a mí chicas que ni siquiera recuerdo cómo se llaman, para preguntarme si quiero repetir.

Los dos chicos se deshacen en carcajadas.

—Tío, estás de broma, ¿no? —Aston se apoya en la pared.

—Ya me gustaría. —Me froto la frente—. Da la sensación de que en cuanto me ven con mi novia falsa de repente me vean como el tío más deseado de todo el campus.

—Ya me imagino que no ayuda —reflexiona Ryan—. Con Maddie, claro. Estoy seguro de que a ti te encanta.

—En realidad lo odio.

—¿Estás de broma? ¿Lo odias?

—Es tan agradable como una bala en la cabeza. Imagínate hasta qué punto lo odio. Y tampoco ayuda con el tema de la confianza, en especial porque soy incapaz de recordar sus nombres.

Aston se ríe.

—La próxima vez que te pase mándamelas a mí. En mi cama siempre hay sitio.

—Estoy seguro de que es cierto —le contesto con sequedad—. ¿Pero qué hago con Maddie? Me está volviendo loco. Mi cerebro solo la ve como un reclamo sexual andante.

—Tíratela —se limita a sugerir Ryan—. Tíratela y quítatela de la cabeza. Pero tendrás que hacerlo antes de lo que habías previsto.

La melena rubia de Meggy se balancea cuando se sienta en mi cama.

—Así que tú y Maddie, ¿no?

—¿Qué pasa? —La miro.

—Parece que te gusta.

¿Ah, sí?

—Eso es porque me gusta, Meggy.

—¿De verdad, Bray? Porque ya sé lo buen actor que eres. A mí no puedes esconderme nada.

Y ese es el puto problema.

—No estoy fingiendo. Me gusta.

—A lo mejor lo que te gusta es el sexo que te puede proporcionar.

¿En serio?

—Meggy.

—Bray.

La miro y ella alza las cejas.

—Me gusta, de verdad. ¿Cómo podría no gustarme?

Ella se apoya en la pared y se cruza de brazos. Me clava la mirada y yo me siento un poco incómodo bajo su intenso escrutinio. Mierda. ¿Cómo puede ser que tenga el poder de hacerme esto? ¿Cómo lo hace?

—Te quiero, Bray. Eres como mi hermano, pero si estás jugando con ella te la cortaré y con tus testículos fabricaré una campanilla de viento para colgarla en la ventana del salón de la casa de la fraternidad.

Ay. Esbozo una mueca de dolor.

—Yo no estoy jugando con ella.

—Braden William Carter —espeta—. Estoy hablando en serio. Para mí eres un libro abierto y no tiene nada que ver lo que dices con lo que en realidad quieres decir. ¿Pero sabes qué? Que tampoco tiene nada que ver lo que quieres decir con lo que piensas.

—Por favor, Meggy —le digo con sarcasmo—. Ilumíname y explícame lo que digo, lo que quiero decir y lo que pienso.

—Dices que quieres estar con ella. A lo que te refieres es a que quieres acostarte con ella, y en realidad piensas que darte permiso para sentir lo que en realidad te gustaría en el fondo de tu corazón, te convertiría en un blandengue.

—¿A qué te refieres con eso de darme permiso para sentir algo por ella? Acabo de admitir que me gusta.

—Sí, Braden —dice con ironía—, pero eso no es lo que en realidad quieres decir. No soy estúpida. Estás tramando algo con Maddie y aunque no es asunto mío, resulta que me preocupo por los dos. Y a menos que consigas separar tu cerebro de tu polla, acabaréis haciéndoos daño. Los dos. El sexo no lo es todo.

—No estoy en esto por el sexo.

Odio tener que mentirle, pero debo hacerlo.

—No me lo creo, ni eso ni ninguna de las patéticas excusas que tienes almacenadas en tu cerebro, sea cual sea la parte de tu cuerpo en el que esté ubicado en este momento. —Se levanta de la cama, cruza la habitación y me clava un dedo en el pecho—. Tienes que dejar de pensar que eres el próximo Hugh Hefner y empezar a decidir cómo te sientes realmente. No deberías permitir que tus amigos te controlen, Bray.

—Solo dices eso porque crees que son unos imbéciles. —Sonrío.

—Eso es porque son imbéciles. No dejes que te hagan creer que tienes que pasar los próximos cuatro años de tu vida en esta universidad follándote todo lo que se mueve, porque mientras tú estés ocupado persiguiendo esa meta, tu futuro podría estar justo delante de tus ojos. ¿Y sabes qué? A menos que abras los ojos te perderás ese futuro. Ella aparecerá y desaparecerá tan rápido que parpadearás y la perderás. —Suspira y se va en dirección a la puerta—. Tendrás que decidir si Maddie es una más o si es algo más que eso. Esa chica ya ha pasado por demasiadas cosas como para encima tener que aguantar tus tonterías de mujeriego. Párate a reflexionar y pregúntate lo que significa para ti.

A continuación abre la puerta y la cierra de un portazo.

—Que te den —murmuro cogiendo una almohada de la cama y lanzándola contra la puerta cerrada—. Puto futuro. Menuda tontería.

Aún no he cumplido los diecinueve. ¿Quién narices piensa en el futuro a esta edad?

Capítulo diecinueve

Maddie

*L*levo mirando el móvil de forma compulsiva desde el lunes. Ya es miércoles y no he vuelto a tener noticias de Pearce. Si me estaba diciendo la verdad, dentro de una semana estaré viendo sus patéticos ojos.

Y estoy asustada.

No quiero que venga aquí y no conseguiré fingir durante mucho tiempo más delante de las chicas para evitar decirles lo que está pasando. No se lo quiero ocultar, pero tampoco puedo hacer mucho más. Si al final no viene, no tengo por qué contarles los patéticos detalles de mi vida en Brooklyn. Y si viene… Entonces quizá ya sea demasiado tarde.

Odio no saberlo. Odio la incertidumbre que envuelve a mi hermano en una nube espesa. Todo lo que tiene que ver con él nunca es claro, excepto las drogas. Pero la verdad es que nunca hay nada claro con nadie. Para nada. Nunca.

Me trago un suspiro mientras golpeo el bolígrafo contra la mesa. Miro el reloj por milésima vez durante los últimos diez minutos. Tengo la sensación de que el minutero se mueve a paso de caracol, a cero kilómetros por hora.

Por primera vez en mi vida tengo ganas de ver a Braden. Cuando está conmigo tengo algo en lo que concentrarme, el desafío, el juego. La necesidad de ganar el juego que él ni siquiera sabe que está jugando se adueña de mí.

¿Pero podría ser que eso me ponga al mismo nivel que mi hermano? ¿Eso de jugar con alguien por pura y simple satisfacción?

No. No, esto es diferente. Meggie dijo que el plan era para

Braden, para convertirlo en una persona mejor. Yo no saco ninguna satisfacción. Solo frustración.

Pero siguen siendo dos vidas que se convierten en una sola. Cuando estoy aquí sentada, en clase, soy la chica mala de Brooklyn, y cuando salga por la puerta y me vea con él, entonces seré la chica buena de California.

Por fin suena el timbre y cojo todas mis cosas para salir corriendo de clase. El aire del aula se me antoja sofocante y pesado bajo el silencio de mi hermano. Todos los pensamientos que me han pasado por la cabeza en los últimos diez minutos giran sin parar dentro de mi cabeza una y otra vez.

Estoy mareada. No puedo respirar, tengo demasiadas cosas en la cabeza. Mi hermano y todo lo que viví el año pasado me está acechando desde cinco mil kilómetros de distancia. Me llevo la mano a los ojos decidida a recorrer los pasillos cuanto antes y salir al aire fresco donde pueda respirar.

Entonces noto cómo me agarran dos brazos y el pánico me hace gritar. Me siento presionada contra un cuerpo duro y reconozco esa fragancia almizclada. Braden. Le agarro de la camiseta con la mano con la que no sujeto los libros. Necesito algo a lo que agarrarme. Es una maniobra casi desesperada, pero no me importa.

—Sssshhh —susurra—, ya te tengo. No pasa nada.

Cierro los ojos e inspiro hondo mientras él me estrecha con fuerza entre sus brazos. Entierro la cara en su pecho. Serenándome. Centrándome. Recuerdo las técnicas de respiración que aprendí en las clases de yoga que tomé el último año de instituto y coreo las instrucciones mentalmente inspirando hondo y soltando el aire despacio.

El ruido que nos rodea disminuye y caigo en la cuenta de que no tengo ni idea de cuánto tiempo llevo entre los brazos de Braden.

—¿Estás bien, cielo? —me pregunta con suavidad.

—Sí —susurro—. Creo que sí.

Me acaricia el pelo y sus dedos tiran un poco de los enredos que tengo entre los rizos.

—No quería asustarte. Me ha dado la sensación de que ibas a desmayarte.

—¿Y has pensado que vendrías a rescatarme en plan caballero de la brillante armadura? —La mera idea resulta divertida.

—Algo así. —Se ríe—. ¿Qué pasa?

—Oh, nada —intento olvidarlo y me separo de él sonriéndole.

—No me mientas, Maddie. Puedo ver en tus preciosos ojos verdes que te preocupa algo. —Me desliza el pulgar por la cara y yo me esfuerzo por no cerrar los ojos—. Cuéntamelo.

—Es mi hermano. —Bajo la mirada.

—Recuerdo que me explicaste que no os lleváis bien.

—Eso es un eufemismo —resoplo—. Me ha dicho algo sobre presentarse aquí… Y yo… No quiero que lo haga. No quiero que venga aquí.

—Pues díselo.

—No es tan fácil. A Pearce no se le dicen las cosas sin más.

—¿Y entonces qué sueles hacer?

—No importa. —Le miro y luego clavo los ojos en el suelo—. No importa.

Braden me coge de la barbilla y me obliga a levantar la cabeza, pero yo sigo mirando al suelo.

—Maddie, mírame. —Yo niego con la cabeza—. Maddie. Por favor.

La ternura que percibo en su voz hace mella en mí, me descompongo y le miro a los ojos.

—¿Qué?

—Sí que importa, ¿lo entiendes? —me dice con delicadeza—. Siempre importa.

—No, no importa.

—¿Por qué no quieres hablar conmigo?

«Porque cuando te comportas así, cuando te pones tan dulce y cariñoso, me cuesta mucho recordar que te odio y que todo esto no es más que un juego».

—Porque no puedo hablar del tema, Braden.

Suspira.

—¿Por qué no me dejas llegar a ti? Déjame ayudarte.

«Porque eres la primera persona aparte de las chicas que se preocupa por mí y lo demuestra desde que ella murió, y esto no es bueno para nadie. Y menos cuando todo lo que crees saber es un juego».

Υ

—¿Por qué? —Miro los patines que tengo delante—. ¿Por qué? ¿Por qué? ¿Por qué?

—Estoy segura de que Megan cree que es graciosísima —refunfuña Lila mirando los patines con el mismo desprecio que yo.

—¿Por qué la hemos dejado organizar esto? —murmuro.

—No tengo ni idea, pero no pienso volver a dejarla.

—Estoy contigo.

No son solo patines, encima son de color rosa. Son de puto color rosa.

No me gusta el rosa.

—¿Qué pasa con vosotras dos? —Ryan se acerca patinando a nosotras como si llevara haciéndolo toda la vida, cosa que probablemente haya estado haciendo.

—Uhh. —Lila sigue clavada en el sitio sin apartar la vista de los patines.

—Venga, nena. —Ryan patina hacia ella—. No es tan difícil.

—Joder, Ryan —resopla—. ¿Cuántas veces crees que he patinado en Washington? En serio.

—Supongo que pensé que era algo que todo el mundo había hecho en algún momento de su vida. —Me mira—. No me digas que tú tampoco has patinado nunca, Maddie.

—Exacto —contesto levantando por fin la vista de los patines—. No es algo que se estile mucho en Brooklyn.

—Malditas chicas de ciudad. —Niega con la cabeza.

—No están tan mal. —Braden patina de espaldas por la acera en dirección a nosotras.

—Maldito chulo —murmura Lila.

—Te he oído, Lila.

—Es lo que pretendía, Braden.

Se para delante de mí y yo le miro.

—¿Qué?

—¿De verdad no has patinado nunca?

—No. —Me cruzo de brazos—. No. Nunca.

—Venga. —Me coge de las manos—. Póntelos y pruébalos. Te prometo que es divertido. Tú solo pruébalo una vez.

Miro los patines y le vuelvo a mirar a él. Tiene una suplicante y esperanzada expresión en la cara.

—¿Si lo hago dejarás de mirarme con esa cara de pena?

—Lo prometo.

Suspiro y me siento.

—Está bien.

Cojo los patines y, después de quitarme los zapatos, meto los pies y empiezo a pelearme con los confusos cierres.

Braden suspira y niega con la cabeza.

—Ven aquí.

Se agacha, los tensa y me los abrocha.

Me coge de las manos, me levanta y yo grito cuando noto que ruedo hacia delante y choco contra él. Le apoyo las manos en el pecho para no perder el equilibrio e ignoro las fuertes pulsaciones de mi corazón.

—Todo va bien. —Sonríe divertido.

—Sí —contesto—. Todo va bien.

—Vamos. —Sonríe y me coge de la mano alejándose de mí.

Levanto la mirada y veo que Ryan está tirando de Lila. Ella tiene los pies separados a la altura de los hombros y le tiemblan las piernas. Parece un potro recién nacido intentando caminar por primera vez y yo me río en silencio consciente de que es muy probable que yo tenga la misma pinta.

Vuelve la cabeza y me mira por encima del hombro para articular: «Ayúdame». Me encojo de hombros con impotencia mientras Braden empieza a moverse un poco más deprisa y yo me sacudo hacia delante.

—¡Bueno, despacio, despacio, despacio! —protesto moviendo mi brazo libre en el aire.

—Oh, Dios mío, Maddie —ruge—. ¿Lo dices en serio?

—¡Sí! Yo nunca he hecho esto, ni una sola vez —refunfuño—. Eso significa jamás, Braden.

—A la mierda —espeta Ryan—. ¡Curso intensivo!

Rodea a Lila patinando y la coge de la cintura para empujarla por la acera. Ella grita con todas sus fuerzas y posa las manos sobre las que tiene Ryan en su cintura para no perder el equilibrio.

—¡Ryan, eres imbécil! —La oigo gritar antes de perderlos de vista. Me río. Entonces Braden me suelta la mano y...

—¡No, no, no, Braden! ¡Ni se te ocurra! —Intento darme la vuelta y siento cómo posa las manos en mi cintura y el roce de su aliento en mi oreja.

—Curso intensivo, cielo.

—No… —Mis protestas se convierten en gritos cuando salimos disparados por el asfalto en la misma dirección por la que han desaparecido Ryan y Lila—. Oh, Dios mío, oh, Dios mío. —Quiero cerrar los ojos, pero no es una buena idea.

El corazón me aporrea el pecho y aprieto con fuerza las manos de Braden deslizando los dedos entre los suyos.

—No está tan mal. —Se ríe junto a mi oreja.

—Eso depende del lado que estés —contesto poniendo la espalda tensa—. Braden, quiero parar.

—No. —Me rodea con el brazo y me estrecha contra él hasta que mi espalda se pega a su torso y tanto mis brazos como los suyos me rodean el estómago—. ¿Lo ves? Te tengo bien cogida. No pasa nada, preciosa.

—Esto es una locura. No pienso volver a dejar que Megan nos organice una cita.

—Sí, esta vez ha tenido una buena idea. —Se vuelve a reír y yo niego con la cabeza.

—No, de eso nada. Esto es terrible.

—¿De verdad? Pensaba que te gustaría estar pegada a mí.

—Quizá me gustara si pudiera concentrarme únicamente en eso.

—Muy bien. —Se gira y se coloca delante de mí patinando hacia atrás.

—Braden, ¡así no puedes ver adónde vamos!

—Eso es cosa tuya.

—Oh, Dios mío. —Intento mirar por encima de su hombro, pero no puedo. Es demasiado alto, maldita sea—. ¡Eres demasiado alto!

—Entonces tendrás que confiar en mí.

Me da un ardiente beso y yo jadeo por dentro mientras le agarro con fuerza. Luego me coge de la cintura y me obliga a presionar las caderas contra su cuerpo al tiempo que aminoramos un poco la velocidad. Empieza a profundizar en el beso; desliza la lengua entre mis labios y yo le muerdo el labio inferior antes de abrir la boca para él. Luego entierro los dedos en su pelo cuando nuestras lenguas se encuentran para perderse en un intrincado baile de deseo.

Por un segundo me olvido del juego. Olvido la relación falsa. Olvido que llevo patines y que Braden no...

—¡Aaaaaah! —exclama Braden cayendo sobre la hierba. Yo me rio dejándome caer encima de él.

—¡Ya te he dicho que no veíamos adónde íbamos! —le digo entre risas notando cómo la hierba me acaricia las orejas.

—Oye. —Rueda por la hierba hacia mí y se apoya sobre un codo. Su pelo resbala hacia mi cara y proyecta pequeñas sombras en mi rostro—. Yo sabía muy bien adónde íbamos hasta que me distrajiste.

—¿Yo te he distraído? De eso nada, señor. Has sido tú quien me ha besado y no al revés.

—Y no he oído ninguna queja al respecto.

—Quizá sea porque no hay ninguna.

—¿Ah, sí?

—Sí.

—Pues entonces vamos a probarlo otra vez.

Cuando se pega a mí yo me arqueo contra él mientras desliza su lengua directamente por entre mis labios. Le vuelvo a agarrar del pelo y pego su boca a la mía. Braden desliza una mano por mi costado provocando un camino de piel de gallina por debajo de mi ropa. Flexiono la pierna y la pego a su cadera, entonces su mano encuentra mi muslo y lo sujeta por debajo. Sus dedos acarician y provocan mi piel desnuda con suavidad y yo me pego más a él sintiendo el ardor del fuego que se enciende en cada sitio que toca.

Me presiona con la cadera y puedo sentirlo contra el otro muslo, duro y preparado. Se me escapa un quejido y el deseo por el chico al que odio se adueña de cualquier otro sentimiento de mi cuerpo. Mi excitación crece y aumenta cada vez más y sé que si no estuviéramos en público sería incapaz de no acabar lo que él ha empezado.

Lo estoy valorando y estamos en medio del parque.

Me roza el labio inferior con los dientes al separarse de mí. Abro los ojos y me encuentro con la masa borrosa de necesidad azul eléctrica que anida en los suyos. Respira con fuerza y me mira fijamente a los ojos.

—Maddie, yo…

—¡Estáis aquí! ¡Oh, mierda! —grita Lila—. No he visto nada. Lo juro. Podéis seguir. Ya me voy.

Me río y apoyo la frente en el hombro de Braden. El momento se ha roto.

—No hay nada que ver, Lila —la llama Braden—. Solo es un beso.

—Oh. ¡Pues levantaos!

Nos reímos los dos y Braden se pone de pie y me ofrece las manos para ayudarme. Yo entrelazo los dedos con los suyos y él tira de mí para sorprenderme con otro beso antes de arrastrarme tras él por el parque.

Trago saliva y dejo que me guíe. Este juego va demasiado deprisa y está alcanzando niveles para los que no estoy preparada.

Capítulo veinte

Braden

*E*ste juego tiene demasiadas alturas y no estoy preparado para el nivel al que está llegando. En ese nivel hay un enorme cartel de neón en el que pone que el juego ha terminado y empieza la realidad. ¿Una realidad con Maddie?

¿Una realidad con alguien?

Cuando tenía seis años di por hecho que cuando creciera me casaría con Meggy, como hacen todos los niños. Te casas con tu persona preferida, y a los seis años es tu mejor amiga, ¿verdad? Sí. Qué divertido.

Ahora Meggy es mi hermana pequeña. Es la única persona por la que iría al infierno. Moriría por ella, mataría por ella y la protegeré hasta que no me necesite, y probablemente lo seguiré haciendo cuando llegue ese día.

El sábado hará dos semanas que empezó este juego y cada día que pasa conozco un poco mejor a Maddie. Es reservada. Detrás de esos preciosos ojos verdes hay muchos secretos a pesar de lo expresivos que son respecto a sus emociones. Y yo quiero conocer esos secretos porque, al margen de la situación, estoy empezando a preocuparme por ella.

Estoy empezando a preocuparme por la tristeza que la embarga y el muro tras el que se esconde siempre que menciona a su hermano. Desde que hablamos sobre él hace ya dos días, cada vez está más inquieta. No deja de mirar el teléfono, el reloj, el teléfono, el reloj… Es un círculo sin fin que me está volviendo loco porque no tengo ni idea de lo que pasa.

—¿Novedades? —Ryan asoma la cabeza por mi habitación.

—Ya falta poco.

No me molesto en apartar la vista de la televisión donde estoy jugando, pero no muy concentrado, a la Xbox.

—¿Y eso cuánto tiempo es? Ya han pasado dos semanas.

—Casi.

—¿Qué?

—Casi dos semanas. —Le arranco la cabeza a un zombi—. No te preocupes, tío. Todo va bien.

—Eso ya lo imaginé cuando vi el espectáculo que montasteis en el parque.

—Que te den —le contesto sintiendo la punzada protectora que me asalta de repente—. Lo conseguiré, ya lo sabes.

—Está bien. Lo que tú digas, Braden.

La puerta de mi habitación se cierra y yo niego con la cabeza. Recuerdo las palabras de Megan: «Tienes que decidir si Maddie es una más o es algo más que eso».

Me cargo a varios zombis de golpe. ¿Y qué narices sabrá ella?

Me matan. Dejo caer el mando al suelo y suspiro mientras me tumbo en la cama boca arriba. Qué juego más estúpido. Qué desafío más estúpido.

Entonces alguien llama a mi puerta con suavidad.

—Adelante.

Levanto la cabeza de la almohada y Maddie abre la puerta con los brazos llenos de libros. Me levanto de un salto y se los cojo para que pueda cerrar la puerta.

—Buenas tardes.

Sonríe y recupera sus libros.

—Buenas tardes, cielo. —Le devuelvo la sonrisa y agacho la cabeza para darle un rápido beso—. No sabía que ibas a traer toda la biblioteca. Si lo hubiera sabido, habríamos quedado directamente allí.

—Ja, ja, ja, muy divertido. —Deja los libros sobre mi escritorio—. Aún tengo que acabar ese trabajo de Literatura Inglesa.

—¿Cuál?

—Ese sobre *Mucho ruido y pocas nueces*.

—¿Aún no lo has hecho? —Alzo una ceja divertido.

—No. —Niega con la cabeza—. Últimamente he estado un poco distraída. Ya deberías saberlo, Braden.

Sonrío y me acerco a ella para rodearle la cintura desde atrás. Entierro la cara en su melena sin dejar de sonreír.

—¿Es culpa mía?

—Yo diría que es bastante probable —murmura—. Así que tengo que hacerlo ahora.

—¿En serio? —Deslizo la mano por su estómago, su cadera y la poso sobre su muslo—. Estás aquí, en mi habitación, ¿y quieres ponerte a hacer deberes?

—¡Braden! —Me golpea la mano—. Sí. ¿Sabes que se puede estar en una habitación con una chica y no practicar sexo?

—Pero contigo es imposible —le susurro al oído y le rozo el lóbulo de la oreja con los labios mientras le doy suaves besos por el cuello. Ella se estremece.

—Braden —me advierte.

—Está bien. —Suspiro—. Pues me sentaré aquí y te miraré.

—¿De verdad vas a hacer eso?

Se da media vuelta entre mis brazos y me mira.

Yo agacho la cabeza y me apodero de sus labios cogiéndola del culo y atrayéndola hacia mí. Succiono su labio inferior y le pongo la mano en la nuca. Ella se agarra a mi cintura y yo le inclino un poco la cabeza para profundizar en el beso. Maddie desliza las manos por mi espalda y separa los dedos.

Se me pone la polla dura y doy unos pasos hacia atrás llevándola hacia mi cama. Ella cae de espaldas sin oponer resistencia. Una de sus manos encuentra la costura de mi camiseta y se desliza por debajo de la tela. Yo noto el calor de su mano sobre mi piel desnuda. La necesidad de arrancarle la ropa es muy intensa, demasiado.

Separo los labios de su boca y los deslizo por su mandíbula mientras le acaricio el muslo. Ella echa la cabeza hacia atrás y yo le beso el cuello dejando resbalar la lengua por esa sensible zona donde su cuello se encuentra con su hombro. Maddie gime y yo continúo explorando su cuerpo con la boca besándole la parte superior de los pechos.

Mi lengua se cuela por la copa de su sujetador y resbala por su piel caliente y suave.

—Braden —suspira sin aliento.

—Maddie —balbuceo contra su piel con la respiración agitada. Su pecho sube y baja a un ritmo constante y su corazón late con fuerza.

Deslizo la mano por debajo de su falda y mis dedos buscan su ropa interior. Lleva tanga. Joder.

Se le entrecorta la respiración y yo dejo resbalar el pulgar por la suave tela de sus bragas. Separo los labios de su piel y la miro a los ojos.

—¿Cielo? —le digo muy despacio.

Sus ojos rebosan ardor y me agarra con más fuerza del pelo acercándome los labios. Sus movimientos responden a mi pregunta y yo poso la boca sobre su mandíbula para regarla de pequeños besos.

Deslizo la mano por debajo de la tela y mi dedo se interna en ella resbalando por su humedad con facilidad. Sus músculos se contraen al percibir la invasión y me clava los dedos en la espalda. Mi pulgar trepa sigilosamente hasta su clítoris y lo empiezo a acariciar dibujando pequeños y suaves círculos. Interno otro dedo en su cuerpo y ella arquea la cadera.

Vuelve a gemir y yo poso la boca sobre sus labios para tragarme el quejido. Su lengua se desliza por mi labio superior y yo la sigo con la mía. Recorro el interior de su boca y le acaricio la lengua de un modo similar al que mis dedos la están acariciando más abajo.

Se le entrecorta la respiración y se le tensan los músculos.

La acaricio con más fuerza, me muevo más deprisa y la beso con más profundidad. Ella grita mi nombre antes de relajarse; sus músculos quedan lánguidos y sigue teniendo la respiración acelerada. Dejo de besarla y retiro la mano separándome de ella con desgana.

Maddie abre los ojos muy despacio y el brillo que hay en ellos contrasta con el rubor que le cubre las mejillas. Tiene el pelo derramado sobre mis sábanas blancas y los labios ligeramente separados.

Y está preciosa.

—¿Qué… qué ha sido eso? —susurra.

—Eso, cielo, ha sido un orgasmo —le contesto sonriéndole.

—Eso ya lo sé. —Si pudiera me daría una bofetada ahora mismo—. ¿Pero de dónde ha salido?

—¿Te puedo decir un secreto? —Dejo resbalar la nariz por su mejilla y ella asiente—. He querido hacerlo desde la primera vez que te vi.

Otra verdad.

Ella se ríe en silencio y vuelve la cabeza para darme un suave beso.

—Vaya. ¿Y ya estás contento?

—Mucho —murmuro contra sus labios—. ¿Y tú?

—Mmmm —susurra ella—. Creo que sí.

—Bien. —La vuelvo a besar y le aparto el pelo de la frente—. Ahora ya puedes hacer tus deberes de Literatura.

Ella se ríe —esta vez con más ganas—, y sonríe.

—Dame un minuto.

Maddie cierra los ojos y yo me pongo a su lado para tumbarla sobre mí mientras se recupera del orgasmo.

Ahora sé tres cosas más.

Maddie Stevens está preciosa después de tener un orgasmo.

Sé que me encantaría provocarle esa expresión muchas veces más.

Y, por último, que el olor a manzana de su pelo me vuelve loco.

De verdad.

Capítulo veintiuno

Maddie

Ya lo entiendo. Ahora ya comprendo por qué todas las chicas se vuelven locas por Braden Carter: ese chico es capaz de obrar auténticos milagros con los dedos.

Pero sigo odiándolo. Y odio todavía más no ser capaz de decirlo.

—Mmmmm. —Me tapo la cara.

—¿Ya lo habéis hecho? —Lila grita y da un saltito.

—¡Oh, Dios mío, no! —Manoteo en el aire—. ¡No, no, no!

—Pero habéis hecho algo, ¿no? —pregunta Kay con diversión en los ojos—. Estoy segura de que sí.

—S-sí —murmuro.

Megan se humedece los labios y le quita el capuchón al bolígrafo.

—A ver, cuenta.

—¡No pienso contártelo! —Me arden las mejillas.

—¡Oh! —Kay se ríe—. ¡Increíble! ¡Se sonroja por un juego! Madre mía. Esto se pone interesante, chicas.

—Déjame —murmuro—. Es que no pienso darte los detalles sórdidos.

—Venga. —Megan se ríe—. Nos lo tienes que contar. Aquí ya lo hemos hecho todas.

—Chicas... —las reprende Lila antes de volverse hacia mí—. Maddie, ¿has practicado sexo con Braden?

—No.

—Le has, ya sabes, ¿le has hecho una limpieza de sable? Resoplo.

—¿Limpiarle el sable?

—Que si le has chupado el chupa-chups.

Kay se tumba boca abajo y se sacude de risa silenciosa.

—¡Eh! ¡No! —Me río.

—Está bien. —Lila se encoge de hombros—. ¿Has dejado que te muerda la almeja?

Yo me dejo caer boca arriba en la cama y se me tensa el estómago mientras me río con muchas ganas. Hacía años que no me reía así. Estoy convencida de que se me escapan hasta las lágrimas.

—¿Morderme la almeja? —Inspiro hondo—. ¿Qué narices significa eso?

Kay intenta hablar, pero no lo consigue y hace un gesto con la mano para excusarse antes de enterrar la cara en la almohada.

—Es chupar el, bueno, ya sabes. —Megan niega con la cabeza y se ríe—. No puedo. No puedo hacerlo.

—¡Oh! Oh, no, no.

Megan asiente y me da el visto bueno con el pulgar levantado.

—Sigamos, entonces, ¿ha habido tocamientos? —prosigue Lila sacudiéndose de risa.

—Ni siquiera voy a… —Niego con la cabeza—. No voy ni a preguntar.

—Solo es. A ver, ¿cómo te lo explico? —Lila echa la cabeza hacia atrás.

Kay levanta la cabeza.

—¿Jugó con el anzuelo mientras iba de pesca?

Megan se deja caer en el suelo riéndose como una histérica y se le agita todo el cuerpo.

—Yo… Oh.

Miro a Lila y ella niega con la cabeza y la agacha para no mirarme.

—Hum, ¿sí? —digo vacilante intentando aguantarme la risa.

—¡Toma! —grita Kay y a mí me arden las mejillas.

—No puedo creer que os lo haya dicho. Es que no puedo creerlo —murmuro.

—¿Y ahora cómo escribo eso? —dice Megan limpiándose las lágrimas de los ojos.

—¿Escribir? Un momento, ¿¡qué!? —Me siento—. ¡No puedes escribir eso en el plan.

—Tengo que hacerlo —responde—. Es para hacer el seguimiento.

—Qué mala, Megs. —Lila niega con la cabeza.

—Escribe *pescar* —resopla Kay—. Nadie sabrá lo que significa.

—Oh, Dios mío. —Me tapo la cara con las manos. Oigo como Megan destapa el bolígrafo y el sonido del bolígrafo deslizándose por el papel—. Oh, Dios mío.

—Ya está. —Se vuelve a sentar—. De pesca en la segunda semana. Vamos muy por delante de lo previsto, mi pequeña seductora.

Lila asiente con entusiasmo.

—Ya lo creo. Esto solo fue un esbozo. Si lo consigues antes de que acabe el mes, mucho mejor.

—Por lo que parece lo habrá conseguido antes de que acabe la semana —dice Kay con astucia.

—¿Cómo? ¿En dos días? —Niego con la cabeza—. Aún no está enamorado de mí. ¿No era ese el objetivo?

—Es verdad —admite.

—Pero está a punto —interviene Megan—. Lo veo en sus ojos.

—¿Crees que se está enamorando de mí después de doce días? —resoplo—. Venga, Megs. Esto no es una novelucha romántica en la que los personajes se enamoran a primera vista. No hay ninguna señal sobrenatural del destino que nos une como almas gemelas para toda la eternidad en contra de toda adversidad. El amor lleva su tiempo. Conlleva un esfuerzo. No es algo sobre lo que uno se abalance porque, si se hace bien, solo tendrás que enamorarte una vez. Yo solo pretendo enamorarme una vez en la vida, y cuando lo haga no me enamoraré en dos semanas; y lo más probable es que Braden, tampoco. Las personas como Braden no se enamoran así. Pero lo que quiero decir es que el amor no se puede controlar. No puedes provocarlo.

Me levanto y miro por la ventana.

—¿Pero no es eso lo que estás haciendo? —pregunta Lila con delicadeza posando sus delicados ojos negros sobre mí—.

¿No estás intentando controlar el amor para conseguir que nazca?

—No. Solo estoy intentando llevarlo hasta la meta. Solo es un juego. El amor es como una pista. Puede que te equivoques algunas veces, pero al final llegarás a la meta. Para Braden yo seré una equivocación y él apenas será un puntito luminoso en mi radar.

—¿Entonces estás diciendo que como no estamos en una novela no te puedes enamorar de golpe? —Megan alza las cejas.

—Sí. Este no es un mundo inventado, es la realidad, y la realidad es así.

Megan resopla.

—¿Pero qué pasaría si te enamoraras antes de darte cuenta? Está científicamente demostrado que nos sentimos automáticamente atraídos por personas con feromonas compatibles.

—Eso es asqueroso —murmura Kay.

—¿Estáis diciendo que uno no se puede enamorar con esa facilidad? —prosigue Megan impertérrita—. ¿Y si el amor fuera instantáneo pero nuestros cerebros humanos no estuvieran lo bastante desarrollados como para darse cuenta? ¿Y si cada uno de nosotros tuviera un alma gemela? ¿Qué pasaría entonces?

—Pues que el mundo sería un lugar mejor —contesto en voz baja—. Porque nadie saldría herido. Eso es una utopía, Megs. El mundo real no es perfecto. Hay que jugar siguiendo ciertas reglas. Ya sé que no están escritas, pero existen. Si las rompes retrocedes un nivel. Si las sigues, la vida es perfecta. Al seguir este plan lo único que estoy haciendo es saltarme algunas reglas. Voy a vencer al propio juego.

—Me encantaría creer que todos tenemos alguien perfecto esperándonos —dice Lila en voz baja—. Me encantaría creer que la naturaleza es responsable también de eso.

—A mí no me gustaría —farfulla Kay—. Odiaría que alguien pudiera controlar mi vida y mis sentimientos.

—Eso es porque tú no crees en el amor, Kay.

Megan la mira fijamente.

Kay le devuelve la mirada.

—Ni tú tampoco.

Megan esboza una pequeña sonrisa, una suave sonrisa que de alguna forma consigue iluminarle toda la cara.

—Yo sí que creo en el amor, Kay. Yo creo que todos tenemos a alguien que nos querrá por encima de cualquier cosa. Me gusta creer eso. Porque si no... ¿qué sentido tendría la vida? El amor es hermoso, está libre de prejuicio y nunca condena. Ilumina, abraza y hace que valga la pena vivir incluso el peor de los días. ¿Quién no querría creer en eso?

—Me parece que has leído demasiadas novelas románticas, Megs.

—¿Y qué? Todos tenemos que encontrar nuestra fuente de esperanza, y si perderme en las páginas de un buen libro me da fe, me seguiré perdiendo con la confianza de que algún día encontraré un amor verdadero en el que poder perderme. Porque nos ocurrirá a todas. Algún día nos perderemos tanto en el amor que no seremos capaces de encontrar el camino de vuelta.

Levanto la vista y veo la parte superior de la casa de la fraternidad al otro lado de la calle. Tercer piso, segunda ventana por la derecha. Braden.

—¿Y cómo lo sabes? —Miro a Megan.

Esboza la misma pequeña sonrisa que le ha esbozado a Kay.

—Bueno, no lo sé. Pero tengo esa esperanza y al final, si no hay amor, la esperanza es lo único que queda, ¿verdad?

Capítulo veintidós

Braden

Dejo resbalar su pelo entre mis dedos mientras la observo con atención. Ella se mueve nerviosa bajo mi escrutinio y lo único en lo que puedo pensar es en cómo se retorció debajo de mí cuando alcanzó el orgasmo.

Suspira y se encoge hasta separarse de mí. Se me dibuja una sonrisa en los labios y me enrosco un mechón de su pelo en el dedo. Ella se pasa una mano por la cabeza. Le suelto el pelo y lo vuelvo a coger en cuanto ella vuelve a posar la mano en la mesa. Es divertido.

—Señor Carter, ¿está concentrado? —me pregunta el señor Jessop.

—Sí, señor.

—¿En la lección o en la señorita Stevens?

—Me parece que en lo segundo, señor. —Vuelvo la cabeza y sonrío—. Pero por lo menos estoy concentrado, ¿no?

—Sí. —El profesor esconde una sonrisa—. Pero por hermosa que sea la señorita Stevens, ¿cree que podría concentrarse en la lección durante los diez minutos que quedan de clase?

Maddie me mira y sonríe. Yo le guiño el ojo.

—Lo intentaré, señor, pero no puedo prometerle nada.

El señor Jessop niega con la cabeza y vuelve a la pizarra.

Yo suelto el pelo de Maddie y apoyo el antebrazo en el respaldo de su silla. Ella me mira y yo alzo las cejas con inocencia.

—¿Qué? —le suelto.

Maddie niega con la cabeza. Su boca se curva hacia arriba y

muerde el bolígrafo. Sus carnosos labios rodean el capuchón y lo hace girar dentro de su boca frunciendo los labios. Maldita provocadora.

Le pongo la mano sobre el hombro y empiezo a dibujar pequeños círculos en su piel desnuda provocándole un perceptible escalofrío. Bingo.

Miro hacia delante fingiendo concentrarme en la lección, pero en realidad en lo que me estoy concentrando es en la forma en que los labios de Maddie rodean el bolígrafo. Estoy celoso de ese bolígrafo. Muy celoso.

Me muevo nervioso en el asiento. Esta chica me está convirtiendo en una erección andante y es porque mi polla no está acostumbrada a esperar para conseguir lo que quiere. Yo no estoy acostumbrado a esperar para conseguir lo que quiero. ¿Aún no se ha acabado la clase? ¿No? Mierda.

Maddie me mira por el rabillo del ojo y el color verde de sus ojos brilla más de lo habitual iluminado por la diversión de la situación. Sus ojos se clavan en los míos cuando me vuelvo un poco. Subo el dedo por su cuello, le rozo la raíz del cabello y vuelvo a descender. Vuelve a estremecerse, esta vez con más intensidad.

—Estate quieto —me sisea en voz baja.

—¿Por qué? —le susurro yo—. Pensaba que te gustaba.

—Braden, ¡estamos en clase!

—¿Y? —Le sonrío con chulería—. Quizá tenga una fantasía sobre poseerte sobre mi mesa y esta clase no esté ayudando nada.

Abre la boca y el bolígrafo escapa de sus labios. La sangre se arremolina en sus mejillas y se sonroja.

—Oh, Dios mío —murmura.

—¿Qué? —Me río en silencio.

—No puedo creer que acabes de decir eso.

—¿Por qué? Es verdad. Me estoy imaginando practicando sexo contigo sobre mi mesa.

Suena el timbre y ella recoge todas sus cosas mientras niega con la cabeza con las mejillas sonrojadas. Yo meto mis cosas en la mochila y la alcanzo frente a su escritorio. Le rodeo la cintura con el brazo y le pongo la mano en la cadera mientras salimos de clase.

—No lo entiendo —dice mientras salimos.

—¿El qué, cielo?

—Como has sido capaz de pensar en eso mientras el profesor hablaba sobre Moby… ¿Sabes qué? No importa.

Me río con ganas.

—Sí, estaba bastante seguro de que había oído la palabra *dick* al principio de la clase y tú me lo acabas de confirmar.

—¿Pero cómo has relacionado a una ballena con…? Bueno, ya, déjalo.

—Maddie, si alguien dice *conejo*, yo lo relaciono automáticamente con el sexo. Y pasa lo mismo con Moby Dick, ya sea una ballena o lo que sea.

—Pongamos que estás en un restaurante, ¿qué pasa si alguien pide algo que tenga salchicha? ¿También pensarías en sexo?

—Es probable.

Se ríe y se sienta al pie de un árbol. El sol brilla sobre su melena acentuando los reflejos cobrizos. Me dejo caer en el suelo junto a ella y me pongo a rebuscar en mi mochila.

—¿Qué estás…? ¡Oh! —Exclama al ver la magdalena de arándanos que saco de dentro—. ¿Cuándo la has comprado?

—He ido corriendo antes de clase. Quería sorprenderte.

Sonrío al ver la expresión genuinamente asombrada de su cara. Estoy realmente contento de que esté alegre, de haber conseguido ponerla contenta. Sí, estoy empezando a preocuparme por esta chica y por cómo se siente. Mierda.

—¡Oh! —Me acaricia la mejilla—. Gracias. Es todo un detalle.

Poso la mano sobre la suya y vuelvo la cabeza con suavidad para darle un beso en la muñeca. Ella acepta la magdalena y empieza a comérsela de la misma forma de siempre. He descubierto que no lo hace solo con las magdalenas. En realidad pellizca muchas de las cosas que come.

—¿Por qué haces eso?

—¿El qué? —Se mete un poco más de magdalena en la boca.

—Pellizcar la magdalena. Lo haces con toda la comida.

—Oh. —Habla tan bajito que apenas la oigo—. Cuando mamá murió no comía mucho y cuando lo hacía siempre pellizcaba todo lo que comía. Supongo que se ha convertido en una especie de costumbre. No me había dado cuenta.

He metido tanto la pata que es probable que acabe asomándome el pie por el culo.

—Lo siento, cielo. No lo sabía.

La rodeo con el brazo y ella apoya la cabeza sobre mi hombro.

—¿Cómo ibas a saberlo? —me pregunta con delicadeza—. En realidad eres el primero que se ha dado cuenta. O por lo menos eres el primero que me lo ha comentado.

¿Tanto la he observado estos últimos días que ya conozco hasta sus costumbres? Por lo visto, sí.

Vaya.

El juego, Braden. El juego.

—¿Quieres venir a pasar la noche conmigo?

Ella echa la cabeza hacia atrás y sus ojos tristes se posan sobre los míos.

—¿Por qué?

La beso.

—Porque me apetece que vengas.

—Iré a la casa de todos modos. Para la fiesta.

—Que le den a la fiesta. —Niego con la cabeza—. No iremos. Cogeremos una peli y un poco de comida rápida. Pasaremos la noche en mi habitación y por la mañana saldremos a desayunar.

Ella parpadea un par de veces.

—¿Ah, sí?

—Sí. —Sonrío—. Pareces sorprendida.

—Pues sí, un poco. —Me devuelve la sonrisa con vergüenza—. De acuerdo.

—¿Te quedarás?

Asiente una vez y entierra la cara en mi cuello.

—Me quedaré.

—Genial. —Apoyo la mejilla sobre la suya y me doy cuenta de que estoy más feliz de lo que debería.

—¿Se va a quedar aquí? —A Ryan se le salen los ojos de las órbitas.

—¿Estás sordo? Eso es lo que he dicho, ¿no?

—¿Te vas a perder la juerga por una puta fiesta de pijamas? —Aston alza la ceja y se recuesta riendo—. Joder. Si que tienes ganas de tirártela.

—¿Y qué si es así? Ese es el objetivo de todo esto, ¿no?

—Exacto —afirma Ryan quitándole el mando de la Xbox a Aston.

—Pues entonces no sé por qué te sorprendes tanto.

—¿Entonces esto habrá acabado mañana, Braden?

—Lo más probable es que no —le contesto—. No la voy a obligar a hacer nada.

—¿Desde cuándo te importa tanto? —Aston me lanza una mirada medio asesina.

—Desde que Maddie no tiene nada que ver con las chicas con las que suelo acostarme, ¿entendido?

Dejo el mando en el suelo.

—No me digas que te estás empezando a enamorar de ella.

—Vete a la mierda, Aston. —Niego con la cabeza—. Tú sabes tan bien como yo que debo tener cuidado con Maddie. Si me paso demasiado con ella, Meggy me matará.

—Tú puedes manejar a Megan. —Aston sonríe—. Jamás pensé que llegaría el día en que Braden Carter se dejaría controlar por una chica.

Rodeo a Ryan y le doy un puñetazo en el brazo.

—¡Que te den, Aston! No seas gilipollas.

—Solo era una broma, tío.

—Pues déjate de bromas —le interrumpe Ryan—. Yo tengo una relación formal y te aseguro que es perfectamente normal pedirle a tu chica que pase la noche contigo sin que el sexo forme parte de la ecuación, Aston. Ya sé que a tu cerebro de casanova le cuesta computarlo, pero se puede hacer. Y si Braden quiere hacerlo así, él sabrá lo que hace.

—Está tan preocupado tratando de ser el novio perfecto que se está olvidando del sexo.

Yo resoplo.

—¿Tú la has visto bien? Si crees que uno puede olvidar el sexo cuando está con Maddie es que eres más tonto de lo que pareces.

—Entonces, ¿no te estarás enamorando de ella?

Sonríe. Parece divertirse.

—Ni de coña, tío. —Le devuelvo la sonrisa—. Lo único en lo que pienso cuando estoy con ella es cuándo me la voy a tirar, dónde me la voy a tirar y cuántas veces me la voy a tirar.

Eso espero.

Capítulo veintitrés

Maddie

—*O*lvídate el pijama.

—¿Por qué me iba a olvidar el pijama?

—Porque así tendrás que dormir en ropa interior, desnuda o con una de sus camisetas.

—Y no hay nada más *sexy* que una chica con una camiseta de chico —añade Lila—. Yo siempre me pongo las de Ryan. Es una garantía de sexo segura.

—Yo aún no he llegado a ese nivel, Lila.

—¿Y? Ya estamos casi en la tercera semana, ¿no? —Mira la cartulina colgada de la pared y desliza el dedo por los pasos a seguir—. Y eso significa que ya puede empezar la seducción sexual.

Dejo caer la bolsa en la cama y me siento en la de Kay.

—Entonces hacedme vosotras la bolsa.

—¡Sí! —Megan se desenrosca de mi almohada y ataca mi cómoda abriendo cajones—. ¡Oooh! ¡Esto! —Se da media vuelta sosteniendo un conjunto de ropa interior de seda negra que me compré hace unos meses y aún no me he puesto ni una sola vez. Le quita las etiquetas y Lila me vacía la bolsa. La ropa interior acaba dentro de la bolsa junto al maquillaje, un cepillo y la ropa para mañana.

Lila cierra la cremallera.

—Lista.

—¿En serio? ¿Ropa interior, una muda limpia y apenas cuatro artículos de higiene personal? ¿Y ya está? —aúllo.

—¡Sí! —Megan se vuelve hacia mí con las manos en las caderas—. ¡Estamos hablando de seducción, no de comodidad, Maddie! Tienes que provocarle para que cuando decidas ofrecerle ese culito, sea incapaz de resistirse.

—No se resistirá —le respondo con sequedad recordando el momento que compartimos en su habitación. No, estoy segura de que no se resistirá.

—Ya, pero como ya has dicho antes, no está enamorado. Todavía.

Megan sonríe con picardía.

—Lo que tú digas —resoplo y cojo la bolsa—. ¿Nos podemos ir ya?

—¡Sí! —Lila coge su bolso y salimos las tres de la habitación—. Oye, ¿sabes si viene Kay?

—Está… —se me apaga la voz—. Espera. Ni siquiera sé dónde está.

—Si no sabemos donde está es muy probable que signifique que no queramos saberlo —concluye Megan.

—Eso es lo más acertado que he oído en todo el día. —Lila deja escapar una risilla—. ¿Crees que está con Darla?

Yo niego con la cabeza.

—¿Cuándo has visto a Kay repitiendo plato?

Lila se encoge de hombros y abandonamos el campus cruzando la carretera en dirección a la casa de la fraternidad. Hay bastante gente en la puerta y Lila se abre paso por entre las chicas reunidas en el porche. Megan me coge de la mano y me arrastra entre el mismo mar de chicas. Yo ignoro las miradas de odio que me lanzan algunas de ellas.

No me sorprende advertir que la mayoría de las personas que están en el piso de abajo son chicas. Tampoco me asombra ver que una de ellas está intentando sobar a Braden. Lo que sí me sorprende es ver que él la está apartando.

Vaya.

Levanta la mirada y me ve. Yo me apoyo en la barandilla de la escalera y arqueo una ceja. Él esboza una sonrisa y rodea a la decepcionada chica que se le estaba tirando encima para dirigirse hacia mí. Engulle la habitación a cada paso que da y yo me sorprendo tragando saliva al ver su mirada.

Se para justo delante de mí y me desliza la mano por la nuca hasta enterrarla en mi pelo. Me besa lenta y suavemente y yo me dejo llevar momentáneamente por la ternura de su gesto. Le pongo la mano en la cintura y me acerco un poco más a él acariciándole la espalda suavemente con los dedos.

—Hola, cielo —susurra contra mi boca.

—Hola, Braden —murmuro—. Veo que me has echado de menos, ¿verdad?

Sus ojos azules se iluminan.

—Puede que sí.

Le sonrío.

—Hola, Braden, ¿vas a estar por aquí esta noche? —ronronea una seductora voz detrás de nosotros. ¿En serio? ¿Aún seguimos así?

—No. —Se vuelve estrechándome con fuerza—. Voy a pasar la noche con mi chica.

—Pues nos vemos otro día.

—O no.

Le sonrío con dulzura a la morena y me acurruco contra Braden. Él se ríe en voz baja.

—Venga, gatita, vamos arriba —me dice al oído.

—¿Eso es una proposición? —flirteo.

Él sonríe pegado a mi boca.

—Quizá luego.

Yo me río y él me guía escaleras arriba. Me sorprende descubrir que su habitación sigue tan limpia como siempre. Yo pensaba que todos los chicos tenían el dormitorio hecho un desastre.

Dejo la bolsa en el suelo a los pies de su cama y me tumbo de lado sobre el colchón.

—¿Qué?

—Ponte cómoda —me dice con una sonrisa en los labios.

—Oh, eso hago. —Le sonrío con descaro.

Él niega con la cabeza, se acerca y se inclina sobre mí.

—Esos vaqueros no parecen muy cómodos. Quizá deberías quitártelos. Solo para que estés lo más cómoda posible, claro.

—¿Y cuánto tiempo llevas esperando para poder decir esa frase? —le pregunto con aire juguetón.

—En realidad se me acaba de ocurrir.

—Vaya, así que eres guapo y rápido. Menudo partido.

—Así que guapo, ¿eh? —Alza la ceja y se acerca un poco más a mí—. Sigue hablando.

—¿Tu ego se ha hinchado tanto que ha salido flotando de la habitación?

—En absoluto. —Me roza la punta de la nariz con la suya—. En realidad mi ego está encantado de que sigas aquí.

Cierro los ojos y sonrío ignorando la punzada de placer que sus palabras me provocan en la espalda. Inclino la cabeza, le rozo los labios con los míos suavemente y él me acaricia la mejilla con el pulgar.

Cuesta mucho creer que don Usar y Tirar pueda ser tan tierno.

—Voy a poner la película —dice—. Si no, no la veremos.

—Está bien —gimoteo recordando el juego. Últimamente vivo con la sensación de tener personalidad múltiple. Una doble vida: la Maddie de Brooklyn y la Maddie de California. Aunque la Maddie de California está dividida en dos o tres Maddies distintas. Maddie la amiga, Maddie la jugadora y quizá también la Maddie de Braden.

Me encantaría saber cuál de todas ellas soy en realidad.

—¿Qué película es?

Braden arruga la nariz.

—Buena pregunta.

Me río y él saca una caja de debajo de la cama.

—Me parece que son de Megan, así que podría haber cualquier cosa.

Yo me pongo de lado y dejo colgar la cabeza por el lado de la cama. Braden me da un manotazo en la melena.

—Oye —protesto.

—Me haces cosquillas. —Se ríe y abre la caja. Tiene razón. Está llena y está claro que por lo menos tres cuartas partes son de Megan.

—Vaya. —Miro dentro de la caja—. ¿Qué vamos a ver?

Se encoge de hombros.

—No sé,

—Me dijiste que viniera a ver una película —digo y esbozo media sonrisa—. ¿No tenías nada en mente?

—No —dice avergonzado—. Me dejé llevar por el calor del momento, cielo.

Suspiro y me pongo a rebuscar en la caja.

—Hombres. Si quieres que algo se haga, será mejor que lo hagas tú misma —murmuro.

—¿Eso también es aplicable a los orgasmos?

—¿Qué? —Paro, parpadeo y lo miro.

—Eso de hacer las cosas tú misma.

Sonríe y yo me tapo la cara para ocultar mi risa.

—No, los orgasmos son la excepción a la regla.

—Ah, de acuerdo. —Me besa la comisura de los labios—. Porque sería una pena que no pudiera provocarte ninguno más.

Me ruborizo y me vuelvo a sorprender de la capacidad que tiene para sonrojarme.

—Me encanta que te ruborices.

Pega su mejilla a la mía.

—¿Por qué? —Sonrío—. Ah, espera, deja que lo adivine. ¿Porque te recuerda a un orgasmo?

—Me has leído la mente. —Me roza la mejilla con los labios y noto su cálido aliento en la oreja—. Me recuerda a cuando conseguí que te corrieras. Ese es el motivo exacto por el que me gusta tanto.

Me pasa la mano sobre la otra mejilla y yo acerco la cara a la suya. Braden mueve la cara y cuando su boca encuentra la mía me da un beso que está a punto de dejarme sin aliento. Estiro el brazo, pongo la mano en su cuello y le acaricio los labios con los míos.

Le muerdo el labio inferior y él se incorpora para levantarse ayudándome a rodar por la cama. Me sujeta con los brazos y me recoloca en el centro de la cama para después tumbarse encima de mí y presionarse contra mi cuerpo. Con fuerza.

Me tantea la boca con la lengua y yo le devuelvo el beso con el mismo ardor. Luego deslizo la mano que tengo libre por su espalda y la cuelo por debajo de su camiseta mientras él pasea la lengua por mi boca arrancándome un gemido silencioso. Cuando se mueve los músculos de su espalda se flexionan bajo mis dedos y yo le clavo los dedos en la piel.

Él tiene una de las manos enterrada en mi melena y enredada entre mis rizos y con la otra me explora el cuerpo. Se desliza por la curva de mi cintura hasta llegar a la cadera, sigue bajando por el muslo y sube de nuevo. Me roza la curva inferior del pecho con el pulgar y a pesar de estar completamente vestida lo siento como si estuviéramos piel contra piel.

Pasea la boca por el contorno de mi mandíbula y va repartiendo besos por toda mi piel y entonces, de repente, ya no es suficiente.

Lo quiero todo. Y no es por el desafío, o porque sea lo que quieren las chicas.

Lo deseo porque lo deseo.

Y no sé cómo gestionar esos sentimientos.

—Podría pasarme el día entero besándote —susurra Braden.

Sonrío incapaz de articular ni una sola palabra y le estrecho con fuerza.

La cabeza me da vueltas. El deseo es bueno. El deseo es algo natural, ¿verdad? Es lo que dijo Megan, algo de las feromonas. Sentirse atraído por otra persona forma parte de la naturaleza humana, especialmente por alguien como Braden. No importa que mi cuerpo y mi mente no quieran lo mismo. Sí. No pasa nada porque el deseo y el amor no son exactamente lo mismo.

—¿Ponemos la peli? —pregunta Braden.

—Sí —le contesto—. Pon la que sea.

Asiente y me da un beso en la sien. Luego se levanta de la cama y se aleja de mí. Y a pesar de que la temperatura sigue por encima de los dieciséis grados, siento frío de repente.

Braden mete un disco en el reproductor de DVD y se quita la camiseta, cosa que me da la oportunidad de admirar su torso. Ya se lo había visto antes, pero ahora que soy su novia observarlo parece mucho más apropiado. Es una mezcla de suavidad y musculatura. No está excesivamente musculado, pero está fibroso y tiene un pecho tan bien esculpido que haría llorar a más de una chica. Es probable que ya las haya hecho llorar.

Y en cuanto ese pensamiento cruza mi mente vuelvo a meterme en el juego. Operación Seducir al Seductor. Este chico es pura seducción y eso me recuerda los motivos por los que no puedo desearle. Los motivos por los que no debería desearle. Me recuerda a Pearce y a Abbi.

Bajo la vista y él me acerca la bolsa.

—Te puedes cambiar aquí o en el baño que hay al otro lado del pasillo.

—Vaya, creo que me he olvidado el pijama.

Le miro con una sonrisa en los labios.

—Vaya. —Se da media vuelta, abre un cajón y saca una camiseta—. Toma. —Sonríe y yo la acepto al pasar por su lado.

Una vez en el baño me desnudo y me pongo la ropa interior que Megan me ha recomendado con tanta insistencia. Me pongo la camiseta de Braden y noto las cosquillas que me hace la costura de la tela en los muslos. Me paso un cepillo por el pelo y salgo de nuevo al pasillo. Y me encuentro de frente con Kyle.

Qué incómodo. No he vuelto a hablar con él desde que la semana pasada Braden lo empotrara contra la pared.

—Eh, Kyle —le digo en voz baja.

—Maddie —me contesta clavándome los ojos en las piernas.

—Carraspeo y él levanta la mirada.

—¿Cómo estás?

—Bien. Y tú?

—Sí. Estoy bien.

Levanto la mirada en dirección a la puerta cerrada de Braden.

—¿Entonces es verdad? ¿Estás con él?

—Kyle.

—Lo siento. —Levanta las manos—. Es solo que… Ten cuidado, ¿de acuerdo, Mads? No me gustaría que te hiciera daño. Eres demasiado buena para que te hagan daño.

Le toco el brazo.

—No dejaré que ocurra, Kyle. No te preocupes.

Entonces se abre la puerta de Braden y nos mira un segundo antes de darse cuenta de que es Kyle con quien estoy hablando.

—No estarás hablando otra vez con mi chica, ¿verdad, Kyle?

—No se me ocurriría ni soñarlo, Braden —contesta mirándome fijamente—. Es toda tuya.

Bajo la mirada en dirección a Braden.

—Me alegro. No me gustaría tener que volver a estamparte contra la pared.

Yo me mofo negando con la cabeza y paso junto a él para entrar en la habitación. ¿Por qué los hombres tienen la necesidad de ser absolutos cavernícolas?

Dejo la bolsa en el suelo y él cierra la puerta.

—¿De qué iba eso?

—¿Y me lo preguntas tú? —Alzo las cejas para mirarlo—. ¿De qué iba eso, Braden? ¿Es que ahora ya ni siquiera puedo hablar con Kyle?

—Claro que puedes, pero discúlpame si me molesta un poco que hables con él con mi camiseta puesta.

—¿Y no se trata de eso? Llevo tu camiseta. Es evidente a quien «pertenezco», tal y como tú mismo demostraste con elocuencia la semana pasada, así que no hay ninguna necesidad de que te pongas en plan cavernícola con todos los tíos que me dirigen la palabra.

—¿En qué momento me he puesto en plan cavernícola? Porque no lo entiendo.

—«No me gustaría tener que volver a estamparte contra la pared» —digo imitando su voz—. Te encantaría empotrarlo contra la pared solo por hablar conmigo.

—¿Y qué pasa si es así? Eres mi chica.

Se acerca a mí y yo echo la cabeza hacia atrás para mirarle.

—No soy de tu propiedad, Braden. ¡Y no pienso dejar que me trates como si lo fuera!

—Eres mía, Maddie.

Me coge de la barbilla y yo le aparto la mano.

—No me trates como si fuera una propiedad, Braden; a mí no me va ese rollo posesivo.

Me doy media vuelta y él me agarra de la cintura y me pega a su cuerpo. Luego me rodea con los brazos y me inmoviliza contra él.

—Yo no soy posesivo contigo, Maddie —me dice al oído—. Soy protector, que es diferente. Nunca se me ocurriría intentar controlarte ni decirte lo que puedes o no puedes hacer, pero resulta que sé que hasta el último tío de la casa querría estar en mi lugar en este momento, en especial Kyle. ¿Y sabes por qué lo sé? Porque eres preciosa. —Me quedo sin aliento—. Todos querrían tenerte, pero soy yo quien te tiene, y no pienso arriesgarme a dejar que venga cualquiera de ellos a alejarte de mí, ¿entendido? Así que sí, cielo, sí, ¡eres mía!

Capítulo veinticuatro

Braden

—¿Crees que soy guapa? —susurra con suavidad. Claro, y eso será lo que oiga.

—Sí. —Vuelvo su cara hacia la mía—. Claro que sí. Eres preciosa, Maddie. Por dentro y por fuera.

Y estoy siendo completamente sincero. No solo se trata de que esté buena, sea perfecta o follable. Es preciosa, *sexy* y dulce.

Cierra los ojos y cuando los abre están llenos de lágrimas. Joder.

—¿He dicho algo malo?

Niega con la cabeza y se da media vuelta entre mis brazos rodeándome por la cintura. Pega la mejilla a mi pecho y noto cómo inspira hondo. Yo la abrazo con fuerza.

—No —susurra—. Para nada.

—¿Entonces por qué lloras?

Le tiemblan los hombros y me vuelve a mirar con una sonrisa en los labios a pesar de que sus ojos siguen llenos de lágrimas.

—Porque me haces feliz.

—Bien —susurro, y le beso los ojos para llevarme sus lágrimas—. Me gusta hacerte feliz, Maddie.

Y por algún motivo es cierto.

Tiro de ella hacia la cama y me subo apartando las sábanas y dando unas palmaditas en el espacio libre que queda junto a mí. Ella se desliza entre las sábanas y, al hacerlo, se le levanta la camiseta. Y entonces veo un trozo de sus braguitas de seda negras. Santa madre de…

Me esfuerzo todo lo que puedo por ignorar los inapropiados pensamientos que se agolpan en mi cabeza, la rodeo con los brazos y la abrazo hasta pegarla a mi cuerpo. Ella se agarra a mí e inspiro el intenso olor a manzana que despide su melena mientras su pelo me hace cosquillas en la nariz.

Está encajada en mi cuerpo como si la hubieran hecho para amoldarse a mí y eso me resulta muy inquietante. En este momento no creo que nadie pueda encajar conmigo de la forma que lo hace ella.

Le deslizo el dedo por el brazo y al rato su respiración se acompasa. Me inclino un poco para verle la cara. Está dormida. Tiene los ojos cerrados y las pestañas descansan sobre las mejillas. Tiene los labios fruncidos en un suave puchero: me encantaría besarla. Pero no lo voy a hacer.

Me vuelvo a tumbar, la abrazo con más fuerza y cierro yo también los ojos.

Me despierta el contacto de un codo en la mejilla.

—¿Qué narices…? —murmuro y me siento recordando que Maddie estaba tumbada a mi lado—. ¿Maddie?

Abro los ojos y veo que está moviendo la cabeza en sueños. La televisión proyecta un molesto brillo sobre ella y veo cómo mueve los labios y murmura mientras duerme. ¿Qué está diciendo?

—¿Maddie? ¿Cielo? —Le aparto el pelo de la cara y ella se despierta sobresaltada respirando muy deprisa. No me había dado cuenta de que tiene lágrimas en la cara—. ¿Maddie?

—Solo era un sueño —susurra para sí—. Solo era un sueño.

—Cielo, ¿estás bien?

Sus ojos me ven por primera vez y asiente.

—Abrázame. Por favor, Bray.

—Claro.

La estrecho entre mis brazos, esta vez de cara a mí, y me doy cuenta de que me ha llamado Bray.

—Gracias —susurra entrelazando las piernas con las mías y abrazándome con fuerza. Sigue llorando. Puedo sentir cómo las lágrimas resbalan de sus ojos para aterrizar sobre mi hombro o en la almohada. No tengo ni idea de qué debería hacer. No sé por qué está llorando. Estoy perdido.

Le susurro sonidos tranquilizadores al oído y le acaricio el pelo hasta que se relaja.

Esta chica tiene más facetas de las que jamás lograré comprender, pero estoy empezando a querer entenderlas.

Maddie pellizca su magdalena y se come el pedacito.

—¿Cómo puedes estar tan delgada? —le pregunto divertido.

—¿Por qué lo dices?

Ladea la cabeza.

—Estoy convencido de que estas últimas dos semanas te he visto comer una de estas magdalenas prácticamente a diario.

—¿Solo dos semanas? Estoy segura de que me he comido una de estas todos los días desde los últimos ocho meses.

Encoge un hombro con despreocupación.

—¿Y tienes este aspecto? —Mis ojos recorren su cuerpo con descaro.

—Tengo un metabolismo rápido.

—Tampoco sería muy problemático que no lo tuvieras. Estoy seguro de que se me ocurriría una buena forma de quemar esas calorías de más.

Le guiño el ojo y ella sonríe.

—Estoy segura de que se te ocurriría más de una forma —contesta—. Por desgracia a mí también se me ocurre alguna y no creo que ninguna coincida con las tuyas. Todas tienen que ver con el deporte.

—Yo no he dicho que las mías no fueran deporte.

—El sexo no cuenta como deporte. —Me mira fijamente—. Y eso incluye cualquier postura.

—Sirve para quemar calorías —argumento—. Eso cuenta como deporte.

Ella suspira y niega con la cabeza, pero sé que se está esforzando para no reírse. ¿Qué? Es un buen argumento.

—No es una forma de ejercicio físico reconocida como tal, Braden.

—Ayer por la noche me llamaste Bray. Me gustó mucho.

Le aparto el pelo de la cara con los dedos.

—¿Ah, sí? ¿Cuándo?

—Tuviste, mmm... Tuviste una pesadilla y te desperté. Y entonces lo dijiste.

—Oh. —Deja la magdalena—. Lo siento.

—Oye. —La obligo a mirarme—. No lo sientas. ¿Las tienes muy a menudo?

Aparta los ojos de mi cara y los posa sobre el agua cristalina que se extiende ante nosotros.

—A veces. Con menos frecuencia que antes.

—¿Por qué las tienes? ¿Qué sueñas?

El silencio es revelador. Y yo sé lo que va a decir antes de que lo diga.

—Sueño con el día en que murió mamá.

—Maddie, no tenemos por qué hablar de esto si no quieres.

—A veces hablar sobre el tema ayuda. Pero nunca he tenido a nadie con quien poder hacerlo.

La cojo de la mano y entrelazo los dedos con los suyos. Le acaricio el reverso de la mano con el pulgar.

—Pues si quieres hablar del tema, adelante.

Quiero que me hable de ello.

Inspira hondo y en esos segundos de silencio me pregunto si hablará o no. Pero lo hace.

—Tengo pesadillas porque yo la vi morir.

Mierda.

Capítulo veinticinco

Maddie

*L*o recuerdo muy bien. Lo recuerdo como si fuera ayer. Tengo hasta el último detalle incrustado en la memoria y, cuando me permito recordar —como ahora—, toda la historia se reproduce ante mis ojos como una película. Los recuerdos están fragmentados, hay partes borrosas, y a veces el sonido desaparece, pero sigo acordándome. Sigo sabiéndolo. Lo sé todo.

—Habíamos salido para disfrutar de una noche de chicas. Era algo que hacíamos muy a menudo. Mamá insistía en que hiciéramos cosas de chicas una o dos veces al mes y salíamos juntas a cenar y ver una película, a veces de compras. Esos días aprovechábamos para ponernos al día con nuestras cosas. Hablábamos de chicos, de música, de ropa. De todo.

—Por lo que cuentas parece que estabais muy unidas.

—Sí. —Se me dibuja una pequeña sonrisa en los labios—. Era mi mejor amiga.

—Háblame de ella.

—Todo el mundo dice que me parezco a ella, pero yo no lo veo. Mamá era preciosa. Ya sé que tenemos el mismo pelo y los mismos ojos verdes, pero ella tenía una diosa interior que se proyectaba al mundo desde dentro. Siempre estaba alegre y sonriente, siempre estaba dispuesta a echar una mano. Trabajaba en un centro social para jóvenes ayudando a chicos drogadictos o sin techo. A veces, cuando la acompañaba para hacer de voluntaria los fines de semana, los escuchaba hablar de lo fantástica que era. Siempre les alegraba el día. Todo el mundo la quería.

—Pero aquella noche...

Habíamos ido al cine porque era lo que yo había elegido hacer ese día.

—Vamos a comprar algodón de azúcar —propuso mamá al ver a un vendedor ambulante al otro lado de la calle.

—Eso es una tontería, mamá. ¡Son las once de la noche! Papá nos estará esperando despierto.

—Venga, Maddie. No seas aguafiestas. —Aparcó el coche al otro lado de la calle en la que estaba el vendedor—. Solo serán dos minutos. Te lo prometo.

Yo suspiré.

—De acuerdo, pero estás loca.

Abrió la puerta mirándome por encima del hombro. Tuve la sensación de que la emoción que sentía, intensificaba el inconfundible aroma ligero y floral que siempre la acompañaba. Sonrió con los ojos llenos de picardía igual que una niña. No pude evitar devolverle la sonrisa; mi madre tenía esa clase de sonrisa que se contagia. La observé salir del coche y vi que rebuscaba en el bolso algo de dinero suelto mientras se acercaba al vendedor.

En ese momento escuché unas explosiones que debían sonar a una manzana de distancia. ¡Fuegos artificiales!

Bajé la ventanilla y saqué la cabeza, y entonces me llegó el grito. Alguien estaba gritando. Las explosiones eran cada vez más fuertes y se oía el chirrido de unas ruedas.

—¡Maddie, agáchate! —gritó mamá.

Yo empecé a temblar, me volví a sentar en el coche y me arranqué el cinturón de seguridad. Resbalé por el asiento mientras los sonidos retumbaban en los edificios a mi alrededor. Busqué a mamá con los ojos y entonces...

Bang.

Empezó a caer.

Yo grité.

Pasó un coche a toda velocidad y por fin comprendí que las explosiones eran disparos.

Gateé por encima de los asientos hasta alcanzar la puerta del conductor.

—¡Mamá! ¡Mamá! ¡No, mamá!

Abrí la puerta, caí del coche y peleé por ponerme en pie. El olor a pólvora y a humo se coló por mi nariz y me envolvió su acre intensidad.

Me abrí paso a través de la multitud que se había reunido en la acera y aparté cuerpos y gente sin dejar de gritar su nombre; necesitaba verla porque tenía que estar bien, tenía que estarlo. Mamá no me podía dejar porque se suponía que siempre estaría ahí, siempre.

Siempre. Siempre. Siempre.

Braden alarga el brazo y me quita las manos de las orejas devolviéndome al presente.

Aún tengo el zumbido de los disparos en mis oídos. Aún oigo los gritos que llenaron la noche de la ciudad. Aún puedo sentir la inyección recorriéndome todo el cuerpo y el miedo que sentí cuando comprendí lo que había pasado. Todo sigue siendo muy real.

—Y ahí es cuando se vuelve borroso. Recuerdo oír sirenas y me acuerdo de que alguien tiraba de mí. Recuerdo cómo me solté y sacudí a mamá pidiéndole que despertara. Pero no despertaba. No podía. Le habían alcanzado en el muslo. Se desangró en el tiempo que tardé en salir del coche y llegar hasta ella. Sola, en una fría acera de Brooklyn. Se había ido y yo no hice nada para salvarla. Nunca debí dejar que se bajara del coche para ir a comprar ese estúpido algodón de azúcar.

Unos dedos resbalan bajo mis ojos y recogen las silenciosas lágrimas que se descuelgan por mis pestañas. Braden se arrodilla delante de mí y me coge la cara. Miro sus ojos azules llenos de tristeza y compasión.

—Eres muy fuerte, cielo —me dice en voz baja—. No hay mucha gente capaz de pasar por eso y seguir adelante como lo haces tú. Eres alucinante. Lo sabes, ¿verdad? Estoy seguro de que si pudiera verte ahora estaría muy orgullosa de ti.

Asiento en silencio. Él me da un beso en la frente y se arrodilla en el suelo para estrecharme entre sus brazos. La suave brisa del mar me azota el pelo cuando me acurruco contra él en busca de la tranquilidad y la seguridad que me da.

Nunca le había contado toda la historia a nadie. Ni siquiera conseguí hablar del tema cuando papá me obligó a que visitara a un terapeuta. Era mía. El último recuerdo de mi madre me pertenecía.

Pero ya no. Lo he compartido en el lugar donde nació y creció.

La he devuelto a casa.

Todos los chicos se reúnen en medio del patio. Ninguno de ellos lleva camiseta y flirtean con nosotras. Kay niega con la cabeza y les hace una peineta.

—Malditos animales —murmura—. Paseándose medio desnudos como si fueran los reyes de la puta fraternidad.

Yo me río tapándome la boca con la mano.

—No empieces a reírte de mí, Mads. Tú y Carter sois como el rey y la reina de este sitio, y Lila y Ryan son como el príncipe y la princesa. ¿O debería llamaros a las dos princesas?

—¡Oye! —Lila le lanza una patata frita—. Puede que Ryan sea un niño bonito, pero es mi niño bonito, Baker.

—Oído, princesa.

Kay le guiña el ojo y Lila le sonríe.

Me siento muy relajada cuando me rodeo de buenas amigas que me hacen reír. Sigo teniendo muy presente la conversación que he tenido con Braden en la playa, pero ahora que estoy aquí con las chicas todo me parece mejor.

Braden me mira por encima del hombro y esboza una sonrisa maliciosa. No puedo evitar devolverle la sonrisa y se me hace un nudo en el estómago. Vaya.

—¡*Love is in the air*, la la la la la! —canta Kay haciendo ondear su refresco.

—Piérdete. —Le tiro un caramelo y ella lo coge al vuelo y se lo mete en la boca.

—Gracias, pequeña.

Me guiña el ojo.

—Me gusta verle feliz —dice Megan mientras mira cómo los chicos se alinean para empezar a jugar—. Hacía mucho tiempo que no lo veía así. Casi me da pena pensar que esto se va a acabar en dos semanas, quizá incluso en solo algunos días.

Me mira.

—Ya conoces las reglas del juego, Megan —le contesto cogiendo unas briznas de hierba—. Cuatro semanas. Eso es todo.

Me mira por el rabillo del ojo con un brillo cómplice en la mirada que reluce solo para mí.

—Siempre que Braden te deje marchar.

Traducción: si eres capaz de ponerle fin.

A veces resulta molesto lo observadora que puede llegar a ser.

—Lo hará —le contesto con más seguridad de la que siento y mirándolo mientras juega y bromea con sus colegas de fraternidad—. No me esperará, Megs.

—Está bien —admite con reticencias.

Dios, qué cansada empiezo a estar de hablar de esto.

Vuelvo a mirar hacia el patio y observo cómo se lanzan la pelota los unos a los otros. Braden la coge y hace una carrera hasta la zona de gol, que está delimitada por dos camisetas. El sudor resbala por su torneado torso y los músculos de su espalda se flexionan cuando corre. Está tan bueno que me dan ganas de encadenarle con las piernas. En especial cuando está sudoroso y no lleva camiseta.

Se lanza al suelo y marca. Los chicos de su equipo lo felicitan y me guiña el ojo haciéndome una señal en su dirección. Yo ladeo la cabeza con duda. Entonces corre hacia mí con un aspecto demasiado perfecto para mi gusto y se agacha para cogerme de las manos. Tira de mí para levantarme, me rodea por la cintura y me echa hacia atrás.

Me besa con fuerza y sus labios arden sobre los míos. Le agarro del pelo y me sujeto notando cómo uno de mis pies pierde el contacto con el suelo. Desliza la lengua entre mis labios a toda prisa y yo me amoldo a todos sus movimientos.

Luego me vuelve a dejar en el suelo muy despacio. Le sonrío y él me mira con ardor en los ojos.

—Ahora sí que tengo la sensación de que lo he celebrado.

Se ríe mientras me vuelve a poner en pie.

—Solo querías presumir.

Dejo resbalar el dedo por su pecho y noto como él entierra las yemas de los dedos en mi espalda.

—Tengo una chica preciosa de la que presumir, ¿quién

puede culparme? —Sonríe y me acerca la boca al oído—. Y ya puedes frenar ese dedo o acabaremos de celebrarlo dentro.

Trago saliva. En este momento eso suena muy bien.

Tiro de la cintura de sus pantalones.

—Tienes que jugar un partido —le recuerdo. Y de paso a mí también—. Ve a jugarlo.

Esboza otra sonrisa y me besa otra vez. Supongo que lo hace para que le dé suerte. Aunque tampoco es que la necesite. Yo me vuelvo a sentar cuando él se marcha corriendo y le quito mis caramelos a Kay.

—¡Guau! ¡Me parece que nunca había visto un beso de los que consiguen que el pie haga pop en vivo y en directo! —dice Megan sonriendo.

—¿Un qué? —Kay alza las cejas.

—Un beso de los que consiguen que el pie haga pop—repite Megan—. Sale en *Princesa por sorpresa*. ¿La peli de Anne Hathaway?

—¿Tengo pinta de haber visto *Princesa por sorpresa*, Megs?

—Contigo nunca se sabe.

—La pediré para Navidad. Estoy segura de que es fascinante.

Megan se inclina hacia delante y le pega en el brazo.

—Ahórrate los sarcasmos, Kayleigh.

—Es imposible no ser sarcástica contigo, Megan.

—Cállate.

Yo niego con la cabeza sonriendo y les tiro un caramelo a cada una. Lila se ríe y hace lo mismo. Megan chilla y Kay aúlla. Y, antes de darme cuenta, estamos enzarzadas en una batalla de comida basura y acabo boca arriba tumbada sobre la hierba cogiéndome la tripa con las manos mientras me río.

Suspiro y me limpio las lágrimas de los ojos. Ya no me acordaba de la última vez que me reí tanto.

Capítulo veintiséis

Braden

*O*dio los domingos. Son muy aburridos.

Por eso estoy en la playa. Al contrario de lo que piensa todo el mundo, no soy muy amante del sol, el mar y la arena. Ni tampoco se me da especialmente bien el surf.

Pero Maddie quería venir y las reglas del juego estipulan que Maddie debe conseguir todo lo que quiera. Y aquí estoy. Con el bañador lleno de arena y, si no me ando con ojo, con algún cangrejo agarrado a mis pelotas.

—No tenías por qué venir conmigo. Soy perfectamente capaz de tomar el sol yo solita —dice Maddie tumbándose boca arriba sobre la arena.

Yo me pongo de lado y me apoyo sobre el codo.

—¿Y por qué no iba a venir? Me gusta estar contigo.

Deslizo el dedo por su estómago y ella se retuerce.

—Porque sí. —Encoge un hombro.

—¿Por qué sí?

—Sí. Porque sí.

Me doy la vuelta y me siento encima de ella. Ella grita y se quita las gafas de sol dejándolas sobre la toalla. Me mira y yo sonrío con picardía.

—¿Qué?

—¿Por qué te has sentado encima de mí?

—Porque me apetecía.

—Te apetecía.

—Sí.

—¿Por qué?

—Porque sí.

—¿Por qué sí? —Alza una ceja.

—Sí. Porque sí.

Le cojo las manos y entrelazo los dedos con los suyos. Sus labios se curvan por un extremo y en sus ojos se refleja la diversión que siente. Yo me quedo mirándola, solo observándola, y asimilando su imagen.

El ligero bronceado de su piel resalta su pelo moreno y hace que sus ojos verdes destaquen todavía más. Sus labios sonrientes, carnosos y brillantes, y me suplican que los bese.

Y lo hago.

Agacho la cabeza y rozo sus labios con los míos. Sus dedos se tensan alrededor de los míos y frunce los labios para masajearme con suavidad el labio inferior. Me retiro y abro los ojos para ver como ella abre los suyos muy despacio.

—¿Por qué me has besado? —me pregunta en voz baja.

—Porque puedo hacerlo.

—Me parece bien. —Sonríe—. Pero ahora quítate de encima. Me estás tapando el sol.

Me río y me quito de encima para volver a tumbarme a su lado. Ella se vuelve a poner las gafas de sol. Recorro su cuerpo con los ojos aprovechando que todas sus curvas están expuestas para mi deleite. Y menudo deleite.

—Deja de desnudarme con los ojos.

—Odio tener que decírtelo, cielo. —Le acaricio el costado—. Pero no hay mucho que desnudar. Y no es una queja. —Mis dedos se cuelan por debajo del top de su bikini.

—Braden —me advierte.

—¿Qué? —deslizo la mano hacia sus costillas.

—¡Braden!

—¿Qué?

—¡Esto está lleno de gente! —sisea.

—¿Y? —Le doy un beso en la mejilla, cerca de la oreja—. Que yo sepa se me permite tocar a mi novia.

—Mmmm.

—Me lo tomaré como un sí.

Vuelvo a encontrar su boca y deslizo la lengua por su labio inferior. Ella da un pequeño grito y abre la boca sorprendida. Aprovecho la oportunidad para deslizar la lengua entre sus labios. Me coge del cuello mientras me devuelve el beso y hace girar la lengua de una forma que provoca que se me vaya toda la sangre directamente a la entrepierna.

Me contoneo un poco enterrando los dedos en su melena y arrastrándolos hasta las puntas.

—Me parece que necesitas una ducha de agua fría —murmura contra mis labios deslizando las uñas por mis brazos. A mi se me ponen todos los pelos de punta al percibir su inocente pero erótica caricia.

—El mar está justo ahí. ¿Te vienes?

—No estoy segura de que sea una buena idea, pero iré de todos modos.

Me pongo de pie y le tiendo las manos para ayudarla. Ella se quita las gafas, me coge de las manos y se levanta de un salto sonriéndome. Yo arqueo una ceja y Maddie sale corriendo por la playa y riendo.

Niego con la cabeza y corro tras ella. Estoy lo bastante cerca como para escuchar el agudo e intenso grito que da cuando llega al agua. Se da media vuelta y corre hacia mí. Yo me río y la cojo por la cintura levantándola y corriendo hacia el agua.

—¡No, Braden! ¡Está fría!

—¡De eso se trata!

Ella patea y se cuelga de mi cuello. Yo me abro paso por el agua hasta que nos llega por la cintura y entonces la dejo resbalar por mi cuerpo. Gran error.

Carraspeo y Maddie me mira a través de sus pestañas. Sonríe y me empuja. Pierdo el equilibrio y me caigo de espaldas al agua. Me tambaleo hasta ponerme de pie y le clavo los ojos. Ella se lo ha buscado.

—¡Lo siento! ¡No, no! —Levanta las manos.

—Demasiado tarde. —Niego con la cabeza y voy hacia ella.

—¡No! —Se retuerce cuando la derribo.

Nos caemos los dos al agua y ella patea con las piernas en un débil intento por liberarse. Se impulsa hacia arriba apoyándose en mis hombros y, cuando emerjo a la superficie, la agarro del culo para pegarla a mí.

—Eres un...

La hago callar con los labios. Me coge del pelo y se agarra

con fuerza atrapándolo entre sus dedos. Le poso una mano en la cintura y ella rodea la mía con los pies pegándose bien a mí.

Froto la entrepierna contra su cuerpo y ella gimotea y se pega un poco más a mí. Cuando Maddie se eleva un poco echándome la cabeza hacia atrás, yo le clavo los dedos en el trasero y en la espalda. Entonces se hace con el control y me besa con más intensidad.

Luego se para y susurra.

—La gente nos estará mirando, ¿verdad?

Miro en dirección a la playa y veo a dos niños pequeños de unos seis años que nos están mirando fijamente con la boca abierta.

—Sí.

Ella se sonroja y vuelve la cabeza lentamente hacia ellos.

—¡Eeeeeeeeh! —gritan los niños antes de salir corriendo por la arena.

Yo me río y Maddie entierra la cara en mi hombro. Desenrosca las piernas y se desliza por mi cuerpo acariciándome la húmeda piel del pecho mientras resbala. Le apoyo la mejilla en la cabeza sin dejar de reír y me empuja.

—No tiene gracia. Seguramente piensen que acaban de ver un numerito pornográfico en directo.

Inclina la cabeza y me fulmina con la mirada.

—Cielo, solo eran unos críos. Para ellos eres una niña y eso significa que eres una piojosa.

Sus ojos entrecerrados se iluminan divertidos.

—¿Ah, sí? ¿Soy una piojosa?

—No estoy seguro. —Encojo un hombro—. Aún no lo he decidido.

—Pues si soy una piojosa... —Sonríe con inocencia—. Deberías darte por contagiado.

Me hace una pedorreta en el pecho y escapa de entre mis brazos riendo mientras intenta correr hacia la playa. Y yo no puedo evitarlo: se me escapa una gran carcajada y me froto la cara negando con la cabeza. Maddie se da media vuelta y me mira tapándose la boca con la mano. Luego se sumerge en el agua y cuando sale a la superficie su melena mojada resbala por encima de sus hombros desplegando su brillo cobrizo bajo el sol.

Detecto cierto desenfado en su forma de bromear conmigo y en cómo consigue hacerme reír con tanta facilidad. Es un desenfado que no suele ser habitual en ella, y me gusta bastante.

Capítulo veintisiete

Maddie

*A*l salir de clase sonrío distraídamente para mis adentros. Me pego los libros al pecho y mi melena resbala hacia un lado escondiendo una parte de mi cara. Desde que ayer pasé la tarde en la playa con Braden, soy consciente de que jamás me he sentido mejor. Me gustaría decir que se debe a la combinación de sol, mar y arena, pero estaría mintiendo.

Estoy bastante segura de que él es la principal causa de mi felicidad.

—Hola, Maddie.

Kyle aparece a mi lado.

—Hola. ¿Qué tal? —Lo miro pensando, y no por primera vez, que es una pena que no lo vea como nada más que a un amigo. Aunque no está tan musculado como Braden, su ondulado pelo castaño y sus ojos marrones resultan igual de cautivadores. Es más alto que yo y no tanto como Braden, pero tiene un buen corazón y sé que algún día será un excelente novio para la chica adecuada.

¿Pero por qué lo estoy comparando con Braden?

—Bien. Oye, siento haber provocado una pelea entre vosotros el viernes. No me había dado cuenta de que Braden era tan... tan...

—¿Protector? —le sugiero con sequedad empleando las palabras de Braden.

—Sí, claro, eso.

—No te preocupes. —Le doy un pequeño empujón con el hombro—. Él es... No sé. —Me encojo de hombros.

—No me cabe ninguna duda de que lo pusiste en su sitio.

Yo esbozo media sonrisa.

—Pues claro. En seguida le recordé que era su camiseta la que llevaba y no la tuya.

—Sí. —Kyle carraspea y aparta la mirada. ¿Se está sonrojando? Espera, ¿qué?—. Bueno, tengo que irme. Nos vemos, Mads.

—Hum, ¿de acuerdo? —Frunzo el ceño mientras se aleja diciéndome adiós con la mano por encima del hombro.

—¿De acuerdo, cielo? —Braden me rodea la cintura con la mano.

—Sí. Era Kyle. Está un poco raro. —Me olvido del tema y esbozo una sonrisa.

—Kyle no está raro, Kyle es raro.

Me da un rápido beso en los labios y salimos del edificio para tomar la calle que nos llevará hasta la cafetería. ¡Qué rico!

—No. Se ha sonrojado. —Ladeo la cabeza y entonces caigo—. ¡Oh! Oh…

—¿Qué?

—Pues que cree que tú y yo lo hicimos el sábado. —Me río—. Vaya. Debe de haberse sentido muy incómodo.

—¿Por qué? —dice Braden con la voz tirante.

—No empieces. —Le doy una palmada en el pecho—. Pues porque le he dicho que yo llevaba tu camiseta. Debe de haberlo dado por hecho.

—Bien. —Se ríe y me estrecha con más fuerza—. Quizá ahora mantenga las distancias.

—Nunca me ha tirado los tejos. —Pongo los ojos en blanco—. Quizá te haya dado esa impresión, pero solo somos amigos.

—Claro, preciosa. Pero me alegro de que ahora él también lo sepa —dice con sarcasmo.

—Vaya, Bray, ¿estás celoso? —Alzo una ceja y él abre la puerta del café mirándome de reojo.

—¿De Kyle? No. ¿Por qué iba a estarlo?

—Pues yo creo que estás celoso.

—Para nada.

—¿Entonces por qué lo parece?

—¡Que no!

—Estás celoso.

—No pienso discutir por esto, Maddie.

—No estoy discutiendo —le contesto—. Solo te he hecho una pregunta que tú te niegas a contestar. Es muy distinto.

Braden le canta nuestro pedido habitual a la camarera y me pone un mechón de pelo detrás de la oreja.

—Estás discutiendo. —Sonríe—. Y ni siquiera te das cuenta.

Lo miro con los ojos entrecerrados y me doy cuenta de que tiene razón. ¡Maldito sea!

—Está bien. No estás celoso. Lo que tú digas.

—Oh, cállate. —Tira de mí y me da un beso en la sien—. Te pones muy guapa cuando te enfadas.

—¡No estoy enfadada!

—Claro que no.

Sonríe y coge los cafés.

Resoplo y me dirijo a una mesa junto a un sofá y dos sillas. Me siento en una de ellas y lo miro fijamente.

—¿Intentas decirme algo, cielo?

—En absoluto. —Le sonrío con dulzura y cojo mi café y mi magdalena—. Solo quería sentarme aquí.

—Muy bien —dice sentándose en la silla opuesta a la mía. Me observa mientras le doy un sorbo al café y pellizco la magdalena como hago siempre. Es inquietante. Ni siquiera mientras come y bebe es capaz de quitarme los ojos de encima ni un segundo. Me parece que ni siquiera parpadea.

No sé si me gusta o no. Pero por lo menos sigo adelante con el desafío, ¿no?

Exacto.

Casi resulta divertido que a veces, solo a veces, esto parezca tan real que me olvide del juego.

—Estás pensando otra vez.

—Estoy pensando en lo fijamente que me estás mirando.

—Puede que me guste mirarte.

—Puede que no me guste que me mires fijamente.

—Me parece que hoy tienes ganas de discutir, Maddie.

—Pues yo creo que tú... —Me callo y ladeo la cabeza para posar los ojos sobre su abrasadora mirada—. Bueno, puede que tengas razón. ¿Qué pasa?

Sonrío.

Él se esfuerza por reprimir una sonrisa y le brillan los ojos con más intensidad.

—A veces pasa.

—¿Que tienes razón?

—Sí. En realidad pasa continuamente.

—¿Don Sabelotodo? —Alzo una ceja con escepticismo.

—Soy un hombre. Siempre tengo razón.

Me río.

—Claro, encanto —le digo esbozando una sonrisa—. Te voy a decir una cosa: eres un hombre, y aunque te guste pensar que siempre tienes razón, no siempre la tienes. Yo soy mujer y tener razón es algo instintivo en mí. Siento chafarte la guitarra.

Braden me mira muy despacio mientras le da vueltas al café distraídamente.

—Lo que tú digas, pero cada vez que te miro me doy cuenta de que eres preciosa y en eso tengo toda la razón. Así que en este caso soy don Sabelotodo, porque siempre serás preciosa.

Me meto la comisura del labio en la boca y la atrapo con los dientes. Noto cómo el rubor trepa por mis mejillas y bajo la mirada sintiéndome incómoda.

Justo cuando me acuerdo del juego va él y dice una cosa como esta y me recuerda que para él esto es real.

—Oye. —Se levanta, se acerca y se agacha ante mí—. No pretendía avergonzarte.

—No lo has hecho —digo con suavidad y levanto la cabeza para mirarle a los ojos—. Es solo que… No sé.

Me coge de la barbilla y me desliza suavemente el pulgar por la mejilla.

—No estás acostumbrada a que te digan que eres guapa, ¿verdad?

—¿Por qué dices eso?

—La primera vez que te lo dije lloraste. Y ahora te estás escondiendo.

—Solo me lo han dicho mis padres. Y desde que mamá murió, papá no está de humor para muchas cosas.

Braden apoya la frente contra la mía y yo cierro los ojos tratando de contener las lágrimas que parecen brotar de mis ojos cada vez que pienso en mis padres juntos. Puedo pensar en ellos por separado, pero uno de ellos está muerto y el otro quiere estarlo, así que es difícil unirlos.

Porque la verdad es que papá es toda la familia que me queda.

—Pues tienes que creértelo, cielo —susurra Braden con suavidad—. Tienes que creértelo, cielo, porque eres preciosa. No estoy ciego ni soy estúpido. Bueno, está bien, quizá a veces sea un poco estúpido. Pero sé que eres preciosa. Lo puedo comprobar todos los días.

Me humedezco los labios.

—Nunca me lo creeré, Bray. Pero te dejaré ganar esta discusión.

—Así que me vas a dejar, ¿no? —murmura divertido.

—Sí. —Le cojo la mano libre y entrelazo los dedos con los suyos—. Te voy a dejar.

—Muy amable por tu parte. —Se ríe y frota la nariz contra la mía para después besarme con mucha suavidad.

Le estrecho la mano con más fuerza y le devuelvo el beso preguntándome qué estoy haciendo.

—Nos vamos todos a Las Vegas este fin de semana —dice Megan con despreocupación mientras se quita una pelusa de los vaqueros.

—¿Por qué? —pregunto levantando la vista del portátil.

—Para celebrar el cumpleaños de Braden.

—Perdona ¿qué? —Cierro la tapa del portátil—. Me tomas el pelo.

—No. —Sonríe—. ¿Me olvidé de decírtelo? Vaya, lo siento.

Le tiro una almohada a la cabeza.

—¡Pues sí! Podrías haberlo dicho antes, Megan. ¡Vaya mierda!

—Bueno, no tienes por qué preocuparte. Ya hemos reservado las habitaciones. Tú la compartirás con Braden, Lila con Ryan, yo dormiré con Kay, y Aston la compartirá con un par de tíos de la fraternidad.

—¿Somos las únicas chicas que van?

—Es lo que ha pedido Braden —dice esbozando una astuta sonrisa.

—¿Quién lo iba a decir? —Jugueteo con un mechón de pelo.

—¿Quién iba a decir el qué? ¿Que haya dicho que no quiere que vayan más chicas aparte de nosotras o que hayas tenido un ataque de pánico cuando te has enterado de que no sabías que era su cumpleaños? —Sus ojos brillan convencidos de una información que nadie debería saber. Nadie.

—Lo de las chicas —le contesto apartando la mirada. Solo me ha entrado el pánico por el desafío, ¿no? Claro. Claro. Sí.

—Mmmmm —canturrea tumbándose boca arriba en la cama—. Me has convencido del todo.

—Megan, no siento nada por Braden Carter.

Por lo menos nada a lo que sepa ponerle nombre.

—Yo nunca he dicho eso, Maddie.

Entonces suena mi teléfono desde debajo de la almohada y leo el mensaje que me acaba de llegar.

Nos vemos dentro de dos días.

Creo que se me acaba de parar el corazón. ¿Qué?

Me empiezan a temblar las manos y cierro la tapa del teléfono para buscar de nuevo en mi lista de mensajes. Sí.

Pearce: Nos vemos dentro de dos días.

Suelto el teléfono y me lo quedo mirando como si le hubieran salido patas. Me aparto el pelo de la cara y levanto la cabeza intentando detener el temblor de mis manos.

—¿Maddie? —pregunta Megan sentándose—. ¿Qué pasa?

Yo niego con la cabeza sintiéndome incapaz de decir ni una sola palabra. Me gustaría decirle que no importa. Quizá pueda encontrar la forma de quedar con él fuera del campus para que no lo vea nadie.

En algún lugar dónde nadie averigüe la verdad sobre lo que les pasó a mi madre, a mi padre y a mi hermano. Porque al final se acabarán enterando. Los drogadictos como mi hermano no son exactamente habituales por aquí.

Megan posa la mano sobre la mía.

—Maddie, tienes que tranquilizarte, cariño.

Parpadeo, la miro y entonces me doy cuenta de que no puedo respirar. Respiro con demasiada fuerza. Demasiado rápido.

Mierda.

Cierro los ojos y me concentro en las técnicas que aprendí en las clases de yoga a las que asistí el año pasado. Sí, yoga. Relajación. Dentro, fuera. Dentro, fuera.

Cuando por fin tengo la sensación de que ya puedo contestar a las inevitables preguntas, abro los ojos. La mirada de Megan rebosa preocupación.

—¿Quieres contarme lo que te preocupa? —me pregunta en voz baja ofreciéndome un vaso de agua que ha debido de ir a buscar mientras yo me relajaba.

Acepto el vaso y doy un sorbo con la mirada gacha.

—Supongo que no tengo otra opción.

—Siempre se tiene elección.

—No, no la tengo. Él se ha encargado de que no la tenga.

Miro por la ventana.

—¿Quién?

—Mi hermano.

—¿Qué ha hecho, Mads?

—Viene para aquí. Quiere dinero y no pienso dárselo. No pienso hacerlo nunca más.

—Pues díselo cuando lo veas y se marchará.

La miro con cierta tristeza porque, en comparación conmigo, ella ha disfrutado de una vida sin sobresaltos.

—A mi hermano no se le pueden decir las cosas sin más, Megs. Hará lo que sea para conseguir el dinero necesario para alimentar su adicción.

—¿Su adicción? Ah, ¿te refieres a las drogas?

Asiento.

—¡Pues que se busque la vida!

Me estrecha la mano.

—Ojalá fuera tan fácil. Cuando venga sé que se lo tendré que dar. Lo sé.

—¿Vas a quedar con él tú sola?

Asiento de nuevo.

—¡De eso nada! —Explota poniéndose de pie—. ¿Me has oído, Maddie? De. Eso. Nada. No quiero saber a qué te refieres cuando dices que hará lo que sea para conseguir el dinero que necesita, ¡y no pienso averiguarlo! Cuando quedes con tu hermano, no estarás sola.

—Gracias, Meg, pero…

—¡Nada de peros! —Niega con la cabeza con energía—. ¡Nada de peros! Yo te quiero, Maddie, y me he dado cuenta del miedo que le tienes. No sé a qué se debe, pero no pienso dejar que vayas sola. Si no quieres darle tu dinero, no tienes por qué dárselo. Y si te pone un solo dedo encima, Braden le romperá las piernas.

Suspiro mirando fijamente un punto fijo de la pared que tiene detrás.

—No es tan sencillo…

—Sí que lo es. La conclusión es que no pienso dejar que vayas por tu cuenta a ver a tu hermano, y si eso significa que no podemos dejarte sola durante todo el maldito mes, pues no estarás sola, ¿me sigues? Eres una de mis mejores amigas y me preocupo por ti y eso significa que no tienes por qué hacer nada sin ayuda. La amistad significa no tener que estar nunca sola, significa que uno cuenta con un muro perpetuo de solidaridad incluso cuando todo se está derrumbando a tu alrededor. ¡Y si él es la bola de demolición de tu vida, yo seré ese muro!

A mis ojos asoman unas lágrimas inesperadas y le sonrío agradecida.

—Gracias, Megan. Gracias.

Ella me rodea con los brazos y yo lloro en silencio sobre su hombro durante los siguientes cinco minutos.

Amistad. No tener que estar sola jamás.

Y por primera vez desde que murió mi madre, no me siento sola.

Capítulo veintiocho

Braden

—No, mamá, no es un ligue de fin de semana como tú dices —rujo por teléfono.

—Pues Megan le dijo a Gloria que estabas saliendo con alguien, y cuando Gloria me lo comentó esta mañana mientras desayunábamos, yo le contesté que eso era una tontería porque mi hijo nunca salía con nadie. Pero ella insistió en que por lo visto estás saliendo con esta tal Maddie.

—Porque es verdad.

Nunca he visto a mi madre quedarse muda. Siempre tiene una respuesta para todo, supongo que lo he heredado de ella.

—¿Ah, sí? —grita encantada—. ¡Oh, Braden! ¡Thomas, Thomas! ¡Gloria tenía razón! ¡Braden tiene novia!

Me aparto del teléfono esbozando una mueca de lo fuerte que mi madre le está gritando a mi padre. Y entonces oigo su voz de barítono diciendo:

—Eso es genial, cariño. Me alegro mucho por él. ¿Pero podrías bajar el pito un par de tonos?

Yo resoplo en silencio.

—¿Y cómo es, Braden? Tengo que conocerla. Oh, cuánto me alegro por ti —balbucea mamá.

—Frena un poco mamá. Estoy saliendo con ella, no me voy a casar.

—Ya lo sé, ya, ¡pero es tu primera novia!

—Qué va.

—Claro que sí, cariño. Normalmente solo te acuestas con ellas y sé que eso es todo lo que haces. Nunca me he metido en tus cosas porque ya sé que los chicos son como son y todo eso. En realidad tu tío Calvin era exactamente igual que tú cuando estaba en la universidad. En fin, que me encantaría conocerla.

—Llevo saliendo con ella como dos semanas. ¿Te importaría dejar que primero intime con ella?

—¿Me estás diciendo que aún no lo habéis hecho? Vaya, bien por ella.

—¡No me refiero a eso, mamá! —Que alguien me mate. Que alguien me dispare ahora mismo—. Me refiero a tener una relación con ella. Lo que digo es que dejes que nos conozcamos un poco más antes de presentarle a mi familia, ¿de acuerdo?

—Ah, bueno, supongo que sí.

Ya está enfadada. Vaya. ¡Maldita Megan!

—Tengo que irme, mamá —miento—. Me tengo que ir a clase.

—Seguro. Sé bueno y usa protección. Me alegro mucho por ti, Braden, pero no tanto, ¿me has entendido?

—Sí, mamá. —Aprieto los dientes—. Adiós, mamá.

—Adiós, Braden.

Dejo el teléfono y suspiro. Dios, adoro a mi madre, pero a veces es una maldita pesadilla. Por no mencionar lo incómodo que es hablar con ella de según qué temas. Muy incómodo.

Niego con la cabeza y miro por la ventana. Como la habitación está justo delante del campus principal puedo ver a la gente yendo y viniendo. Veo a una pelirroja y a una rubia justo en la salida y sonrío. Me subo a la cama, abro la ventana y me meto los dedos en la boca para silbar con fuerza.

Maddie se sobresalta y Megan mira por encima del hombro. Cuando me ve me hace una peineta. Me río, le devuelvo el gesto y Maddie me mira sonriendo. Me saluda con la mano y yo le guiño el ojo lanzándole un beso. Ella se ríe y niega con la cabeza. Luego se da media vuelta y se van camino del Starbucks.

Maldito Starbucks. Estoy seguro de que el que hay cerca del campus se mantiene solo con el dinero que se dejan allí Maddie y Megan.

Cojo el mando a distancia y enciendo la televisión mientras alargo la pierna para encender la Xbox con el dedo gordo del pie. No tengo clase hasta dentro de dos horas. Voy a emplear mi tiempo libre matando algunos zombis.

Capítulo veintinueve

Maddie

Si Pearce hablaba en serio, debería aparecer en algún momento del día de hoy.

Pero creo que nuestro encuentro no será la reunión entre hermanos que él espera.

Como Megan se lo explicó a las chicas —y creo que también a Braden aunque no quiera admitirlo—, estoy continuamente rodeada de gente. Si Megan no está conmigo, está Kay, Braden o Lila. Incluso Ryan ha llegado a acompañarme a clase. Eso fue muy raro.

Estoy en plena lucha interna. Mis entrañas me dicen que Pearce aparecerá, pero mi cabeza cree que es imposible. A fin de cuentas si tiene dinero para cruzar el país de punta a punta, también lo tiene para pagar sus deudas, ¿no? Pero él no lo verá así. Por mucho que quiera ignorarlo, sé que aparecerá.

Estoy muy nerviosa durante las clases. Apenas escucho nada de lo que dicen los profesores y ni siquiera Braden bromea como lo hacía antes en clase de Literatura. Se pasa la hora entera acariciándome el pelo. Por extraño que parezca, la verdad es que me relaja. Un poco. O algo así.

Cuando se acerca la hora de comer y Pearce no ha dado señales de vida, una parte de mí se relaja y bajo la guardia. Aunque también podría ser que el motivo por el que no le haya visto sea que no he salido del campus en todo el día. Ni siquiera me he acercado a la salida del campus porque sé que mientras esté aquí estaré a salvo. Ni siquiera Pearce llegaría tan lejos.

O por lo menos eso espero.

Ni siquiera he ido al Starbucks. Le he pedido a Braden que fuera por mí. Se mostró encantado de ir siempre que me quedara sentada entre Aston y Ryan. Me dieron ganas de matarlo. Aston se pasó todo el rato mirándome las tetas.

Así que imagino que Pearce estará merodeando por los límites del campus esperando a que salga.

Pero no quiero averiguarlo.

Aunque en algún momento tendré que salir. Y en realidad lo haré esta misma noche cuando vaya a ver a Braden.

El juego. La realidad. Todo se está empezando a mezclar. Unos sentimientos colisionan con otros y me estoy comenzando a preguntar qué es real, si es que hay algo que lo siga siendo.

Ahora ya puedo separar lo que siento por Braden y también por Pearce, y eso me tiene asustada. Deberían estar encerrados en la misma caja con los mismos sentimientos, iguales pensamientos y exactos miedos. No deberían estar separados. No deberían ser distinguibles el uno del otro.

—Come —me ordena Lila volviendo a ponerme el plato delante.

—No tengo hambre —miento advirtiendo el nudo que tengo en el estómago. Nervios.

—Me importa un comino que tengas hambre o no. Solo te has comido media magdalena de arándanos en todo el día. Es la primera vez que no te la acabas desde que empezamos la universidad, así que vas a comer.

Me lanza una mirada de seriedad y yo entrecierro los ojos al tiempo que cojo dos patatas fritas. Me las meto en la boca y exagero mi forma de masticar como lo haría un insolente niño de seis años.

—Está bien. Ya he comido algo.

Lila me fulmina con la mirada.

—No es suficiente.

Kay le posa la mano en el hombro.

—Yo me ocupo de esto, princesa. —Se vuelve hacia mí—. ¡Come!

La miro fijamente a los ojos y aguanto su dura mirada. Mis labios flaquean un poco, pero consigo reprimir la sonrisa. Kay alza una ceja y yo hago lo mismo.

—Pensaba que estaba en la cafetería de la universidad y no en el patio de la guardería —bromea Megan sentándose.

Sonrío y vuelvo a coger el tenedor para pinchar algunas patatas más.

—Está bien. Vosotras ganáis. Comeré.

—Todo —exige Lila.

—Comeré un poco. No podré acabármelo todo.

—Tiene razón. —Megan las mira a las dos—. Apenas ha comido; si se lo acaba todo se le revolverá el estómago.

—¡No pienso limpiar putos vómitos! —Kay se cruza de brazos—. Ni de coña.

—Hablas como un marinero. —Lila la mira fijamente—. ¿Te lo había dicho alguna vez? Tienes la boca tan sucia que dejarías a la altura del betún a Braden, Aston y Ryan, y eso que nunca he conocido a nadie que diga tantas palabrotas como ellos.

—Vaya, muchas gracias. —Kay sonríe—. Voy a ignorar la última parte de tu comentario porque en un mal día estaría encantada de que me dijeran que soy más varonil que cualquier hombre, pero esos tres no tienen nada que envidiar al público femenino.

Megan resopla.

—Tiene parte de razón.

—Braden no es tan terrible como Ryan y Aston —murmuro—. Aston usa más productos capilares que nosotras tres juntas, y Ryan se pasa más tiempo cuidándose el peinado en un día del que yo paso en toda una semana.

Lila hace un puchero, pero luego asiente a regañadientes.

—Supongo que tenéis razón.

—Por lo menos ya sé de qué me disfrazaré este fin de año. —Kay guiña el ojo—. Primer oficial Kay, a vuestro servicio.

—Miedo me da pensar en la cantidad de servicios que harás la noche de fin de año —le dice Megan con sequedad.

Kay la fulmina con la mirada y yo me río bajando la vista.

—¿De qué te ríes, Stevens?

Levanto la cabeza para mirar a Kay.

—De que te hagas la ofendida cuando sabes que es completamente cierto. Quizá deberíamos buscar a alguien que consiga echarte el lazo, nena, porque eres la versión femenina de Braden.

Abre los ojos como platos y me mira muy sorprendida

durante unos treinta segundos. Lila jadea y Megan se ríe en silencio.

—Vaya. —Kay niega con la cabeza—. Es posible que tengas razón. —Hace una pausa y se lleva el dedo a los labios un segundo—. Pero por lo menos yo estoy abierta a la variedad: hombres, mujeres, homosexuales, heteros, ya sabes. Braden solo captura rubias.

—Motivo por el que estoy casi sorprendida de que esto esté funcionando. —Lila sonríe—. Porque es evidente que Maddie no es rubia.

—No hay nada de malo en ser rubia —se queja Megan.

—Claro que no. —Acaricio su melena rubia natural—. Pero tu pelo es rubio natural, no de bote como el de las típicas ratas que se restriegan contra él.

—¿Estás celosa, Maddie? —Los ojos de Kay brillan emocionados.

—Tan celosa como me pondré este fin de semana cuando te enrolles con una *stripper* en Las Vegas.

Kay parpadea.

—Ni siquiera me lo había planteado. Quizá me lleve a Aston. A ver cómo lo lleva el chavalín.

Megan posa los ojos sobre Kay y, aunque los aparta enseguida, yo soy la única que se da cuenta de la mirada que le ha echado. Vaya.

—Vámonos —dice Lila y se levanta mirando con resignación mi plato medio vacío.

—¿Adónde vamos? —ruge Kay.

—A la casa de la fraternidad —contesta Megan cogiendo la botella de agua y vaciando su plato en la basura.

—Paso la mitad de mi vida en esa casa llena de capullos rebosantes de testosterona.

—No seas pesada —la chincha Lila—. Quizá si te gustaran un poco más esos capullos no te importaría tanto.

—Para tu información resulta que disfruto bastante de un buen capullo.

—Demasiada información —espeto fingiendo vomitar.

Kay me tira del pelo y salimos al sol de la tarde. Una de las cosas que prefiero de California es el tiempo. En Brooklyn el sol nunca brilla de esta forma.

Tarareo para mis adentros fingiendo no darme cuenta de que he salido del campus. Me reprendo mentalmente: me vine aquí para alejarme de mi hermano. Ya no estoy en Brooklyn, él ya no puede escudarse en los imbéciles de sus amigos y yo ya no estoy mirando a los ojos de la suicida de mi mejor amiga.

Estoy en California. Y aquí soy yo quien puede escudarse en sus amigas. No estoy sola.

Soy más fuerte de lo que era hace seis meses.

No pienso ceder.

—¿Maddie?

Me quedo helada.

Pearce.

Me doy media vuelta y levanto la mirada muy despacio. Lleva el pelo despeinado, está pálido y más delgado que la última vez que lo vi. No hay luz en sus ojos y no distingo ninguna felicidad en la sonrisa que tiene en los labios.

—¿Qué pasa? ¿No te alegras de ver a tu hermano?

—¿Qué estás haciendo aquí, Pearce?

Mi voz suena con más fuerza de la que siento, y lo agradezco. No pienso ceder.

—¿A qué crees que he venido? Necesito tu ayuda, Maddie. —Da un paso hacia mí—. Estoy metido en un lío, hermanita. Solo necesito tu ayuda.

—Tú siempre necesitas mi ayuda. El problema es que te niegas a hacer nada por ti mismo, ¿verdad?

—Ya sabes por qué lo hago. La echo de menos…

—¡No te atrevas a ponerla de excusa! —La ira se apodera de mí desbancando al miedo y doy un paso adelante para separarme de las chicas—. No te atrevas a utilizar a mamá para excusar tu adicción. Ya estabas metido en eso antes de que muriera, ¡así que ni se te ocurra contarme esos cuentos!

—No son cuentos, Maddie. De verdad.

—Yo también la echo de menos. La añoro cada día, Pearce. Pero eso no significa que vaya a salir corriendo en busca del primer narcótico que encuentre para escapar de ello. La vida es como tú la construyes y así es como ella querría que yo viviera la mía. Por eso me dejó, nos dejó, un dinero para ir a la universidad. Probablemente se esté revolviendo en la tumba de ver lo que su querido hijo está haciendo con su vida.

—Mads, ¿es tu…?

Kay me posa una mano protectora en el brazo.

—No es nadie. —Le aparto el brazo—. Vete a casa. Pearce. No pienso volver a ayudarte nunca más. No voy a seguir salvándote el culo.

—Pero te necesito, Maddie —suplica—. Te juro que será la última vez.

—Siempre es la última vez, ¿verdad? Cada una de las veces es la última vez. Siempre dices que será la última y luego nunca lo es, ¿eh? Quizá sea la última vez que te metas lo que estés consumiendo ahora, ¿pero qué será lo siguiente? ¿Meta? ¿Heroína? ¡Venga, Pearce! ¡¿Qué será lo próximo?!

No me he dado cuenta, pero hay varias personas mirando. Ni siquiera me importa que estemos casi en la puerta de la casa de la fraternidad.

—Eso no es verdad, Maddie, y tú lo sabes. ¿Solo necesito tu ayuda!

—¡Y te he dicho que no! —Me acerco a él y le golpeo en el pecho con la mano temblorosa—. ¡Soy tu hermana, no tu maldita cuidadora! ¡Ya tienes veintidós años, soluciona tus problemas! No puedes seguir acudiendo a mí porque eres incapaz de conservar un trabajo el tiempo suficiente para mantener a papá. ¡Llevo aquí dos meses y ya he tenido que pagar el alquiler de papá porque tú estabas demasiado ocupado colocándote!

Me agarra de los brazos.

—¡Y soy yo quien vive obligado a ver cómo cada día está más cerca del suicidio mientras tú te bronceas en California!

—¡Estoy estudiando una carrera! —Lo empujo hacia atrás—. ¡Así algún día podré mantener a papá y proporcionarle la ayuda que necesita para seguir adelante!

—¡¿Y por qué no quieres hacerlo por mí?!

—Porque tú eres una pérdida de tiempo, Pearce —le digo tranquila pero con frialdad—. Yo te admiraba. Me llevabas a todas partes y hacíamos muchas cosas juntos. Nos distanciamos cuando empezaste el instituto y allí te convertiste en la clase de persona que siempre despreciaste. ¡Mamá trabajaba con adictos a las drogas, por amor de Dios! Ya sabías lo que te harían las drogas, pero te metiste en ese mundo igualmente.

Decidiste jugártela de todos modos y mírate ahora. —Le miro de arriba abajo—. Tú no eres el hermano que conocí. En realidad estoy convencida de que ya no eres mi hermano.

—¿Qué? —Me agarra de la muñeca y la aprieta con fuerza.

—No eres mi hermano. Ya no lo eres. —Forcejeo para soltarme—. ¿Cuántos problemas nos has causado desde que murió mamá, eh? Primero sedujiste a Abbi, hiciste que se enamorara de ti mientras la controlabas y abusabas de ella por culpa de las drogas y luego la llevaste a las puertas del suicidio. ¡Perdí a mi mejor amiga por tu culpa! Papá me pidió que viniera aquí y me alejara de Brooklyn para que pudiera empezar de nuevo, ¿y también tienes que venir a quitarme esto? Tienes que arrastrar tu triste culo hasta aquí porque no puedes costear tus drogas. Sigues pensando que la buena de Maddie te salvará el culo. Pues esta vez no, Pearce. ¡Tú y tu maldita adicción os podéis volver a Brooklyn y quedaros allí para siempre!

Me fulmina con los ojos: la expresión de su mirada verde azulada es dura como una roca. Yo le miro con la misma intensidad; la tensión entre nosotros es palpable. Por primera vez admito los sentimientos que tengo hacia mi hermano.

Le odio. Es un odio real, un odio que lo tiñe todo e infecta todos los recuerdos felices que conservo de él. Mientras le miro, ese odio se enrosca alrededor de los recuerdos y los va corroyendo poco a poco. Es como si no hubieran existido nunca.

Y al perder esos recuerdos, también pierdo una parte de mi misma, pero el resto es más fuerte.

No pienso ceder.

—No sé quien eres, pero te aconsejo que le quites las manos de encima a mi chica —dice Braden con tono glacial.

No sé dónde está. No puedo verle. Estoy temblando; la adrenalina y el miedo recorren todo mi cuerpo.

—Soy su hermano —dice Pearce riendo con amargura.

—Motivo de más para quitarle las manos de encima.

Noto cómo Braden me agarra de los brazos. Desplaza una de sus manos hasta mi muñeca y esbozo una mueca cuando agarra a Pearce de la suya y se la aprieta hasta que me suelta. Dejo colgar el brazo como si nada porque no quiero darle a mi hermano la satisfacción de saber que me ha hecho daño.

—Esto no es asunto tuyo —espeta Pearce.

—Si le haces daño a mi chica sí que es asunto mío, tanto si eres su hermano como si no. —Braden me estrecha contra su cuerpo—. Será mejor que te vayas, porque te garantizo que no soy el único que se muestra protector con Maddie. Ahí mismo hay una casa llena de tíos que te patearían el culo encantados por haberle hecho daño.

—Esto es entre…

—Nada —le digo—. No hay nada de qué hablar, Pearce. Ya he dejado bien claro lo que pienso, y no te voy a ayudar. Venir aquí ha sido una pérdida de tiempo.

Le miro fijamente hasta que empieza a recular con los ojos llenos de odio e ira.

—Muy bien —espeta—. Muy bien. Supongo que tendré que encontrar otra solución.

—Ya va siendo hora —le contesto con frialdad.

—Mamá estaría desolada de saber que no quieres ayudarme —me dice mientras recula.

—¡Ya es suficiente! —grita Braden.

—Lárgate de aquí antes de que te saque a patadas —le amenaza Ryan colocando a Lila tras él y poniéndose junto a Braden—. Hablo en serio. Aquí no dejamos que nadie les hable así a nuestras chicas. Tienes treinta segundos para desaparecer de mi vista.

—Ya me voy —dice Pearce lanzándome una última mirada antes de darse media vuelta y marcharse caminando por la acera.

Entonces se levanta una oleada de susurros a nuestro alrededor. Y me imagino lo que dicen: Pobre Maddie, ¿ese es su hermano? Tonterías. No son más que tonterías.

—Adentro —me dice Braden con suavidad guiándome en dirección a la casa—. Y vosotros os podéis ir todos a la mierda.

Me ayuda a entrar y me acompaña escaleras arriba hasta su habitación. Cierra la puerta y se me doblan las rodillas. Apenas alcanzo a agarrarme a su escritorio antes de que me estreche entre sus brazos. No puedo respirar. Tengo el corazón acelerado, me duele el pecho y jamás pensé que podría llegar a temblar tanto.

Acabo de plantarle cara a mi hermano.

—Sssshhh —me tranquiliza Braden—. Ya no puede acercarse a ti, cielo. Te lo prometo. No se lo permitiré.

Las lágrimas asoman a mis ojos y las dejo resbalar por mis mejillas. Me agarro con fuerza a su camiseta mientras el miedo me va abandonando poco a poco.

—Ven aquí.

Me coge en brazos y me lleva hasta la cama. Se tumba a mi lado y abraza mi cuerpo deshecho en sollozos. Acurruca mi cara en su cuello y me pega todo lo que puede a su cuerpo, estamos tan pegados que parecemos una sola persona. Noto el contacto de las sábanas y Braden me arropa.

Luego me mece suavemente y empiezo a relajarme. Aquí, en esta habitación, me siento segura.

Con Braden estoy segura.

No sé cuánto tiempo pasamos tumbados en silencio mientras Braden me abraza como si no quisiera soltarme nunca. Me parece que no quiero que me suelte. Me parece que deseo que siga abrazándome, que siga haciéndome sentir segura.

Inspiro hondo y él me besa la frente. Abro la boca para hablar —para explicarme, supongo—, pero él me interrumpe.

—No, Maddie. No te preocupes. Se está haciendo tarde, tienes que dormir un poco.

Debemos llevar un buen rato aquí tumbados.

—No puedo dormir con los vaqueros puestos —murmuro con la voz apelmazada.

—Mierda —masculla besándome la frente una vez más y levantándose. Se acerca a la cómoda y me da una camiseta—. Toma, ponte esto.

Le sonrío con gratitud y me cambio rápidamente, consciente de que Braden no me quita los ojos de encima. Cuando acabo, él se desnuda hasta quedarse en calzoncillos y vuelve a la cama. Luego estira el brazo.

—Ven aquí.

Me acerco y me acurruco contra él apoyando la cabeza en su hombro. Entrelazo la pierna con la suya y apoyo el brazo sobre su cintura. Él me rodea con el brazo mientras me acaricia el pelo adoptando un ritmo constante.

Me relajo y, dado mi vulnerable estado, no tardo mucho en abandonarme a mis pensamientos.

Toda la resistencia que he opuesto estas últimas dos semanas tan extrañas ha sido en vano. Ha sido un mecanismo de defensa para protegerme, para mantenerme a salvo mientras jugaba y no salir herida.

Pero por algún motivo las reglas del juego han cambiado en algún momento sin que yo me diera cuenta.

Porque me estoy enamorando de Braden Carter.

Capítulo treinta

Braden

Cuando está tumbada entre mis brazos como ahora, la siento vulnerable.

Pero hasta la otra noche no me había dado cuenta de hasta qué punto es vulnerable. Tampoco me había dado cuenta de lo fuerte que es y del fuego que arde en su interior.

La miro. Su melena está extendida sobre mi almohada, tiene los labios ligeramente separados y su aliento repta por mi pecho desnudo. Cuando duerme parece estar en paz, como si no tuviera la cabeza y el corazón llenos de demonios. Como si no se estuviera protegiendo de todo.

Levanto la mano que tengo apoyada en el estómago y le aparto el pelo de la cara. Ella suspira, se acerca un poco más a mí y yo la estrecho un poco más. Le poso los labios en la frente y ella desliza un brazo sobre mi estómago rozando mi piel desnuda con los dedos.

No tengo claro en qué momento empecé a preocuparme tanto por ella. Pudo ser aquel día en la playa cuando me explicó lo de su madre, o pudo ser cuando se volvió loca por culpa de aquella chica que nos encontramos en la cafetería, el día que se puso a soltar tacos. Pudo ocurrir durante una de nuestras alocadas sesiones de besos, o quizá fuera cuando yo fingía escuchar en clase de Literatura mientras jugueteaba con su pelo.

O puede que siempre fuera así.

Quizá siempre me haya preocupado por ella y solo estaba disfrazándose de ese sentimiento de sexo.

No lo sé. Lo único que sé es que ella me importa y que este juego se está transformando en algo más. Está empezando a ser más real que nada de lo que he experimentado hasta ahora. Se está convirtiendo en algo a lo que puedo aferrarme. Algo a lo que Maddie se puede aferrar.

Maddie puede contar conmigo.

—Buenos días —dice con la voz soñolienta bostezando y frotándose los ojos.

—Buenos días, cielo —le susurro en voz baja—. ¿Cómo estás?

Se queda en silencio un momento y veo como se nublan sus ojos verdes.

—No estoy segura. Me siento bien, pero también me siento mal.

La vuelvo a besar en la frente y aliso su ceño fruncido.

—Ayer hice lo correcto, ¿verdad? —Su voz está cargada de dudas y sus ojos trepan hasta encontrarse con los míos—. Cuando le dije que no. Cuando decidí no ayudarle.

—Yo creo que sí —le digo con sinceridad.

—Pero es mi hermano.

—Oye. —Le levanto la cabeza—. Tenías un motivo para decirle que no. Está claro que te lo ha hecho pasar tan mal que ya no tienes ganas de seguir ayudándole. Y no pasa nada, Mads. No puede seguir pidiendo sin dar algo a cambio.

Ella asiente.

—Tienes razón. Todo lo que me ha hecho pasar… —Cierra los ojos y niega con la cabeza—. No pienso seguir haciéndolo. Me niego a ser su felpudo.

Le acaricio el pelo porque no sé qué decir.

—Cuando conocí a Abbi tenía cinco años. Era mi mejor amiga del parvulario. Fuimos juntas a la escuela hasta que llegamos al instituto —dice de repente rompiendo el silencio entre nosotros.

—No tienes por qué…

—No, no, quiero hacerlo.

—Como quieras, cielo.

Tiene los ojos vidriosos y una pequeña sonrisa en los labios.

—Lo hacíamos todo juntas. Estábamos literalmente unidas por la cadera. Si Abbi empezaba a ir a clases de *ballet*, yo también me apuntaba. Si yo lo dejaba y me matriculaba en gimnasia, ella también lo hacía. Éramos así. Todo el mundo decía que debieron separarnos al nacer porque nos parecíamos mucho y estábamos muy unidas. Creí que siempre lo estaríamos.

—Cuando mamá murió hace tres años, Abbi se convirtió en mi principal apoyo. Mientras mi mundo se desmoronaba y papá caía en una depresión, ella siempre estaba dispuesta a ayudarme a afrontarlo. Venía a verme todos los días después de clase y me ayudaba a limpiar y a cocinar. Aparte de mamá yo era la única capaz de cocinar algo decente, y como mi madre nos había enseñado a cocinar a las dos, era lógico que ella me ayudara.

»Pero todo cambió cuando empezamos el último curso. Yo sabía que algún día todo cambiaría. Quizá no fuéramos a la misma universidad o alguna de las dos se echara un novio formal. Y así fue, una de las dos se echó novio. No fui yo y jamás pensé que el novio de Abbi sería mi hermano.

»Cuando mamá murió, Pearce perdió la cabeza. Él ya llevaba varios años de instituto cuando la asesinaron, por lo que ya había ido a algunas fiestas y esas cosas. Probablemente llevaba tonteando con las drogas desde que tenía quince o dieciséis años, por lo que para él fue sencillo recurrir a ese vicio en busca de consuelo. Se fue hundiendo cada vez más en la adicción y con el tiempo empezó a probar drogas cada vez más duras. Papá estaba demasiado destrozado como para detenerlo y Pearce se gastó en drogas todo el dinero que mamá le había dejado para ir a la universidad.

»Por eso me sorprendió tanto enterarme de que él y Abbi habían empezado a salir. Tanto Abbi como yo éramos estudiantes ejemplares; fue el típico tópico de la buena chica que se enamora del chico malo. —Maddie hace una pausa para poner sus pensamientos en orden y yo sigo paseando el dedo por su brazo—. Supongo que al principio parecía que la trataba bien. Se comportaba como un gilipollas cuando necesitaba una dosis, pero luego le compraba flores para disculparse. Yo intenté avisarla porque ya le había visto tocar fondo, pero ella parecía convencida de poder salvarlo. —Pone los ojos en blanco—. Salvarlo. Es lo más estúpido que he oído en mi vida. Para mí, la única persona que podía salvar a Pearce era Pearce. Cuando murió mi madre intenté hablar con él, pero no sirvió de nada.

Lo intenté una y otra vez hasta que no pude más. Mamá siempre decía que solo se podía ayudar a alguien si esa persona quería que la ayudaran. Desde que trabajaba con adictos esa idea se había convertido en un mantra para ella.

»Pero Abbi no quería escuchar. En absoluto. Por eso empecé a acompañarla a las fiestas de Pearce. Nunca lo admitió, pero yo sé que lo agradecía. A ella no le gustaban sus amigos, ni a mí tampoco, claro, pero jamás hubiera dejado que se metiera ella sola en esos sitios. Llevaba dos meses de fiesta en fiesta y me las arreglé como pude para conservar mis buenas notas mientras Abbi las perdía. Y entonces, una noche, todo se vino abajo.

»Pearce no llevaba dinero suficiente para pagarse la dosis. Su camello había subido los precios porque tenía menos género y él no lo sabía. Pearce ya estaba en esa fase en la que necesitaba la dosis urgentemente y Abbi intentó tranquilizarlo. Pero él le dio un manotazo y la golpeó en la cara. Abbi salió despedida contra la pared. Le sangraba la nariz y yo corrí junto a ella. Pero a Pearce no le importaba. Él solo quería su dosis. Eso era lo único que le importaba.

»Acabé dándole el dinero que le faltaba y fue lo peor que he hecho en mi vida, porque él supuso que si le ayudaba una vez lo volvería a hacer. No parecía preocuparle haberle pegado a Abbi. Aún no sé si lo hizo a propósito o fue un accidente, pero lo que sí sé es que no fue la última vez.

—¿Dejaste de ir a esas fiestas?

Me tensó al imaginarla en un lugar como ese.

Ella asiente.

—Al día siguiente fui a ver a Abbi para decirle que no pensaba volver y que debería romper con Pearce. Pero se negó. Les dijo a sus padres que había resbalado con una placa de hielo y se había golpeado contra la acera, que por eso le sangraba la nariz. Como era noviembre nadie sospechó. Yo me sentía fatal. Estaba dejando que fuera sola a esas fiestas. No pasó mucho tiempo hasta que empezó a pasar allí tanto tiempo como el mismo Pearce, aunque nunca llegó a tocar las drogas. Solo se tomó algunas copas.

»Las veces que la vi durante los seis meses siguientes siempre parecía tener un nuevo moretón. Cuando le preguntaba me decía que se había caído por la escalera, la habían empujado o que había resbalado en el gimnasio. Y Pearce siempre se declaraba inocente cuando le pedía explicaciones. Decía que cuando se drogaba no sabía lo que hacía. Poco a poco Abbi fue convirtiéndose en una desconocida para mí. Una chica que era extrovertida, despreocupada y sociable acabó encerrada en sí misma. Se volvió débil y siempre dependía de mi hermano. Y estaba asustada. Le tenía mucho miedo. Siempre estaban discutiendo, pero yo me recordaba que era eso lo que ella había elegido. Abbi había elegido estar con Pearce.

»Intenté hablar con ella una última vez en un último intento de recuperarla, pero no quiso escucharme. No sé qué le había hecho Pearce, pero había destrozado a mi mejor amiga.

La abrazo con más fuerza cuando noto que se pone a temblar e intuyo que lo próximo que diga no será nada bueno.

Capítulo treinta y uno

Maddie

—*R*ecuerdo que yo la encontré. Sus padres estaban en un viaje de negocios y su madre no sabía nada de ella, por eso me pidió que fuera a ver cómo estaba. Y yo fui.

Mientras recuerdo la noche en que la encontré me tiemblan las manos, mi tono de voz se vuelve monótono y mi cuerpo lucha para hacerse insensible a las emociones.

—¿Abbi? ¿Abbi, estás en casa? —Llevaba un buen rato llamando a la puerta como una loca—. ¡Si no me abres echaré la puerta abajo! Venga, Abs, tu madre está preocupada por ti.

Nada. No contestaba. Aporreé la puerta con más fuerza.

—¡Tienes cinco segundos para contestar antes de que entre por la fuerza!

Conté hasta cinco mentalmente. Uno… Dos… Tres… Llevábamos un mes sin hablar pero seguía siendo mi mejor amiga.

—¡Está bien, voy a entrar! —la avisé una última vez y di un paso atrás para patear la cerradura unas cuantas veces. La madera se astilló y empujé la puerta. Y cuando vi la imagen que tenía ante mis ojos me quedé de piedra.

Abby estaba metida en la bañera completamente vestida y la bañera estaba medio llena de agua. Su brazo colgaba del exterior de la tina y la sangre goteaba de las heridas que se veían en él. Enseguida me llamó la atención un pequeño frasco marrón. Alargué una mano temblorosa para cogerlo: paracetamol. La manera más sencilla. Mi madre nos había explicado que, si nadie te encontraba, bastaba con dieciséis pastillas. Pero no sabía cuánto tiempo llevaba Abbi encerrada en el baño.

—Oh, Abbi —sollocé y dejé caer el frasco. Aterrizó en el suelo y provocó un ensordecedor estrépito que rompió el silencio. Me agarré al marco de la puerta tratando de conseguir que no se me doblaran las piernas. Saqué el teléfono de mi bolsillo y marqué el número de emergencias con los dedos temblorosos.

¿Tenía pulso? No lo sabía. ¿Respiraba? No lo sabía. Me daba miedo tocarla. Tenía miedo de moverla. «Por favor, no te mueras», pensé. «Por favor, no te me mueras tú también». Ya había perdido a mi madre, no podía perder también a Abbi. No podía perderlas a las dos. Por favor, no. Por favor, no. Por favor, no».

Colgué después de facilitar la información que me pidieron y me quedé mirando fijamente su cuerpo inmóvil. Entonces se le hinchó un poco el pecho y noté una punzada de alivio. Estaba viva. Tal vez.

¿Pero por qué? ¿Por qué? ¿Por qué haría algo así?

—Pero yo ya sabía por qué —susurro—. Pearce la había llevado hasta el límite. La había destruido hasta tal punto que cada pedazo de Abbi estaba hecho añicos. La había destrozado. Lo único que le quedaba en la vida era existir.

—Oh, cielo.

Braden me abraza con fuerza.

—Está viva. Está internada en una institución para adolescentes con enfermedades mentales en las afueras de Brooklyn. Está viva, pero en realidad no vive. A veces me pregunto si no estaría mejor si no estuviera aquí y entonces me siento fatal. —Noto el calor de las lágrimas que me resbalan por las mejillas—. Aún desconozco todo lo que le hizo Pearce y nunca lo averiguaré. No quiero saberlo. La mera idea de averiguarlo me aterroriza.

—¿Te sientes culpable?

—Sí. Si me hubiera quedado con ella, quizá la habría podido proteger más. No lo sé, Bray. Quizá si me hubiera quedado a su lado y no la hubiera dejado sola seguiría siendo, bueno, normal, supongo.

—No es culpa tuya. Tú no lo hiciste.

—Eso ya lo sé. Pero me fastidia que tuviera que ser yo quien la encontrara. Aunque me alegro de haberlo hecho, claro. Los médicos dijeron que si hubieran pasado solo algunas horas más, habría muerto. Había tomado muchas pastillas y se había hecho muchos cortes. No solo los tenía en los brazos. También tenía varios escondidos bajo la ropa, por los muslos y el estómago. Como iba de negro no los vi, pero el agua de la bañera evitó que se cerraran. Sabía muy bien lo que hacía. No fue una llamada de atención, fue un intento de suicidio en toda regla.

Me limpio las mejillas y Braden me besa junto a los ojos.

—¿Por eso odias tanto a tu hermano?

Asiento.

—Por su culpa lo perdí todo. Ya había perdido a mi madre y luego perdí a Abbi. Quizá no la perdiera de la misma forma, pero ya nunca más volvió a ser la persona que yo conocía. Jamás lo será.

—Lamento mucho que hayas pasado por todo eso. De verdad. —Me da un beso en la frente—. Ya sabes que tu hermano no volverá a acercarse más a ti, ¿verdad? Si lo hace le daré una paliza, Maddie. Te lo prometo.

Asiento y me pego a él.

—Ya lo sé.

—No volverá a hacerte daño —susurra Braden rodeando mi cuerpo con los brazos como si fueran una manta de seguridad.

Y yo le creo.

—¡Déjame entrar, maldita payasa! —grita Lila aporreando la puerta de la habitación con el puño—. ¡Nos vamos de viaje!

—¡Solo son las ocho de la mañana! —espeta Kay abriendo la puerta. Yo me incorporo en la cama frotándome los ojos.

—¡Y vamos a tardar ocho horas en llegar, así que saca tu perezoso culo de la cama y ponte a hacer la maleta!

Lila arrastra su maleta por la puerta seguida de una Megan un tanto cascarrabias. Megan no es precisamente madrugadora.

Me lanza un sobre marrón.

—Para ti.

—¿Qué es? —digo bostezando mientras lo cojo.

—Ábrelo y lo verás.

Rompo el papel y le doy la vuelta al sobre. Del interior cae una tarjeta color crema y me quedo mirándola fijamente.

—¿Qué es esto?

—¿Una tarjeta de identificación falsa? —dice Lila con una sonrisa de oreja a oreja—. Eso parece.

—¿Y por qué tengo una tarjeta de identificación falsa?

—Porque nos vamos a Las Vegas —dice Megan con sequedad alzando una ceja—. Y no se puede ir a Las Vegas sin una tarjeta de identificación falsa.

—De acuerdo.

Me encojo de hombros, la dejo en la mesita de noche y me levanto de la cama.

Kay sale vestida del baño quejándose todavía de la maldita hora intempestiva de la mañana que jamás debería vivirse despierta en fin de semana.

Me río y cojo los pantalones de chándal del cajón. ¿Qué pasa? Son las ocho de la mañana y tenemos un viaje de ocho horas por delante.

Me meto en el baño, me visto y me maquillo un poco antes de volver a salir.

—¿Habéis hecho la maleta? —pregunta Lila tecleando algo en su móvil.

—No. No pensaba que nos iríamos a las ocho de la maldita mañana —contesta Kay.

—Oh, Dios. —Megan la mira—. Parece que alguien está de muy buen humor esta mañana. Hoy estás exultante, ¿no, Kay?

—Por favor, no la piques —suplico mientras meto la última prenda de ropa en mi minúscula maleta—. No la hagas enfadar. Te va a tener así todo el día.

—Son las...

—Ocho de la mañana. Supéralo.

Megan le tira mi almohada a Kay y yo niego con la cabeza.

—Venga, daos prisa, los chicos ya están listos y vienen para acá —anuncia Lila.

—Espera, ¿quién irá con quién? ¿Y dónde nos alojaremos?

—Cojo mi tarjeta de identificación falsa y la meto en el bolso.

—Mmmm. —Levanta un dedo y teclea un poco más en el móvil—. Ya está, Maddie viaja con Braden, Megan y Kay conmigo y con Ryan, y Aston irá con los otros chicos. Nos alojamos en el Treasure Island y Maddie y Braden compartirán habitación, yo la compartiré con Ryan, Megan dormirá con Kay y Aston con los chicos.

Miro a Megan.

—Lo tiene todo organizado en el móvil, ¿verdad?

Ella asiente con tranquilidad.

—Desde hace una semana.

—A la mierda con tu planificación, Lila —dice Kay poniéndose de pie y dejando su bolsa sobre la cama—. Ya he hecho la maleta, tú también, todas la tenemos. Vámonos ya.

Lila la fulmina con la mirada, se levanta y coge su maleta. Yo suspiro profundamente convencida de que este fin de semana puede resultar todo un éxito o el fracaso más absoluto.

Y ahora mismo me decanto por el fracaso.

Cierro la puerta del dormitorio y cuando llegamos abajo los chicos ya han aparcado en la puerta. Braden se baja de su Jetta y esboza una encantadora sonrisa en mi dirección. Yo le devuelvo la sonrisa y dejo que la puerta de la residencia se cierre a mi espalda.

Se acerca a mí, me coge la maleta sin decir una palabra y me da la mano. Me acompaña hasta el coche y abre el maletero para dejar cuidadosamente la maleta junto a la suya.

—Braden, ¿estás listo? —Aston se asoma por la ventanilla de su cuatro por cuatro.

Braden le da el visto bueno levantando el pulgar.

—Ve tú delante. Yo te sigo.

Me despido de las chicas con la mano y veo como los tres coches se alejan de la residencia y del campus. Braden cierra la puerta del maletero y yo le miro.

—¿Por qué les has dicho que se marchen?

Él se vuelve deprisa, me coge la cara y me besa. Me inclino hacia atrás y me apoyo en el coche. Braden desliza la rodilla entre mis piernas y yo le agarro de la camiseta cuando me suelta la mano para cogerme de la cintura.

Sus labios están calientes y dulces y enseguida distingo el sabor a pepitas de chocolate y café. Le muerdo el labio inferior.

—¿Me has traído café? —murmuro.

—Está en el coche.

Se separa de mí con los ojos brillantes.

—Entonces lo has hecho por eso.

Me pone de pie y me da otro beso en los labios.

—No. Lo he hecho para poder besarte; porque estar sentado ocho horas a tu lado dentro de un coche sin poder hacerlo va a ser una maldita pesadilla.

—Podemos parar, ¿sabes? Quiero comer en un McDonalds.

—Cielo —me dice en voz baja—. Ya sé que te has puesto un pantalón de chándal, pero resulta que se ciñe especialmente bien a tu cuerpo, en particular a tu culo. —Deja resbalar la mano por mi cadera y me agarra del trasero para pegarme a él enterrando los dedos en mi carne—. Así que si paramos, no será para ir al maldito McDonalds.

Trago saliva y se me acelera el corazón. Por lo visto, desde que intuyo que me estoy enamorando de él, también soy consciente de su capacidad para convertirme en un amasijo de ardiente y burbujeante necesidad de él.

—Tomo nota —le digo con la voz entrecortada—. Vámonos antes de que decidamos no marcharnos.

—No me tientes —susurra y me da un beso justo debajo de la oreja.

Me deshago de sus brazos y abro la puerta del coche para subirme. Entonces me doy cuenta de que no me ha mentido, porque en el reposavasos hay un café del Starbucks y en el salpicadero una magdalena. La había dejado ahí antes de bajar del coche. Sonrío y la cojo.

—Gracias —digo cuando pone el coche en marcha.

—No hay de qué.

Me sonríe y yo esbozo una sonrisa avergonzada. Pellizco un trozo de magdalena y me inclino hacia él para acercársela a los labios antes de que arranque.

Braden abre la boca y yo deslizo la magdalena entre sus labios. Cierra la boca y antes de que retire la mano sus labios rozan las yemas de mis dedos. El mero contacto me provoca un escalofrío y bajo la mirada como si así pudiera esconder mi reacción. Él carraspea para aclararse la garganta y pisa el acelerador para dejar atrás la residencia.

Menos mal.

Capítulo treinta y dos

Braden

*D*ecir que pasar ocho horas encerrado en un coche con Maddie sería una pesadilla es la mentira más gorda que he dicho en mi vida.

Es un infierno. Cada vez que pasamos por un motel quiero parar y pedir una habitación para encerrarla ahí y no salir hasta mañana. Cada. Maldito. Motel.

Pero no quiero follármela. Oh no, a Maddie no. Quiero hacerle el amor. Quiero besar cada centímetro de esa suave piel dorada, deslizar las manos por cada una de sus curvas y enterrarme en ella hasta hacerla gritar. Porque ahora ya sé que lo hace y ya que por fin he admitido que siento algo por ella —y me refiero a sentir algo de verdad—, quiero que compartamos algo más que un polvo rápido en un aparcamiento. Quiero que sea especial. Más que cualquier otra de las experiencias que he tenido.

Cuando llegamos al Treasure Island, deja la maleta a los pies de la enorme cama de nuestra habitación y mira a su alrededor. Mamá se ofreció a reservarme una suite, pero yo ya imaginaba que esta habitación sería del gusto de Maddie. Y a juzgar por su expresión, he acertado.

—¿Te gusta? —Me apoyo en la silla verde que hay en la esquina.

Asiente.

—Es preciosa.

Sonríe. Y es una de esas sonrisas ligeras que me hacen sonreír a mí también. Los suaves tonos marrones y verdes de la habitación son relajantes. Después de la semana que ha pasado por culpa de su hermano es la clase de entorno que necesita. ¿Y yo?

Yo solo necesito a Maddie.

—¿Quieres que vayamos a cenar algo?

—Claro. ¿Te importa que me cambie antes? —dice señalándose los pantalones de chándal.

—Claro, cielo.

Saca algunas prendas de la maleta y se va al baño de la habitación, deteniéndose un segundo de camino para besarme en la comisura de los labios. Se aleja contoneándose y yo sonrío al verla marchar. Y cuando cierra la puerta me quedo mirando el espacio que ocupaba su trasero durante unos cinco minutos.

Niego con la cabeza y me pregunto en secreto si será una bruja y me habrá hechizado. No, es demasiado guapa para ser una bruja. Vuelvo a negar con la cabeza.

Me alegro de que Megan me haya conseguido una tarjeta de identificación falsa, porque voy a necesitar tomarme una cerveza.

Al rato se abre la puerta del baño y Maddie reaparece. Yo la miro. Los ceñidos vaqueros negros que lleva puestos dejan poco a la imaginación y el provocativo top rosa que brilla sobre sus pechos hace que me pregunte qué habrá escondido debajo. Lleva el pelo recogido y algunos mechones sueltos le enmarcan la cara. Cruza la habitación sin darse cuenta de que estoy prácticamente babeando y abre su minúscula maleta. Después de rebuscar un poco en ella, saca unos zapatos negros con provocativos tacones rosas y desliza los pies en ellos. Se pone derecha, se recoloca bien el top ante el espejo de cuerpo entero y se vuelve hacia mí.

—¿Estoy bien?

Yo parpadeo. Trago saliva. Joder. Está preciosa.

—Estás preciosa.

Ella sonríe.

—Gracias. Megan nos dijo que debíamos ponernos elegantes, así que… —Extiende las manos—. Me he puesto elegante.

—Me gustas así de elegante —murmuro acercándome a ella. Le deslizo las manos por los brazos para cogerla de las manos y la recorro con los ojos de pies a cabeza—. Sí. Definitivamente me gustas así de elegante. Me gustas mucho.

Baja la mirada y luego me observa por entre sus pestañas.

—¿No es demasiado?

Niego con la cabeza y me acerco un poco más a ella reduciendo la distancia entre nosotros.

—No, estás perfecta. —La beso con suavidad—. Ahora creo que debería ponerme una camisa.

—Quizá deberías.

Sonríe.

Le sonrío y la beso una vez más antes de separarme de ella. Cojo una camisa de mi maleta y un par de vaqueros oscuros. Me desnudo sin meterme en el baño como ha hecho Maddie, y me cambio siendo muy consciente de que ella no deja de mirarme. Me pongo delante de ella mientras me abrocho los botones de la camisa y veo que tiene los ojos clavados en mi pecho. En mis labios se dibuja una pequeña sonrisa.

—¿Tengo bien puesto el cuello? —le pregunto echando la cabeza hacia atrás para enseñárselo.

—¿Mmmm? ¿Qué? —Maddie levanta la vista hasta mi cuello—. Oh, no del todo.

Cuando se acerca a mí la alfombra se traga el sonido de sus tacones. Una vez ante mí, estira los brazos para ponerme bien el cuello. Cuando acaba deja resbalar las manos por mi pecho y me da un beso en el cuello rozando con los labios mi clavícula.

—Oye —le susurro con la voz ronca—. No hagas eso o no salimos a cenar.

Sonríe y da un paso atrás pasando los dedos por mi cuerpo.

—Ya paro.

Doy un paso adelante.

—No tienes por qué parar, Maddie. Solo digo que…

—Bueno, tengo hambre. —Pestañea—. ¿Dónde vamos a cenar?

—Estaba pensando en ir al Phil's Italian Steakhouse.

Frunce un momento los labios.

—Un poco caro.

—Pago yo.

—No puedes invitarme a cenar el fin de semana de tu cumpleaños, Bray.

—Oye. —Me vuelvo a acercar a ella, le apoyo la mano en la cadera y la sujeto de la barbilla—. Eres mi chica y, sea o no sea mi cumpleaños, si quiero invitarte lo voy a hacer, ¿de acuerdo? Y esta noche quiero invitarte a cenar. Puedes pagar la cena mañana, que ya será mi cumpleaños.

Suspira.

—Pero deberías saber que mañana por la noche solo cenaremos *pizza*.

Le brillan los ojos y yo le sonrío. Ella me devuelve la sonrisa.

—Me encanta la *pizza*.

—Me alegro. —Levanta la cabeza y me besa—. Ahora aliméntame.

—Sí, señora.

La cojo de la mano y me la llevo de la habitación metiéndome la llave en el bolsillo.

Mientras bajamos en el ascensor Maddie se agarra a mi brazo.

—¿Nos encontraremos allí con los demás?

—No. —Le doy un beso en la cabeza—. Esta noche cenaremos solos.

—¿Ah, sí?

—Sí. —Le estrecho la mano y salimos del ascensor—. Verás, me he dado cuenta de que aún no hemos cenado juntos y según Google eso me convierte en un mal novio.

Le guiño el ojo y ella se ríe.

—¿Me estás diciendo que lo has buscado en Google?

Esbozo media sonrisa.

—Solo porque quería ser perfecto para ti.

Deja de reírse y se pone de puntillas para darme un beso en la mejilla.

—Ya eres perfecto.

Yo le acaricio el reverso de la mano con el pulgar.

—Venga, vamos a comer algo.

La iluminación tenue del Phil's Italian Steak House es perfecta para cenar. A pesar de que el restaurante está lleno hasta los topes —haciendo que me alegre de haber pensado en reservar mesa antes de salir de la universidad—, se respira cierta intimidad.

Quizá se deba a que hasta ahora aún no me había tomado el tiempo necesario para estar con Maddie. Puede que se deba a que esto es mucho más que sexo. No tengo ni idea.

Pero ahora que estamos en el casino con los demás, preferiría seguir en el restaurante.

Maddie repasa el borde de la copa de vino con el dedo.

—¿Estás bien, cielo? —Le pongo la mano en la espalda.

Ella levanta la mirada y sonríe.

—Todo bien. ¿Y tú?

—Bien.

Le doy un beso rápido.

Megan se abre paso a través de la multitud y coge a Maddie de la única mano que tiene libre.

—Te la robo. ¡Sé un hombre y ve a jugar al póquer o algo!

—¿Adónde vamos? —pregunta Maddie encogiéndose de hombros.

—¡Allí hay un camarero que está buenísimo y quiero su número de teléfono! —Megan se ríe y yo niego con la cabeza. Aston levanta la cabeza y la mira mientras se aleja. Mis ojos se pasean entre ellos. Bueno, entre ellos y Maddie.

Espero que Aston no esté pensando en Megan porque le rompería el puto cuello.

Las chicas desaparecen entre la gente y yo me uno a los chicos.

—¿Póquer?

—Póquer —asiente Ryan acabándose la cerveza y dejando la copa en la barra. Nos vamos todos hacia la sala del póquer y nos sentamos a una mesa libre. Una vez sentados Ryan le hace señales al crupier para que entienda que él se encarga de repartir. Lo hace de una forma que solo se puede aprender si has crecido en un casino. Se le da tan bien que es imposible que nadie que no sea el jugador a quien le reparte las cartas pueda verlas. Supongo que es una de las ventajas de que tu padre tenga un casino en Atlantic City. Y por lo visto, si conoces al dueño del casino, también puedes repartir las cartas en tu mesa.

—¡A jugar! —anuncia Aston sonriendo.

Diez minutos después, Aston observa, presa del pánico, cómo su pila de fichas mengua lentamente.

—Tienes la peor cara de póquer que he visto en mi vida —afirma Ryan—. Y he visto muchas, Aston.

—Las máquinas tragaperras están justo ahí si quieres gastarte algunas monedas —le digo guiñando un ojo.

—Que te den —dice Aston—. Las máquinas tragaperras son para chicas.

—Y el póquer es para hombres que no se muerden el labio inferior cuando tienen una mala mano —le explica Ed riendo.

Los demás se unen al cachondeo y algunos minutos después intervengo.

—Venga, chicos, ya basta —les digo ondeando la mano—. Dadle un respiro. Él no tiene la culpa de que solo le hayan enseñado a jugar al cinquillo.

La mesa se deshace en carcajadas y alguien me da una colleja.

—¿Qué narices...? —Cuando me doy la vuelta veo a Megan justo detrás de mí con las cejas arqueadas—. Pensaba que habías ido a conseguir el teléfono de no sé qué camarero.

—Ya lo tengo. —Hace ondear un trocito de papel antes de metérselo en el bolso—. Pero nos aburríamos y queríamos hacer otra cosa. Lila ha pensado que podríamos ir a alguna discoteca, nos da igual si es dentro o fuera del hotel.

Miro a los chicos y nadie pone ninguna objeción.

Ryan se encoge de hombros.

—Por mí está bien.

—A ti lo que te pasa es que estás encoñado, Ry —le acusa Jake golpeándole el brazo.

Ryan pone sus cartas boca arriba.

—Tú harías lo mismo si te acostaras con ella. Es una fiera.

Megan le lanza una ficha a la cabeza.

—¡Cerdos! ¿Crees que Lila nos explica su vida sexual?

—Claro que sí —dice Ryan riendo—. Os lo contáis todo. Sois como un grupo de abuelitas en el bingo.

—Aunque vosotras estáis mucho más buenas.

Aston le guiña el ojo a Megan y ella pone los ojos en blanco.

—¿Nos podemos ir? Estos zapatos no han sido diseñados para llevarlos demasiadas horas, ¿sabes? —Levanta la pierna para enseñar sus brillantes zapatos azules con tacones en forma de daga—. Y me parece que ya os habéis metido bastante con Aston por hoy.

Nos reímos, dejamos las cartas y decidimos dejarlo en tablas.

—Oye, Megan. —Aston se escabulle detrás de ella—. Si te cansas de los zapatos y necesitas ayuda para llegar a tu habitación, ya sabes dónde estoy.

Yo aprieto los puños cuando veo que ella se vuelve hacia él para tocarle el pecho pestañeando.

—Aston, cariño, si le pido a alguien que me lleve a la cama será un hombre más cualificado que tú. Por ejemplo, alguien que sepa jugar a otras cosas aparte del cinquillo. Piénsatelo y vuelve cuando hayas aprendido a jugar a algo más, ¿entendido?

Esboza una sonrisa radiante y se da media vuelta sobre los tacones para salir de la sala del póquer y dejarlo mirándola con cara de tonto.

—Y eso, amigo mío —le digo dándole una palmada en el hombro—, es lo que pasa cuando intentas aplicarle tus sucias maniobras a una chica con más clase que esas fulanas que te calientan la cama.

—¿Qué sabrás tú? —me contesta con sequedad siguiéndonos en dirección al vestíbulo principal.

En ese momento veo a Maddie enroscándose un mechón de pelo en el dedo y riéndose con Lila.

—Pues bastante.

Me acerco a ella y le rodeo la cintura con los brazos.

—¿Nos vamos?

—Mmmm.

Se vuelve hacia mí y nos marchamos todos juntos al lugar donde está ubicado el pub Kahunaville.

Capítulo treinta y tres

Maddie

*E*l pub Kahunaville es polinesio. O quizá hawaiano. Siempre he creído que eran lo mismo, y quizá lo sean.

O tal vez el vino me esté empezando a nublar la vista y puede que no sea una buena idea que me tome el margarita que me acaba de pedir Megan. Pero me lo beberé de todos modos porque estas chicas ya han corrompido del todo a la buena chica que era antes de llegar aquí y me han convertido en la chica mala en prácticas que soy ahora.

Y digo en prácticas porque aún no he practicado sexo. Y al ver a Braden a mi lado, creo que quizá deba ponerle remedio esta noche. Entonces tendríamos una pequeña Maddie de Brooklyn y una Maddie de California con un chorrito de la Maddie de Braden todas mezcladas.

Una combinación deliciosa.

Lila me tiende la mano para sacarme a bailar y yo acepto la oferta. Estoy empezando a deprimirme y no pienso permitir que mi pasado le arruine el fin de semana a Braden. Se merece pasar un buen cumpleaños.

Las camareras bailan por entre las mesas balanceando las caderas, y los bármanes acrobáticos hacen malabarismos con las cocteleras. Si tuviera diez años menos querría ser barman acrobático cuando fuera mayor. Pero ya soy mayor, o casi. Y en realidad no es tan emocionante, ¿no?

Oh, vaya. Me parece que el alcohol me deprime.

Y me hace decir tonterías.

Que alguien me dispare.

Me muevo al ritmo de la música junto a Lila. Megan se nos

une enseguida y se pone a contonear las caderas de tal forma que consigue atraer las miradas de todos los hombres del local, a excepción de Braden y Ryan. Se me escapa la risa.

—¿Dónde está Kay? —pregunta Lila.

—No estoy segura. —Megan se encoge de hombros—. Creo que ha conocido a alguien en una mesa del casino. Ha dicho que nos mandaría un mensaje.

—Mira el teléfono —le digo—. Compruébalo antes de que estemos todas demasiado borrachas.

Megan asiente y rebusca en su bolso.

—Sí, ha conocido a un tío.

—¿Un tío? —decimos Lila y yo al unísono—. ¿Un tío?

—Sí. —Megan echa la cabeza hacia atrás y se ríe—. Bueno, oye, al final tenía razón. Es verdad que también le va la…

—¿Caña de bambú? —la interrumpe Lila. Yo me vuelvo a reír.

—¿De dónde sacas esas expresiones?

—Bueno, aquí no se puede decir polla en voz alta, ¿no?

Megan sonríe.

—Lo acabas de decir.

—Mierda. —Lila se tapa la boca con la mano—. Pues sí. Bueno, tengo veintiún años.

—Por un fin de semana —susurro, y todas nos reímos.

—¿Estáis corrompiendo a mi chica? —pregunta Braden colocándose detrás de mí con delicadeza.

—Yo nunca dejo de corromperla —contesta Megan con espontaneidad—. Pero tú nunca lo ves.

Sonríe y yo aparto la mirada porque sé que se está refiriendo a la Operación Seducir al Seductor.

Sí, lo lamento, me parece que he fracasado en eso de no colgarme de él. Culpa mía.

Braden me roza la oreja con los labios.

—Déjame a mí lo de la corrupción.

Ha tomado whisky, lo huelo en su aliento, pero no está borracho. ¿Tanto hemos bailado? Eso parece.

Desliza la mano por mi estómago y extiende los dedos. Luego se pega a mí.

—Te invito a una copa.

Asiento y dejo que me acompañe hasta la barra en silencio.

Me lleva hasta una esquina y después de pedirme algo que ha llamado daiquiri, me sienta en un taburete. Me separa las rodillas con las piernas y se coloca entre ellas apoyando una mano en la barra y la otra en mi cintura.

—¿Ya sabes que cuando bailas tus caderas se contonean?

—Creo que esa es la intención.

—No, me refiero a que se contonean de una forma que me hace desear que no estuviéramos en público —susurra clavándome los dedos en la piel—. Porque me hacen imaginar toda clase de posturas en las que podrían contonearse debajo de mí.

Se me acelera el corazón y trago saliva intentando, en vano, controlar el ritmo de mi respiración.

—¿Y eso es bueno?

—Sí.

Me besa la mandíbula y me agarro con fuerza a su camiseta. Luego vuelvo la cabeza hasta que mi boca está cerca de su oreja.

—¿Y quién dice que tenemos que estar en público? —murmuro sintiendo cómo el deseo crece en mi interior. Suelto su camiseta y dejo resbalar la mano para rozarle los vaqueros y la prueba de lo mucho que le ha excitado mi forma de bailar.

No soy virgen, pero tampoco es que tenga mucha experiencia. Y, sin embargo, hay algo en Braden que hace que olvide mis inhibiciones. Me hace sentir *sexy*.

Sus caderas se estremecen y me desliza por el taburete hasta que mi cuerpo choca contra el suyo. El palpitante punto que anida entre mis piernas se pega a él. Inspiro con fuerza y enderezo la espalda.

—Pues vámonos.

Me levanta y le hace una señal al camarero para que le dé mi bebida a una de las chicas. Luego me coge con fuerza de la mano y me arrastra por todo el Kahunaville en dirección al ascensor que hay fuera del pub.

Cuando las puertas se abren suena un pitido y Braden me mete dentro. Presiona el botón de nuestra planta y acto seguido me empotra contra la fría pared de espejo.

Sus ojos azul eléctrico están ardientes, nublados y borrosos. Rebosan necesidad y deseo. Parece que nuestros ojos sean dos polos opuestos atraídos por una fuerza increíblemente poderosa contra la que ninguno de los dos puede luchar.

—Maddie, ¿estás borracha? —me pregunta.

—No. Bueno, no estoy sobria, pero tampoco estoy borracha.

Me acaricia el costado.

—Porque si estás borracha no vamos a hacer nada. No quiero aprovecharme de ti.

Le cojo de la barbilla.

—No estoy borracha, Braden. Sé muy bien lo que hago. Lo que hacemos.

—Bien.

Cuando se abren las puertas se separa de mí y yo le sigo hasta nuestra habitación. Desliza la tarjeta en la cerradura y la abre para dejar que entre yo primero.

Braden cierra la puerta y se vuelve hacia mí muy despacio. La mirada que veo en sus ojos me acelera tanto el corazón que parece que se me quiera salir del pecho.

Se acerca a mí con lentos y calculados pasos que se tragan la habitación. Me quedo sin aliento cuando noto cómo el suyo me hace cosquillas en la mejilla y me acuna el pelo. Levanta las manos para deslizarlas por mis cabellos, aparta mis rizos e inclina mi cabeza hacia arriba. Me agarra con suavidad de la cintura y se acerca a mí.

Mi pecho se hincha cuando me esfuerzo por respirar y peleo por no olvidarme de hacerlo a pesar de la necesidad que trata de engullirme. Esa misma necesidad me hace temblar las piernas y después de lo del bar y de haber estado tan cerca de él en el ascensor, sé que si no pasa pronto me voy a volver loca. Me besa el borde del ojo y desliza los labios por mi mandíbula.

Me echa la cabeza hacia atrás y los nublados ojos azules que tan bien conozco se clavan en los míos. Se me hincha el pecho y me humedezco los labios. Baja la mirada y me estrecha contra su cuerpo de tal forma que noto cómo le abandona la contención.

Me besa. Sus labios son cálidos, suaves y se mueven despacio. Me besa con intensidad y, sin embargo, su beso es tan dulce que me dan ganas de ponerme a llorar. Le rodeo con las manos y le pego a mi cuerpo agarrándome al cuello de su camisa. Cuando empezamos a desplazarnos hacia la cama sin dejar de besarnos ni un segundo, nuestros pies se mueven en sincronía.

Me detiene antes de dejarme caer hacia atrás y se separa de mí sin dejar de mirarme a los ojos.

Me desliza las manos por debajo del top y lo va subiendo lentamente hasta quitármelo del todo. Y cuando se quita su camisa no puedo evitar separar ligeramente mis labios hinchados.

Me vuelve a dejar caer sobre la cama y en cuanto mi espalda entra en contacto con el colchón entrelazo las piernas con las suyas y me quito los zapatos. Braden me besa otra vez y sus labios se mueven con más ardor que la última vez. Le devuelvo los besos con apetito deslizando la lengua por sus labios y a él se le escapa un rugido.

Me acaricia la cintura, el estómago, los pechos. Cada beso, cada caricia, cada suspiro, todo encuentra el camino hacia el fondo de mi estómago. Esa roja piscina de lava ha reaparecido y burbujea con ferocidad exigiendo la erupción que necesita con tanta desesperación. La explosión que espero con impaciencia.

Le acaricio la espalda mientras él me pasea los labios por la mandíbula y el cuello. Me estremezco bajo el peso de la expectativa. Braden sonríe contra mi piel mientras su lengua dibuja lentos círculos sobre mi pecho. Arqueo la espalda y me pego a él notando cómo su erección se me clava en el sexo.

—Preciosa. Eres preciosa.

Me desabrocha el sujetador y lo deja caer. Coge un pecho con una mano y se mete el otro en la boca. Yo jadeo con fuerza. Hace girar la lengua alrededor de mi pecho y luego repite lo mismo con el otro mientras yo contraigo los músculos de las piernas clavando los dedos en su musculosa espalda.

—Braden.

Él me ignora y pocos segundos después separa la boca de mi piel para deslizarla por mi estómago. Estoy jadeando, solo puedo pensar en su cuerpo pegado al mío. En lo mucho que le necesito. En lo mucho que le deseo. Solo a él.

Riega de besos la piel que se extiende justo por encima de la cintura de mis vaqueros. Desabrocha el botón y deja de besarme otra vez. Yo bajo la cabeza para mirarle.

Joder.

Coge la cremallera con los dientes sin dejar de mirarme fijamente. Estoy perdida. Perdida en el ardor de su mirada y en el fuego azul eléctrico que descubro en sus ojos.

Me baja la cremallera muy despacio. Con los dientes. Su nariz roza la tela de satén que le espera debajo y se me estremece todo el cuerpo. Desenrosca mis piernas de las suyas y me empieza a quitar los pantalones. Primero una pierna. Me acaricia la piel desnuda con la mano. Tengo la otra pierna apoyada sobre su hombro y Braden se centra en eso mientras me quita los vaqueros del todo.

Me coge el pie y va repartiendo besos desde la cara interior de mi tobillo hasta la pantorrilla. Luego sigue besándome la pierna y va subiendo y subiendo y acercándose más y más hasta…

La otra pierna. La misma maniobra, los mismos lugares, los mismos besos. Su boca está a escasos milímetros de mí y de la piscina de lava que le espera. Pasa los dedos por debajo del elástico de mi tanga y siguen el mismo camino que mis vaqueros.

Noto un cálido aliento en las caderas. Una boca todavía más ardiente descendiendo lentamente. Y una lengua incluso más abrasadora entrando en contacto con mi piel.

Jadeo y gimo a un mismo tiempo. Braden me pone una mano en el estómago para evitar que arquee la cadera mientras me sujeta con la otra por detrás para pegarme a él. Su lengua gira, acaricia, se desliza y resbala. Su boca succiona, sus labios rozan y sus dientes mordisquean. Las sensaciones se amontonan y gimoteo agarrándome a las sábanas con fuerza. Sacudo la cabeza de un lado a otro hasta que…

Grito.

Me besa suavemente el estómago y, en mi estado de semiaturdimiento, oigo el sonido de otra cremallera. Ropa entrando en contacto con la alfombra. Un envoltorio que se rasga.

Braden me besa con suavidad y percibo mi propio sabor en sus labios. Desliza la mano por entre mis piernas abiertas y noto cómo se mueve y posa la cadera contra mi cuerpo. Le rodeo la cintura con las piernas para ofrecerme a él. Luego pongo las manos en la espalda mientras se interna en mi cuerpo muy despacio.

Mi cuerpo se dilata para acogerlo y Braden se traga el gemido que escapa de mis labios. Mi sensibilizada piel no lo soporta. Yo no lo soporto. Se retira muy despacio hasta encontrar un ritmo constante que me vuelve loca.

—Braden, por favor —le susurro contra el cuello lamiéndole la piel.

Me pone una mano en la espalda y con la otra me coge la cabeza. Yo le mordisqueo el hombro con los dientes y él entierra la cabeza en mi cuello para besarme repetidamente.

Contraigo los músculos y Braden pierde el ritmo para retomarlo más deprisa. Sí. Esto es lo que quiero, lo que necesito. Me muevo con él; mis caderas se contonean contra las suyas y arqueo la espalda.

Respiración pesada. Besos intensos. Caricias desesperadas.

Me besa con fuerza y las sensaciones me superan. Grito su nombre y se me tensa todo el cuerpo mientras las olas de placer me recorren de pies a cabeza. Él se tambalea, se detiene y noto como suelta todo el aire. Se relaja encima de mí y sus besos cada vez son más suaves.

Nos quedamos tumbados y cuando se quita el preservativo y lo tira a la papelera para estrecharme entre sus brazos y pegarme a él bajo las sábanas, sé que el juego ha terminado, pero no de la forma que yo esperaba.

Se supone que ha acabado. Se supone que lo nuestro ha terminado.

Pero cuando cada una de sus caricias me dice que soy preciosa, cada mirada me dice que soy *sexy* y cada sonrisa me dice que soy todo lo que necesita, lo que ha acabado es mi participación en el juego.

Y lo que está empezando es precisamente lo que quería evitar.

Y por culpa de esa locura llamada amor, la verdad es que no me importa.

—Hash House A Go Go —sugiere Braden mirando la pantalla de su móvil—. La comida tiene muy buena pinta.

—De acuerdo. —Me inclino sobre la cama y le doy un beso en la mejilla—. Tú eliges.

—También podemos ir a otro sitio.

—No. Es tu cumpleaños. Iremos a ese restaurante.

—Vas a querer pagar, ¿verdad?

Cojo el bolso y me paro junto a la puerta.

—Claro.

Gruñe y se mete el móvil en el bolsillo mientras se levanta. Coge una chaqueta de la silla y se para detrás de mí alargando la mano en dirección al pomo de la puerta. Posa los labios sobre mi hombro desnudo y yo me vuelvo hacia él sonriendo.

—¿Sabes lo que de verdad me gustaría desayunar, cielo? —murmura contra mi piel.

—No tengo ni idea, pero estoy segura de que estás a punto de decírmelo.

Sonrío.

—Lo que me gustaría es desayunar en la cama. Contigo.

—¿Eso significa que me desayunarías a mí?

Se ríe y me aparta el pelo de la cara con la nariz.

—Aprendes rápido.

Abre la puerta y Megan se queda de piedra cuando se disponía a llamar.

—Otro día —murmuro, y me separo de Braden. Él deja escapar un suspiro atormentado.

—Buenos días, Meggy. ¿Puedo hacer algo por ti? —espeta.

Ella parpadea ofendida.

—Pues venía a decirte que te invitaba a desayunar, pero si te vas a poner así, te lo pagas tú, gruñón.

Braden se ríe y le rodea los hombros con el brazo.

—Me va a invitar Maddie.

Megan le da un beso en la mejilla.

—Feliz cumpleaños, machote. Y no, no te va a invitar ella. —Me mira a mí—. Pago yo.

—Megs… —argumento.

—Tú puedes pagar la comida.

—Pero solo será una *pizza*.

Braden posa sus ojos azules sobre mí y sonríe.

—Por mí está bien. Me encanta la *pizza*.

Se da media vuelta y se marcha por el pasillo en dirección al ascensor.

—Por cierto, Meggy. —Braden alza una ceja y me coge de la mano—. ¿Solo estaremos nosotros tres?

—No seas tonto. Lila, Ryan y Aston ya están abajo.

—Déjame adivinar, ¿Kay aún no ha vuelto?

Pongo los ojos en blanco.

—Pues claro —dice Megan como si no hiciera falta ni preguntar.

En realidad no debería haber preguntado.

Las puertas del ascensor se abren después del pitido y veo a los demás sentados junto a la puerta principal del hotel. Aston tiene aspecto de querer estar en cualquier otro lugar, Ryan tiene pinta de haber dormido muy poco y Lila parece Lila. Es la única de nosotros a la que le gusta madrugar, y ya son las nueve de la mañana.

—Menos mal que es tu cumpleaños —dice Ryan cuando nos acercamos—, porque si no te patearía el culo por haberme hecho salir a desayunar. Especialmente por hacerme salir —dice negando con la cabeza.

—Es verdad, tío —añade Aston—. ¿Qué hay de malo con el maldito servicio de habitaciones?

—Lo malo del servicio de habitaciones es que no tienen jabón para lavarte la boca como haría yo.

Megan le sonríe con dulzura y Lila le da a Ryan un capirotazo en la oreja.

—Eres deprimente —lo regaña. Luego mira a Braden—: Felicidades.

—Gracias. —Braden esboza media sonrisa.

Salimos todos del hotel y el seco calor del desierto nos golpea en cuanto estamos fuera. Aquí no hay brisa marina, no hay escapatoria del calor que ya nos está abrasando.

—Vaya —dice Lila abanicándose con la mano—. Esto parece un desierto.

Agacho la cabeza para esconder una sonrisa y Braden se ríe en silencio. Le doy un codazo.

—Mmm, Lila, cariño —dice Megan con dulzura—. Es que estás en el desierto.

—Oh, mierda.

Lila se ríe de sí misma y, cuando levanto la cabeza, veo que Ryan está negando con la cabeza. Siempre cae alguien y casi siempre es Lila.

Caminamos durante lo que parecen horas y al rato me empiezo a preguntar si alguno de nosotros sabrá adónde vamos. Transmito mi inquietud en voz alta.

Megan me contesta enseñándome el móvil por encima del hombro. En la pantalla veo el Google Maps.

—¿Has planificado la ruta con el Google Maps?

—Exacto —dice guiñando el ojo.

—¿Y no pensaste que sería más fácil coger un taxi? —le contesto alzando las cejas.

Lila se para.

—¿Por qué no lo hemos pensado? —Me mira.

—No sabía si estaría muy lejos.

—Está doblando la esquina —dice Braden—. ¿Tan lejos os parece?

—Sí —gruño empezando a caminar de nuevo.

Me suelta la mano y me rodea la cintura con el brazo obligándome a pararme. Entonces se agacha y me pasa el otro brazo por debajo de las rodillas para cogerme en brazos. Yo grito y me agarro de su cuello.

—¿Qué estás haciendo?

Él se ríe y entierra la cara en mi pelo mientras caminamos.

—No quiero que después me digas que estás cansada —susurra.

—¿Qué vamos a hacer?

—Lo que tú quieras —susurra besándome la oreja. Yo me estremezco y tiro de uno de sus mechones rubios.

—Es demasiado pronto para tener pensamientos sucios.

—De eso nada. —Pasea la mirada por mi pecho y mis piernas antes de volver a mirar hacia delante. Yo suspiro y niego con la cabeza. A veces sé que no ganaré la discusión, así que prefiero dejarlo correr.

Además, tampoco es que me parezca ninguna desgracia la posibilidad de disfrutar de otra sesión de sexo con Braden Carter.

Capítulo treinta y cuatro

Braden

*M*e estoy enamorando de Maddie Stevens. Lo sé. Es su risa, su forma de sonreír, todo lo que hace. Para ser una cosa que empezó siendo solo un juego, ahora se ha convertido en algo muy real. Es más real que nada de lo que haya sentido en toda mi vida.

Ni siquiera es por el sexo, aunque es alucinante. Hay una parte de mí que sabe que podría vivir sin sexo si eso significara poder estar con ella. Y yo no renunciaría al sexo por nada.

En especial cuando la chica en cuestión lleva puesto un vestido rojo que se ciñe a cada centímetro de las curvas por las que he deslizado las manos.

Pero no. Maddie es mucho más que eso. Sencillamente es más. Está un poco lastimada, fracturada, pero también es un mucho de algo que soy incapaz de describir. Y está empezando a llenar una parte de mí que ni siquiera sabía que estaba vacía.

Me pongo detrás de ella y dejo resbalar las manos por sus caderas mientras beso la piel desnuda de su cuello. Acaba de cepillarse el pelo y se vuelve hacia mí. Tiene una pequeña sonrisa en sus brillantes labios rosas.

—¿Qué? —me pregunta.

—Me gusta este vestido —le contesto.

—A mí también.

—Aunque creo que me gustaría más si estuviera en el suelo o colgado del respaldo de esa silla.

—Estoy segura de que sí —me dice con sequedad—. Pero como nos están esperando, de momento se tendrá que quedar donde está.

—Qué pena —murmuro dibujando un camino de besos por su cuello—. ¿Estás segura de que no pueden esperar un poco más, cielo?

—Braden —me regaña deshaciéndose de mis manos. Se da media vuelta y me mira—. Si me quito el vestido ya no saldrás de la habitación.

Una gran verdad.

—Así que me lo dejo puesto.

Gruño y ella se ríe en silencio posándome la mano en la mejilla. Luego me da un beso y yo no puedo evitar rugir de nuevo al sentir sus cálidos y dulces labios.

—Si vuelves a hacer eso te quito el vestido, Maddie.

Sonríe y se da media vuelta agachándose para coger sus zapatos de debajo de la cama. La observo mientras se pone los tacones negros y me doy cuenta de que la tela del vestido apenas le tapa el trasero cuando se agacha de esa forma. Por debajo veo asomar un trocito de seda negra y mi polla se pone firme.

De acuerdo, nadie ha dicho que sea necesario que se quite el vestido.

—Braden —dice con tono autoritario.

—Maddie —le contesto con inocencia observándola mientras se endereza.

—Ya sabes lo que te voy a decir.

—Ya estoy listo. —Me levanto y me acerco a ella—. Pero tú —murmuro deslizándole las manos por los costados—, tienes que evitar agacharte esta noche. —Tiro un poco de su vestido hacia abajo.

—¿Y eso por qué? —susurra.

—Porque solo hay una persona que vaya a ver esa minúscula prenda que tu llamas bragas, y no la verá en público. —Inclino la cadera hacia ella y Maddie inspira hondo—. ¿Trato hecho?

—Trato hecho —accede separándose de mí. Sus ojos verdes se posan sobre mis pantalones—. Y tú aleja eso de mí.

Sonrío.

—Eso acepta las órdenes, pero solo porque sabe que después podrá salir a jugar.

La mueca de sus labios deja entrever su diversión.

—Ya basta. —Coge un pequeño bolso negro y se marcha en dirección al ascensor—. ¿Te vienes conmigo?

—Si no lo hago ahora —murmuro—. Lo haré luego.

Cuando llegamos a la zona VIP del espectáculo «Sirenas del hotel Treasure Island», imagino que esto debe ser idea de Aston. Solo a él se le ocurriría planear esto, y como Ryan y yo somos los únicos que no estamos solteros, sé que los demás habrán estado de acuerdo. Kay también habrá aceptado, y Megan se verá obligada a hacerle de carabina. Y, por supuesto, teniendo en cuenta que es el fin de semana de mi cumpleaños, yo me quedaré y, como consecuencia, Maddie, Ryan y Lila harán lo mismo.

Y sé muy bien lo que trama ese pequeño bastardo.

Lleva a Braden a un espectáculo erótico y recuérdale que está seduciendo a Maddie, no enamorándose de ella. Pues demasiado tarde, tío. Demasiado tarde.

Maddie baja la mirada y sonríe como si pudiera percibir mi enfado. Ryan me da un codazo.

—Aston es un gracioso, ¿no?

—Ni que lo digas —murmuro.

Se agita incómodo en la silla.

—No sé cómo voy a soportar esto sin llevarme a Lila arrastrando a la habitación.

Yo no tengo ninguna intención de soportarlo. Y la opción de arrastrar a Maddie hasta la habitación suena muy bien. Pero que muy bien.

—Ya —asiento frotándome la cara mientras empieza el espectáculo.

Unas cuantas chicas preciosas corren por el escenario muy ligeras de ropa. ¿Está mal que esté imaginando que Maddie es una de las sirenas? Mierda. Estoy muy colgado.

Me revuelvo en el asiento cuando las chicas empiezan a pavonearse por el escenario contoneando el cuerpo. ¿Y sabéis qué? Ni siquiera entiendo lo que están haciendo. Todo está un poco borroso porque para mí todas se parecen a Maddie.

A la mierda.

Maddie abre y cierra la boca y baja la mirada. Echo un rápido vistazo al otro lado y veo que Lila está exactamente igual y que Ryan niega con la cabeza. Le doy un codazo a mi amigo y ladeo la cabeza en dirección a la puerta. Él asiente una vez y se inclina hacia Lila.

—Cielo, nos vamos —le digo a Maddie al oído.

—Gracias a Dios —murmura aceptando mi mano y levantándose conmigo.

Seguimos a Lila y a Ryan hasta el vestíbulo y las dos chicas suspiran aliviadas.

—Eso era un espectáculo pornográfico en directo —dice Lila poco impresionada—. No soy ninguna puritana, pero cielo santo… ¿Cómo lo soportan?

—Imagino que lo reservó antes de que yo empezara a salir con Maddie. —Le doy un beso en la cabeza—. Probablemente habría disfrutado del espectáculo antes de esto.

Ryan me mira a los ojos y asiente de un modo casi imperceptible. Lo ha entendido. Sabe que el juego ha acabado. Me guiña el ojo.

—Bueno, nena —dice volviéndose hacia Lila—. ¿Nos retiramos más pronto esta noche? Ayer nos fuimos a dormir muy tarde y mañana tenemos que conducir de vuelta.

—Claro. —Le da un beso en la mejilla y se vuelve hacia nosotros—. Que durmáis bien. —Le guiña el ojo a Maddie y desaparecen tras las puertas del ascensor que tienen detrás.

—¿Qué hacemos nosotros? —Deslizo la nariz por el cuello de Maddie—. ¿Nos retiramos pronto?

Ella se separa de mí con una sonrisa en esos labios que tanto me gustan.

—Estoy segura de que tu concepto de *pronto* es el mismo que el mío.

—Para nada.

Alargo el brazo hacia la pared que tengo detrás y llamo el ascensor tirando de Maddie. Las puertas se abren después del pitido y nos metemos en el ascensor vacío.

Le acaricio el costado y mis dedos se deslizan por la tela de su ajustado vestido. Se estremece volviendo el cuerpo hacia mí y posándome la mano sobre el pecho con los dedos abiertos.

—Estoy seguro de que ahora sí que tenemos el mismo concepto de la palabra *pronto*, cielo.

La beso en el lóbulo de la oreja y camino junto a ella cuando las puertas se abren en nuestra planta.

Ella me mete la mano en el bolsillo trasero de los vaqueros para sacar la llave y se vuelve hacia mí por completo. Desliza la tarjeta por la cerradura de la puerta a su espalda y la abre con el codo.

Entra en la habitación caminando de espaldas y deja la tarjeta sobre la cómoda de la esquina. Maddie se quita los zapatos mientras camina y se lleva las manos a la espalda para coger la cremallera del vestido. Yo trago saliva y cierro la puerta.

Se baja la cremallera y deja al descubierto la suave piel que escondía bajo la brillante tela. Yo me quito los zapatos y cruzo la habitación desabrochándome los botones de la camisa.

Mis labios se deslizan sobre su ardiente piel desnuda y le disputo los derechos sobre la cremallera. Luego apoyo mi mano en su cadera, le bajo la cremallera y sigo lamiendo la piel que va quedando al descubierto. Ella me sujeta la mano que tengo sobre su cadera y yo la deslizo por su estómago mientras me enderezo.

Le bajo un tirante del vestido y beso su hombro desnudo. Ella se vuelve hacia mí y saca el brazo del vestido mientras yo le separo la mano de la cadera y repito la maniobra por el otro lado, dejando que sea ella quien deje resbalar la tela por su cuerpo.

Le doy media vuelta mientras devoro con los ojos su lencería de encaje negro. Y cuando me mira fijamente a los ojos, exploto.

La estrecho con fuerza y la beso mientras me la llevo hacia la cama. Cuando caemos sobre el colchón, los almohadones decorativos resbalan de la cama. Maddie me muerde el labio inferior y me desliza la camisa por los brazos hasta que cae al suelo. Luego me rodea la cintura con las piernas y cuando le acaricio los costados y sondeo su piel con los dedos, ella gimotea y me clava la cadera. Me quito los vaqueros y los calzoncillos dejando que mi mano trepe por su pierna hasta sus braguitas de seda.

Acaricio la sensible zona que encuentro por encima de la tela y ella aprieta las piernas acercándome todavía más a su cuerpo. La miro a los ojos mientras mis manos suben en dirección a su sujetador, y deslizo los dedos por debajo de las copas para provocarla. Se le pone la piel de gallina y le beso el labio inferior con delicadeza.

—Braden —susurra con la respiración pesada.

—Maddie —murmuro dejando resbalar los labios por su mandíbula.

—Por favor. —Me acaricia la espalda con las manos—. Por favor.

La vuelvo a besar, esta vez con más intensidad, y alargo el brazo en busca del preservativo que escondí bajo la almohada antes de salir. Me lo pongo sin mirar, le quito las bragas y me entierro en ella. Ella me agarra de la espalda con fuerza y empieza a moverse conmigo con la piel cubierta de sudor.

Yo la sujeto de la parte inferior de la espalda mientras nos movemos al unísono y en este preciso momento sé que ahora es cuando me acabo de enamorar del todo de Maddie Stevens.

Capítulo treinta y cinco

Maddie

Me muero de ganas de arrancar la cartulina llena de colorines de la pared. Ahora me parece mal que esté ahí colgada. En especial sabiendo que al final la acabaremos descolgando de todos modos. A fin de cuentas...

El juego ha acabado.

Estoy bastante segura de que está enamorado de mí y está claro que hemos practicado sexo. Muy buen sexo. Cierto. Debería estar riéndome de ello con las chicas y compartiendo con ellas una botella de lo que sea rememorando lo ocurrido. Y, sin embargo, aquí estoy, recordando las veces que su piel ha rozado la mía, los susurros que hemos compartido y cómo me abrazó con fuerza y me miró como si fuera la única chica del mundo.

Y quizá lo sea para él.

El problema... El problema es que para mí también es el único chico del mundo. Y nunca planeé que pasara esto, así que básicamente estoy perdida.

Nunca pensé que sería tan distinto a Pearce. Nunca pensé en todo lo que creí saber sobre él, en todas mis ideas preconcebidas sobre cómo reaccionaría al despojarlo de todo y dejarlo tan desnudo como un lienzo en blanco. Y Braden cogió ese lienzo en blanco y lo convirtió en algo precioso sin siquiera darse cuenta.

También acabó con todo lo que yo pensaba del amor. Tres semanas. Ese es el tiempo que he tardado en enamorarme de Braden Carter. ¿Cómo ha podido cambiar todo tan deprisa? Ha pasado de no ser nada a significarlo todo.

Es lo mismo que a Abbi le ocurrió con Pearce.

¿En qué momento he empezado a perder el control como le pasó a ella? ¿En qué momento caí tan profundamente?

¿Ya habré caído demasiado hondo?

Braden no es Pearce.

¡Odio al capullo de mi hermano! Aprieto el puño y golpeo la almohada en lugar de arrancar la cartulina como me gustaría. Quiero romperla en mil pedazos y gritarles a las chicas. Quiero gritarles que se ha acabado, que el juego ha acabado y he perdido. He perdido porque el perdedor se enamora y yo me he enamorado.

¿Cómo puedo hacer lo que esperan de mí y no hacerme daño? Es imposible.

Tengo una semana para pensar en cómo explicar que me he enamorado de la persona que no debía.

Mierda.

En ese momento se abre la puerta de la habitación y las chicas regresan de su escapada al Starbucks.

—Ponnos al día —me pide Megan dándome mi café y mi magdalena. Ya sé que me he comido una antes, pero ahora mismo necesito el apoyo de la comida.

Me siento en la cama.

—Estamos en el mismo punto en que estábamos la semana pasada —miento.

—¿En serio? —Lila alza las cejas—. ¿No lo habéis hecho?

Yo niego con la cabeza.

—Nada de sexo. Hemos estado a punto, pero no lo hemos hecho del todo.

—Interesante —murmura Megan arrodillándose junto a mí y deslizando un dedo por la cartulina—. Está enamorado de ti.

Me pongo a beber café para esconder el extraño ritmo que ha adoptado mi corazón. Sí, ya lo sospechaba, pero oírlo de la boca de su amiga de toda la vida es distinto.

—¿Vosotras creéis? —Paseo la vista por la habitación.

—Ya lo creo —asiente Kay—. Ese tío ha pasado tres semanas sin sexo. Está coladito por ti, pequeña.

Sonrío.

—Pues entonces misión medio cumplida.

Misión cumplida.

—Ahora solo queda la otra mitad.

Megan se vuelve a sentar.

—Quedan siete días —dice Lila en voz baja—. ¿Lo podrás hacer?

La miro. Me está mirando fijamente y sus ojos están llenos de interrogantes.

—Puedo hacerlo.

—¿Y no te has enamorado de él?

—Ni de lejos.

Más mentiras.

Me recojo la melena con una goma y bostezo mientras me apoyo contra una pared cerca de la puerta principal del campus. Me dijo que quedáramos aquí a las ocho de la mañana. Maldita la hora en que se me ocurrió quedar a las ocho de la mañana. Vuelvo a bostezar, levanto la mirada y le veo.

Está apoyado en un árbol al otro lado de la calle y me clava sus ojos azules. Tiene las manos metidas en los bolsillos y los labios ligeramente curvados hacia arriba. Vaya. Es guapísimo, eso está claro. «Y es mío», me recuerda la vocecita que vive en mi cabeza.

Me cruzo de brazos y me lo quedo mirando. Frunce el ceño y yo reprimo una sonrisa. Él y sus jueguecitos. De un juego a otro…

Braden se pone derecho y camina hacia mí. Cuando llega, baja la mirada y me quita un mechón de los ojos.

—Buenos días, cielo —dice en voz baja.

—¿Tú crees? No veo que traigas café —bromeo.

Sonríe y se inclina para besarme. Me pongo de puntillas y me pego a él para devolverle el beso. Percibo el sabor a pepitas de chocolate.

—Vienes del Starbucks —le acuso entornando los ojos.

Se ríe.

—Me has convertido en un adicto.

—¿Dónde está mi café?

—En el Starbucks —me contesta—. Vamos a sentarnos dentro.

Acepto.

—No me puedo creer que me hayas hecho madrugar y no me traigas el café.

—Oye, tú. —Me rodea la cintura con el brazo y me estrecha contra él—. Estás un poco gruñona antes de tomarte el café, ¿no? —Se ríe.

—Ya deberías saberlo. —Le paseo el dedo por el pecho—. ¿No te has dado cuenta estos dos últimos días?

—Mmmm. —Me atrapa el labio inferior con los dientes—. Ha sido un fin de semana espectacular.

Le doy una palmada en el brazo con desánimo.

—Quiero mi café —lloriqueo.

Me vuelve a besar y me coloca a su lado.

—Venga, vamos, gruñona.

Le rodeo la cintura con el brazo y le doy un golpecito en el costado.

—Yo no soy gruñona.

—Te pasas el día gruñendo. —Me da un beso en la cabeza.

—Psssh. —Niego con la cabeza y él se ríe.

Braden tira de la puerta para abrirla. El olor a café recién hecho me reconforta e inspiro con fuerza suspirando de felicidad.

—Es bueno saber que el café te alegra la mañana —murmura Braden.

—Si hubieras estado conmigo cuando me he despertado podrías haber sido tú quien me alegrara la mañana —le susurro riendo en silencio para mis adentros.

Da un traspié y yo me muerdo el labio divertida.

—¿Has sido tú quién ha dicho eso?

Le miro con los ojos abiertos como platos y parpadeo dos veces.

—Bueno, está claro que no ha sido la camarera.

—Un fin de semana de sexo salvaje y te conviertes en una fiera —me dice al oído.

—No tanto. —Me río—. Solo era una observación.

—Quizá podamos ponerla en práctica mañana por la mañana —me pregunta esperanzado.

—Es posible.

Me río.

Cuando pide los cafés, ignoro las iracundas miradas que me lanza la camarera y me acurruco en Braden. Él me rodea más fuerte de la cintura y lleva la bandeja con una sola mano. Ignora sus coquetas miradas y me acompaña hasta uno de los sofás acolchados en los que nos sentamos la semana pasada. Luego deja la bandeja en la mesa y nos sentamos.

—El sofá de la semana —murmura.

Me río y apoyo las piernas sobre las suyas reposando la cabeza en su hombro. Me pasa mi taza y yo la rodeo con las manos para dar algunos sorbitos.

—Esto está mejor —suspiro sintiendo cómo se desliza por mi garganta el calor de la bebida caliente.

—Dime... —empieza a decir Braden momentos después apoyándome la mano en el muslo—. ¿Has vuelto a saber algo de... tu hermano?

—No —le digo con suavidad—. Nada en absoluto. Hablé con papá cuando volvimos ayer por la noche, y no le ha visto desde que se marchó de Brooklyn para venir aquí. Me parece que quiero que no me importe, pero no sé si puedo. ¿Crees que eso me convierte en una mala persona?

—No, cielo. Claro que no. —Me besa en la frente—. Te lo ha hecho pasar muy mal y, a veces, no importa si son familiares o no, hay que despedirse de algunas personas.

—Me sabe mal porque estábamos muy unidos. Recuerdo cómo ayudábamos a mamá en el jardín. Pearce molestaba más que otra cosa, pero era algo que hacíamos cada año. Íbamos a nadar todos juntos a la piscina una vez a la semana, a comer... Y después de lo que pasó, todo eso desapareció.

—Es normal que lo añores.

—No sé si lo añoro. No sé si lo que echo de menos es a él o son los recuerdos. Quizá solo añore a la persona que era antes. —Me quedo mirando fijamente un punto de la pared—. Ya no sé quién es. Quizá sea por eso que hay una parte de mí a la que le cuesta seguir preocupándose por él. Supongo que perdí a mi hermano el mismo día que perdí a mi madre y a buena parte de mi padre.

Suspiro y apoyo la taza de café en las piernas. Hablar me

sienta bien. Sé que tengo que dejarlo salir. Después de tres años sé que si quiero seguir adelante con mi vida tengo que esforzarme por dejarlo todo atrás. Siempre llevaré a mi madre en el corazón, pero mientras siga dejando espacio también para mi hermano, nunca conseguiré seguir adelante. Nunca conseguiré vivir mi vida.

—Los recuerdos nunca mueren. Puedes guardarlos y revivirlos, y eso es bueno porque son los felices —reflexiona Braden—. Como los recuerdos que estamos construyendo nosotros. Puedes reemplazar los malos recuerdos utilizando los nuestros.

Sonrío y levanto la cabeza para mirarlo.

—Lo intentaré.

—Y mientras lo intentas construiremos recuerdos nuevos.

Me devuelve la sonrisa.

Es raro que alguien te comprenda tan bien.

Capítulo treinta y seis

Braden

*E*sta relación debería terminarse aproximadamente dentro de dos días.

Pero no se acabará. Ahora me resulta imposible pensar en dejarla.

Desde que volvimos de Las Vegas hemos estado juntos prácticamente a todas horas. Es como si el haberme dado cuenta de que estoy enamorado de ella lo hubiera cambiado todo.

Pero ella también ha cambiado. Ahora se ríe más. Sonríe más. Maddie tiene un brillo en los ojos que antes no tenía.

Me da un suave beso en los labios y yo le rodeo la cintura para acercarla más a mí. Grita un poco y apoya las manos en mis hombros para sostenerse. Me clava los dedos y la estrecho con más fuerza. Se le doblan las rodillas y yo abro las piernas para que pueda apoyarlas en la silla. Cuando lo hace le deslizo las manos por las caderas.

—¿Puedo ayudarte? —Me retiro un poco y le sonrío. Ella abre los ojos y asiente mordiéndose el labio superior—. ¿Qué quieres, cielo?

—Baila conmigo.

Se pone derecha cogiéndome las manos que tengo apoyadas en sus caderas y entrelaza los dedos con los míos.

—Yo no bailo —protesto sin convicción mientras la sigo.

Me lanza una tímida mirada por encima del hombro.

—Ahora sí.

—Qué va.

Tira de mí hasta la multitud de cuerpos en movimiento y me suelta la mano. Ensarta los dedos en la cintura de mis vaqueros y mi polla se sacude. Tira de mí hacia ella, justo contra su cuerpo. Presiona los pechos sobre mi torso y me mira a los ojos muy despacio. Es una maniobra seductora que desentonaría en cualquiera menos en ella.

Se le dibuja una sonrisa en los labios.

—¿Lo ves, Bray? Claro que bailas.

Deja resbalar la mano por mi cuerpo y sus dedos rozan la piel que encuentran bajo mi camiseta. Me apoya una mano en la espalda y la otra en el hombro. Luego me mira con expectación.

Yo le deslizo un dedo por el brazo y lo recorro muy despacio hasta llegar al hombro. Luego dejo resbalar la mano por la espalda hasta sujetarla de la cadera. La otra sigue el mismo camino, pero en lugar de dejarla también en la cadera, la bajo hasta su culo. La atraigo un poco más hacia mí e inspiro hondo pegado a su pelo. Luego agacho la cabeza hasta que mis labios le rozan la oreja.

—De acuerdo, Maddie. Bailaré —le digo—. Pero solo lo hago por ti.

Sus caderas empiezan a mecerse al ritmo de la música. Las balancea de un lado a otro y noto su aliento pesado en mi cuello. Está frotando todo su cuerpo contra el mío y cuando sus caderas se contonean sobre las mías la inmovilizo. Mi sólida erección le presiona la cadera y el estómago y a ella se le entrecorta la respiración. Maddie me coge del pelo y entierra los dedos en él para pegarme bien a ella.

Se vuelve a mover y me roza el muslo con la pierna. Desplazo la mano que tengo sobre su trasero para agarrarla del muslo y colocarlo alrededor de mi cadera. Ella deja que lo haga. Luego me recoloco para presionar directamente en el centro de su pelvis y ella jadea. La animo a que se vuelva a mover al ritmo de la música.

Y lo hace. La Maddie tímida ha desaparecido y en su lugar ha aparecido una Maddie que no sabía que existía. Cuando contonea las caderas contra mí yo aprieto los dientes. Me encantaría apartar a todo el mundo, empotrarla contra la pared y follármela. Con fuerza.

Se le acelera la respiración contra mi cuello y se le tensa la pierna.

—Braden —gimotea—. No…

—Sí.

Le beso el cuello agarrándole el culo con ambas manos. Froto la cadera contra ella y Maddie vuelve a gimotear enterrando la cara en mi cuello.

—Venga, cielo —susurro contra su piel—. Déjate llevar.

Y lo hace.

Me echo hacia atrás y capturo sus labios cuando su cuerpo se tensa de pies a cabeza. Se estremece entre mis brazos y me trago su grito metiéndole la lengua en la boca.

—Arriba —murmuro—. Pero ya.

Tiro de ella por entre la multitud con las piernas temblorosas. La necesidad que siento por esta chica me está superando y estoy bastante seguro de que no puedo escuchar nada que no sean los latidos de mi propio corazón.

La empotro contra la puerta de mi habitación y la beso con fuerza. Ella entierra las manos en mi pelo mientras yo busco el pomo a ciegas. Maddie mete la mano en el bolsillo delantero de mis vaqueros, me roza la polla y saca la llave. Se la cojo y me separo de ella un momento para meterla en la cerradura. Meto la llave, la saco y giro el pomo.

Cuando cruzamos la puerta, mis labios se vuelven a posar con gula sobre los de Maddie. La cierro y ella baja las manos. Me quita la camiseta y yo cojo la costura de su vestido —agradeciéndole mentalmente que lleve falda— y tiro de él. Maddie me desabrocha el botón de los vaqueros, se deja caer boca arriba sobre la cama y yo apenas espero a quitarme la ropa.

Abro el cajón sin pensar, cojo un preservativo, me lo pongo y le quito las bragas. Me tumbo encima de ella y abre las piernas para rodearme la cintura instantáneamente. Luego alarga los brazos para colocarme bien con la cadera colgando del borde de la cama.

Me interno en ella de un solo movimiento y siseo al percibir lo cremosa y húmeda que está después del orgasmo que ha tenido abajo. Me estrecha con las piernas y sus caderas acogen una embestida tras otra mientras me araña la espalda arqueándose contra mí.

Maddie se tensa y se relaja a mi alrededor. Tenemos la piel cubierta de sudor y nos movemos con fuerza y muy deprisa.

Cuando empieza a gritar me clava los dedos en la piel para sujetarme con fuerza. Yo aprieto los dientes y ella grita mi nombre. Me vuelvo a mover, esta vez más deprisa, y rujo su nombre antes de dejarme caer sobre ella completamente exhausto.

El corazón de Maddie late con fuerza contra su pecho, contra mi pecho. Levanto la cabeza y la beso muy despacio.

—¿Estás bien?

—Mmmm —contesta con la voz soñolienta. Esboza una pequeña sonrisa y vuelve a cerrar los ojos.

Me río y me levanto para quitarme el preservativo y tirarlo a la basura.

—Ven aquí.

Retiro las sábanas y Maddie se mete en la cama. Me tumbo junto a ella abrazándola; los dos ajenos a la música que suena abajo.

—¿Bray?

—¿Qué, cielo? —Le acaricio el pelo.

—Te… No importa.

Niega con la cabeza y se acurruca contra mí. Suspiro, le doy un beso en la sien y la abrazo con más fuerza.

«Sí —pienso—. Yo también te quiero».

Me despierto oliendo a café y notando las cosquillas del pelo de alguien en la cara. Abro los ojos y me encuentro con la cara sonriente de Maddie. Está sentada encima de mí completamente vestida y muy espabilada.

—¡Buenos días! —canturrea inclinándose hacia delante para darme un beso en los labios.

—Mmmm —murmuro deslizando las manos por sus muslos—. ¿Nos podemos despertar así cada día? Aunque quizá con un poco menos de ropa.

Se ríe y se deja caer a un lado aterrizando sobre el colchón. Coge un vaso de papel de la mesita de noche y se da media vuelta para apoyármelo en el estómago.

—Para ti.

—Esta mañana estás muy contenta —le digo observándola—. No es que tenga ninguna objeción.

Vuelve a sonreír.

—Papá me ha llamado muy pronto —me parece que a veces olvida la diferencia horaria—, y me ha contado lo que le dijo el médico el viernes. Le ha vuelto a cambiar la medicación. A papá no le ha gustado mucho, pero estas pastillas deberían irle mejor y le darán más energía para hacer cosas; estoy muy feliz. Creo que cuando se acostumbre estará más contento.

—Es una gran noticia.

Sonrío y me incorporo para besarla con suavidad. No es que hayamos hablado mucho sobre su padre, pero sé lo importante que es para ella. Y también sé —como ha ocurrido con todo lo demás—, que cuando esté preparada me contará más cosas.

Maddie asiente con alegría y sus rizos se balancean alrededor de su cara.

—¡Sí! —Se pone un poco seria—. Ya lo han intentado muchas veces, pero nada funciona. Y es que en el caso de papá en realidad no se trata de una enfermedad mental, sino de un corazón roto. No se puede arreglar un corazón roto con nada que no sea el amor que perdió en su día de forma tan trágica. Me parece que estas heridas nunca se curan.

—Mírame. —Me inclino hacia ella y dejo el café para apoyarme sobre un codo—. No pasa nada por tener un corazón algo roto, Maddie. Tu padre ha perdido a tu madre, pero aún le queda mucho amor que ofrecerte a ti.

Se anima de repente y se inclina hacia delante para acariciarme la barbilla.

—Gracias —murmura besándome con suavidad—. ¿Cómo es posible que siempre consigas hacerme sentir mejor?

Me dejo caer y la agarro de la cintura para tumbarla encima de mí. Ella se aparta el pelo hacia un lado dejándolo caer sobre nosotros como una feroz cortina.

—Porque me gusta verte feliz.

Me siento y la agarro con más fuerza. Ella me rodea el cuello con los brazos y sonríe con timidez.

—Puede que a mí también me guste sentirme feliz.

—Me alegro.

Agacho la cabeza para besarla y le acaricio los labios con la lengua.

—Oye —murmura echándose hacia atrás—. Tengo cosas que hacer.

—¿Una sesión de ejercicios? —Sonrío con picardía.

Ella esboza una sonrisa.

—No. Más bien una sesión de estudios, Braden. ¿Los recuerdas?

—No.

—Pues quizá deberías.

—¿Pudiendo estudiarte a ti? No, gracias.

Se ríe y me empuja hacia atrás agachándose y besándome por última vez.

—Saca tu perezoso culo de la cama.

Se levanta de la cama y coge su bolso de mi escritorio.

Yo me levanto y cruzo la habitación.

—¡Braden! ¡Aún estás desnudo!

Sonrío y la cojo para entrelazar las manos con las suyas y besarla. Le muerdo el labio inferior con los dientes y ella se estremece y da un paso atrás.

—Pásatelo bien, cielo.

Le guiño el ojo y me vuelvo a meter en la cama.

Ella me sonríe por encima del hombro y abre la puerta.

—Intenta hacer algo productivo.

—Lo haré.

Cierra la puerta y yo vuelvo a coger el café. Quedarse tumbado en la cama pensando en ella cuenta como productivo, ¿no es así?

Capítulo treinta y siete

Maddie

*M*e quedo tranquilamente tumbada en la cama. Por primera vez en meses tengo la sensación de que me puedo relajar.

Pearce se ha ido de California; no soy adivina, pero es evidente que no tiene ningún motivo para quedarse. Y yo le dejé bien claro que no pensaba volver a ayudarle. Ahora tengo que pensar en mi propia vida y seguir mi camino. No puedo seguir siendo adulta por los dos.

Y a juzgar por la redacción sin título que tengo delante, aún me queda mucho por hacer. Pero la vida es como una redacción: solo hay que encontrar las palabras adecuadas.

Alguien llama a la puerta. Frunzo el ceño y miro a Megan. Encoge un hombro y se vuelve a centrar en su trabajo. Aparto los libros y me levanto de la cama preguntándome quién podrá ser. Lila habría entrado sin llamar y Kay... Bueno, tampoco me sorprende no saber dónde está.

Cuando abro la puerta me encuentro con los brillantes ojos azules de Braden.

¡Mierda, mierda, mierda, mierda!

—¿Qué haces aquí? —siseo entornando la puerta mientras salgo al pasillo.

—He venido a ver a mi chica.

Me besa.

—¡Braden, esta es la residencia de chicas! ¡Kay te matará si descubre que has estado aquí!

—Por lo menos podrías fingir que te alegras de verme.

—Estoy un poco sorprendida. —Y en estado de *shock*. De *shock*, sí. Sí. Oh, mierda.

—¿Puedo entrar? —Llama a la puerta y se oye un ruido de muelles en el interior de la habitación—. ¿Quién hay aquí si Kay no está?

—Megan —grito—. Estamos estudiando.

Braden frunce el ceño.

—¿Estás bien, cielo? Estás un poco… Rara.

—Es que no quiero que te pillen. —O que me pillen a mí.

—Pues déjame entrar. Nadie se dará cuenta.

—También podemos salir —sugiero.

Braden frunce el ceño y me esquiva. Antes de que pueda decir nada más, abre la puerta.

Megan está arrugando una cartulina enorme y convirtiéndola en una pelota. Eso y el pequeño pedazo de cartulina que sigue pegada a la pared son las únicas señales de que había algo colgado.

—¿Qué estás haciendo? —dice Braden con diversión mirando a Megan.

—Nada —dice sonriendo con nerviosismo—. Solo estoy recogiendo un poco. Maddie tiene la habitación llena de porquerías.

Sigo la trayectoria de los ojos de Braden por toda la habitación. El dormitorio está impecable.

—Esta habitación está más limpia que un hospital, Meggy —dice. Luego se vuelve hacia mí—. ¿Va todo bien?

Asiento.

—Claro. Meggy, ¿por qué no tiras eso a la basura?

Megan esboza una sonrisa radiante.

—Buena idea, Maddie. Buena idea.

Tira la bola de papel y aterriza en la papelera que usamos Kay y yo.

—Estáis muy raras. ¿Estáis seguras de que eso es basura? —Braden nos mira alternativamente.

—Segurísima.

Asiento de nuevo.

Pero eso no consigue aplacar sus miradas suspicaces. Megan se revuelve incómoda.

—¿Por qué tengo la impresión de que me escondéis algo? En especial tú, Meggy —pregunta Braden.

—No lo sé —chilla ella.

—Vámonos. —Le doy una palmada en el brazo y me pongo unas deportivas.

—Estáis muy raras. ¿Qué pasa? En serio.

—¡Nada! —Tiro de su brazo.

Braden se deshace de mí y cruza la habitación en dirección a la papelera. Yo miro a Megan presa del pánico. Ella me devuelve la mirada aterrada con los ojos abiertos como platos; está boquiabierta. Yo me la quedo mirando; soy incapaz de mirar a Braden cuando oigo como cruje la cartulina al desenvolverla.

Se me revuelve el estómago. Lo tengo lleno de elefantes gigantescos haciendo volteretas. Tengo ganas de vomitar.

—¿Operación Seducir al Seductor? —Primero mira a Megan y luego a mí—. Iluminadme, chicas. ¿De qué va esto? Aunque me parece que tengo una ligera idea.

Respira, Maddie. Respira.

—¡Vamos! —grita—. ¿Qué es lo que os esforzáis tanto por esconder?

—Queríamos que te enamoraras —dice Megan en voz baja separando los ojos de mi cara para posarlos sobre él.

—¿De Maddie?

—De Maddie —le aclara bajando la mirada.

—¿Todo este tiempo? ¿Eso es lo que era? ¿Un juego?

—Sí —susurra.

Un tenso silencio se adueña de la habitación y yo aún no he conseguido soltar el aire. No puedo. Por fin consigo mirarle a los ojos. Yo...

—Enhorabuena, has ganado. —Me mira con los ojos llenos de dolor y una expresión vacía—. Considéralo un éxito, Maddie. Has conseguido lo que buscabas.

Pasa de largo junto a mí y el aire por fin sale de mis pulmones. El movimiento me despierta de la conmoción y entonces me doy cuenta.

Lo sabe. Se marcha.

No es verdad. No es un juego. Es real. Es tan real como la vida misma.

—¡Braden! —grito dándole la espalda a Megan y corriendo tras él escaleras abajo—. ¡Braden!

Abro la puerta principal y lo veo caminar en dirección a la casa de la fraternidad con la cabeza gacha.

—¡Braden! —grito por última vez con la voz preñada de desesperación.

Se detiene, me mira por encima del hombro y niega con la cabeza. Luego sigue caminando y desaparece por la esquina.

Me dejo caer contra la pared y me tapo la boca con la mano. Las lágrimas asoman a mis ojos y niego con la cabeza de la misma forma que lo ha hecho él. Empiezo a sentir una enorme presión en el pecho provocada por el peso de los elefantes que hace un momento daban volteretas en mi estómago. Se me hace un nudo en el estómago y sé que lo que teníamos ha desaparecido. Lo he perdido.

Y todo porque no arranqué esa estúpida cartulina hace seis días cuando tuve la ocasión.

Capítulo treinta y ocho

Braden

Cuando me alejo de ella algo se desgarra en mi interior. No sé lo que es y no puedo pensar con la claridad necesaria para ponerle nombre. Solo sé que era una gran parte de mí, una parte muy importante de mí que estaba relacionada con ella.

—¡Joder! —golpeo la pared exterior de la casa de la fraternidad y apoyo la cabeza sobre ella—. Joder —murmuro más flojo alejándome y entrando por la puerta.

La puerta choca contra la pared y el sonido rebota por los pasillos. La cierro de una patada; lo veo todo rojo. No puedo sentir otra cosa más que rabia.

Pero ¿por qué? ¿Por ella? ¿Por mí? ¿Estoy enfadado porque me he enamorado? ¿Estoy enfadado porque me ha ganado en mi propio juego?

—¿Qué narices pasa? —La cara de Aston aparece al final de la escalera—. ¿Braden?

Le miro con el pecho hinchado mientras intento controlar mis emociones. Aprieto la barandilla con la mano temblorosa y corro escaleras arriba subiendo dos escalones de cada zancada. Le doy un empujón a Aston con el hombro cuando paso junto a él.

—¿Tío? ¿Qué pasa?

Agita los brazos y me sigue por las escaleras hasta el piso siguiente. Cuando llego a la habitación abro la puerta y se la cierro en las narices. Es la última persona que quiero ver en este momento.

—¡Braden!

—Vete a la mierda, Aston —siseo las palabras con los dientes apretados. Cierro los puños y echo la cabeza hacia atrás para mirar al techo.

—¿Qué ha pasado?

¿Qué ha pasado? Ella es lo que ha pasado.

—El maldito juego es lo que ha pasado. —Me vuelvo para mirarle y esboza una mueca al percibir el veneno en mi voz—. Ella es lo que ha pasado. Toda esa mierda de hacer que se enamorara. ¡Menuda mierda! ¿Porque sabes qué? Resulta que ha sido ella quien me ha seducido mientras yo intentaba seducirla a ella. Me ha jodido bien, en más de un sentido, porque ha sido todo una mentira. Y ahora se ha acabado. ¡Se ha acabado!

Cojo la lámpara del escritorio y la estrello contra la pared. El jarrón de porcelana se rompe y los pedazos vuelan por toda la habitación.

—Tío, tienes que relajarte.

Aston da un paso adelante y levanta las manos con cautela.

—¿Sabes lo que te digo, Aston? ¡Que salgas, te enamores de alguien y cuando te rompa el puto corazón vuelvas y me cuentes si consigues relajarte!—le grito—. ¡Y sal de mi habitación! ¡Ahora mismo!

Asiente y recula. Se cierra la puerta. Me quedo solo.

Yo, las cuatro paredes y la lámpara rota.

Un juego. ¿Para ella ha sido el mismo juego que para mí? No. Porque para mí no ha sido un juego, por lo menos al final. Ha sido real, quizá siempre fue real. Pero no para ella. No. Ha sido un juego para todos ellos. Y Meggy...

Mi mejor amiga. Mi. Mejor. Amiga. Ella sabía lo que estaba haciendo Maddie. Doble traición.

Me tumbo en la cama con las manos entrelazadas por detrás de la cabeza. Tengo las piernas cruzadas a la altura de los tobillos y miro fijamente el techo; estoy aturdido. La ira de la otra noche ha disminuido gracias a un par de horas de sueño reparador y ahora estoy luchando contra el dolor que siento por haber perdido a Maddie. Es sábado y ahora debería estar tomándome un café con ella.

Pero está claro que hoy no nos vamos a ver.

El ruido de las bisagras de la puerta de la habitación me

avisa de que se acaba de abrir. Mis ojos se vuelven hacia ella y una parte de mí alberga la estúpida esperanza de que sea Maddie. ¿Para qué? ¿Para que me dé una explicación?

Cuando veo a Megan vuelvo a clavar los ojos en el techo; no tengo ningún interés. No tengo ningunas ganas de ver a nadie.

—Lo siento —susurra.

—¿Qué es exactamente lo que sientes, Megan? Has conseguido lo que querías.

—Lo siento porque hasta la otra noche daba por hecho que para ti lo de Maddie era puro sexo —admite—. Pero me equivocaba, ¿verdad? Es mucho más que eso.

Vuelvo la cabeza para mirar sus ojos azules.

—Mírame, Megan. ¿Te parece que tengo ganas de hablar de Maddie, de ti o de alguna de esas tonterías en este momento? —Ella niega con la cabeza con tristeza—. Pues ya sabes dónde está la puerta.

—Bray...

—Te daré una pista: acabas de cruzarla. Adiós, Megan.

Ella suspira con tristeza y se da media vuelta, pero se detiene con la mano sobre el pomo.

—Ella también lo está pasando mal, Bray. Al principio fue solo un juego, pero no hay que ser un genio para darse cuenta de que para Maddie no lo es. Ya no. Anoche se quedó destrozada y hoy todavía no la he visto. —Habla con mucha suavidad—. Yo he leído miles de libros y he visto todas las películas románticas del mundo, pero jamás he visto nada tan real como lo que teníais vosotros. No hay nada que se acerque.

Abre la puerta y se marcha. Se oye un suave clic cuando se cierra. Me quedo mirando fijamente la puerta y recorro la cenefa de la madera con los ojos.

Al poco vuelvo a concentrarme en el lienzo blanco del techo mientras me peleo contra el mismo dolor de antes.

Capítulo treinta y nueve

Maddie

*L*levo cinco días sin verlo. No he ido a clase de Literatura porque no estoy preparada para encontrármelo. El dolor de su ausencia ya es lo bastante insoportable. Pero esta soledad tan absoluta… No me había dado cuenta de cuánto dolor me aliviaba su compañía hasta que ha dejado de estar a mi lado para llevárselo.

Creo que verlo ahora me resultaría imposible. Ya es lo bastante terrible tener que soportar las demás clases, las maliciosas miradas triunfantes de las chicas, las lascivas miradas de los chicos, y todo porque ya no soy suya. Todo porque lo nuestro ha salido como esperaba todo el mundo.

Nunca imaginé que me dolería tanto.

Pero Braden tenía razón. He conseguido lo que quería, lo que codiciaba cuando empezó todo esto. Ahora mismo solo quiero que me abrace y me bese los ojos como hacía siempre que estaba triste. Pero todo ha cambiado.

Me aprieto los libros contra el pecho y agacho la cabeza para esconderme detrás de mi melena. Yo ya sé lo que es el dolor. He sufrido el dolor de la pérdida y ya se me ha roto antes el corazón, puedo volver a pasar por esto. Ya sé que es una clase de dolor diferente, pero sobreviviré. Tengo que hacerlo. Si perder a mi madre y a mi mejor amiga no acabó conmigo, perderle a él tampoco lo conseguirá.

Porque a pesar de haberme tenido que enfrentar al dolor y a la muerte, siempre lo he superado. Y por eso sé que sobreviviré.

Nada puede doblegarte a menos que tú te dejes.

Una mano me sujeta y me aleja de la multitud en dirección a las puertas laterales. Levanto la vista: Kyle. Cuando salimos me rodea los hombros con el brazo y me acerca a él.

—No estés tan triste —me dice en voz baja—. Una chica como tú no necesita un tío para ser feliz.

—Ya lo sé, Kyle. —Me pongo un mechón de pelo detrás de la oreja y apoyo la cabeza en su hombro—. Pero que no le necesite no significa que no siga queriéndole.

Se tensa un poco, pero asiente de todos modos.

—Él dijo que todo fue un juego, pero no lo fue, ¿verdad?

Suspiro y me separo de él mientras mis pies me llevan en dirección a la mesa de *picnic* que hay bajo un gran árbol. Me siento en el banco y dejo los libros en la mesa. Kyle se sienta delante de mí.

—Al principio fue un juego —le digo con sinceridad—. Kay, Megan y Lila me desafiaron a seducirle para después dejarlo plantado. —Kyle sonríe con sequedad. Yo encojo un hombro—. Y yo acepté. ¿Qué otra cosa podía hacer? Él se parecía demasiado a mi hermano y jamás imaginé que podría acabar sintiendo algo por Braden. Pero me equivoqué.

—¿Porque no es tan capullo como todos pensamos?

Kyle alza una ceja y yo resoplo.

—Es bastante capullo, sí. Es egoísta, arrogante y engreído. —Deslizo el dedo por la madera de la mesa—. Pero también es paciente, dulce y cariñoso. Siempre me escuchaba cuando necesitaba hablar. Siempre estaba ahí para mí. Me limpiaba las lágrimas y me abrazaba cuando lo necesitaba. Me hizo reír y me hizo olvidar. Y antes de darme cuenta había pasado de odiarle a gustarme. —Me resbala una lágrima por la mejilla—. A quererle. No sé cómo ocurrió. Pero en algún momento entre las risas y las lágrimas, me enamoré de él. Y ahora no sé cómo reponerme.

Nos quedamos los dos en silencio mientras él procesa todo lo que he dicho.

—Pero lo conseguiré. —Me limpio la mejilla y esbozo una débil sonrisa—. No es la primera vez que tropiezo y siempre me he vuelto a levantar. No tardaré mucho en recuperarme.

Kyle esboza una sonrisa reconfortante y asiente en dirección al edificio.

—Por ahí viene Kay, así que me voy.

—Gracias por escucharme, Kyle.

Alargo el brazo y le estrecho la mano cuando se levanta.

Él estrecha la mía y, mientras se aleja, se vuelve con gesto vacilante.

—Siempre será él, ¿verdad, Maddie? No importa cuánto tiempo pase. Siempre será él.

Sus palabras me sorprenden hasta que comprendo su significado.

Braden ha sido y es el primer chico del que me enamoro. Es el primer chico al que me he entregado, no sexualmente, sino emocionalmente. Él lo sabe todo sobre mí y, si ha sido sincero, me ama a pesar de ello. Y por eso lo llevaré siempre en el corazón. Quizá jamás deje de quererlo del todo.

Asiento despacio. Kyle sonríe, asiente y saluda a Kay con la mano guiñándome el ojo por encima del hombro.

—¿Le has vuelto a decir que no a ese tío bueno? Porque te aviso, pequeña, si no te lo tiras tú lo haré yo.

Kay se sienta en el sitio de Kyle y me deja un café y una magdalena delante. Siento una punzada por dentro y me obligo a aceptarlos.

—Le he dicho que no. Pero me parece que ha sido la última vez. —Observo cómo se marcha Kyle por encima del hombro de Kay—. No es mi media naranja.

—Pero Carter, sí —dice con despreocupación.

Parpadeo.

—No lo creo.

—Pues yo sí. —Me atraviesa con los ojos—. Llevas arrastrándote desde que salió corriendo de la residencia y créeme, aún me cabrea pensar que vio mi sujetador de volantes rosas. ¿Pero cómo ibas a evitarlo? En fin —retoma el hilo—, que no hay que ser Einstein para darse cuenta de que estás enamorada de él. Para serte sincera, no entiendo por qué, pero tú le quieres, pequeña. Y la pregunta es: ¿qué vas a hacer al respecto?

Le sonrío.

—Nada —digo y pellizco la magdalena—. No hay nada que pueda arreglar lo que hice.

—Pero el amor no entiende de esas cosas. Te aseguro que no soy cupido, pero vosotros dos sois como la mantequilla de ca-

cahuete y la mermelada. Por separado no valéis nada, pero juntos mejoráis mucho.

Me río un poco.

—Gracias, supongo.

Me guiña el ojo y hace un gesto con la mano.

—De nada. Te lo volveré a preguntar. ¿Qué vas a hacer al respecto?

Suspiro y hago girar el vaso de papel entre mis manos.

—Nada —repito—. ¿Es que no lo ves, Kay? Todo esto empezó siendo un juego. Nunca debió durar para siempre porque alguien debía ganar. Haya amor o no, siempre estuvimos condenados al desastre. Él siempre iba a ser el asesino en el juego del Cluedo y yo siempre ganaría más dinero en el Monopoly. Braden siempre tendría más comodines cuando jugáramos a las cartas y yo siempre le ganaría jugando al parchís. No todo el mundo tiene una media naranja, Kay, y aunque él sea la mía no tiene por qué funcionar. Lo hice porque vosotras me lo pedisteis. Yo no quería hacerlo y no pretendía enamorarme. Siempre supe que tendría que enfrentarme a las consecuencias de este juego y eso es lo que está pasando.

—Entonces supongo que no te importará que mañana por la noche vayamos a la fiesta de la casa de la fraternidad.

Dejo de respirar y me quedo de piedra por un segundo.

—No —miento—. No me importa.

Estar aquí es una tortura, en especial cuando empieza la fiesta. Mire donde mire parece haber un recuerdo de nosotros y aunque sé que es culpa mía, eso no quita la punzada de dolor que siento cada vez que pienso en él.

—¿Qué quieres decir con eso, Ryan? —oigo preguntar a Lila cuando paso por delante del salón.

—Yo... Mierda. No tenías que averiguarlo, nena.

—Eso es evidente.

—¡No es muy distinto de lo que hicisteis vosotras!

—¿Ah, no? Pues yo creo que sí. Nosotras pretendíamos conseguir que Braden dejara de ser un picaflor. Vosotros lo hicisteis para que ella se enamorara y así él pudiera acostarse con ella. ¡Eso es rastrero, Ryan!

Jadeo. Me llevo la mano a la boca para ocultar el sonido, pero Lila se vuelve hacia mí.

—¿Maddie? Oh, mierda —susurra mientras sus dulces ojos se llenan de culpabilidad—. Lo siento.

Estoy temblando. La ira se apodera de mi cuerpo, roja, ardiente y lista para explotar. Se suma al dolor de la traición, el dolor que sintió Braden.

El dolor sobre el que mintió.

—¡Joder! —Ryan me mira.

Me doy media vuelta y entro corriendo en la cocina. Braden está en la barra tomándose una cerveza y hablando con los chicos. No veo con claridad. Lo único que veo, lo único que pienso, es en él.

Le cojo del brazo y lo bajo del taburete.

—¿Maddie? ¿Qué narices haces?

Miro los ojos azules de los que me enamoré y la rabia aumenta. Le doy un empujón en el pecho.

—¡Tú!

—¿Qué? —Me mira, luego mira detrás de mí y yo doy un paso hacia él. Braden da un paso atrás y yo sigo avanzando hasta que choca contra la pared.

—Enhorabuena, has ganado —digo repitiendo sus palabras—. ¿Recuerdas esa frase, Braden? ¿Recuerdas la falsedad con la que la dijiste? ¿Recuerdas cada una de las rastreras mentiras que me has dicho durante estas últimas cuatro semanas?

Palidece un poco y veo brillar la comprensión en sus ojos.

—Mierda.

—Exacto. —Estoy temblando. Mucho. No puedo dejar de hacerlo porque si paro de temblar dejaré de estar enfadada y si dejo de estar enfadada me pondré a llorar—. Es una mierda porque me la has jugado bien, ¿verdad? Un polvo. Eso es lo que he sido para ti. ¿Y qué? ¿Te lo has pasado bien?

—Maddie —dice en voz baja con los ojos tristes—. No es así cómo debería...

—Mentira. No te atrevas a mentirme, Braden. Ya he escuchado bastantes mentiras últimamente, ¿no crees?

—Cielo...

—Yo no soy tu maldito cielo. No significo nada para ti. Solo soy la última chica que te ha calentado la cama. —Niego con la cabeza y doy un paso atrás. Le vuelvo a mirar a los ojos—. ¡Todo ha sido una asquerosa mentira! Supongo que me la has jugado tan bien como te la jugué yo a ti, ¿verdad? Porque ¿sabes qué? Has conseguido lo que buscabas. Has ganado. —Empiezo a recular muy despacio con lágrimas en los ojos—. Supongo que hemos ganado los dos.

Me alejo de él y corro por la casa abriéndome paso por entre la multitud que hay reunida en la entrada. Necesito alejarme de este sitio. De esta casa, del campus y del estado.

Mis pies chocan furiosamente contra el asfalto mientras corro de vuelta hacia la residencia. Cuando llego a la habitación, cierro de un portazo y cojo el móvil para hacer una búsqueda rápida en Google. Una vez he encontrado lo que busco, saco la maleta de debajo de la cama. Meto unas cuantas cosas al azar; necesito marcharme.

Suena el teléfono.

Cojo el móvil de mala gana y miro la pantalla. Es Kyle.

—¿Qué? —Me limpio los ojos para enjugar las lágrimas calientes que se han quedado refugiadas bajo mis pestañas.

—¿Estás bien?

—¿A ti qué te parece?

—Lo siento, Mads. Si lo hubiera sabido…

—Serías demasiado inteligente para estudiar en Berkeley —le contesto—. ¿Necesitas algo, Kyle? Tengo que marcharme.

—¿Adónde vas?

—Eso no importa.

—¿Necesitas una forma de llegar?

—Puedo llamar a un taxi.

—No. Iré a buscarte. Estaré en la puerta de tu residencia dentro de cinco minutos.

—Gracias —susurro y cuelgo. La imagen del fondo de pantalla en la que se nos ve a mí y a Braden sonriéndole a la cámara se ríe de mí. Al principio la puse para guardar las apariencias, pero luego fui incapaz de borrarla.

Sigo sin ser capaz de hacerlo. Me quedo mirándola embobada recordando que esa fotografía en particular nos la hicimos tras la visita de Pearce. Mi sonrisa no era falsa.

No creo que ninguna de las sonrisas que he compartido con él haya sido falsa.

Suena una bocina y cojo la maleta echando una ojeada superficial por la habitación. Me marcho golpeando la maleta escaleras abajo hasta llegar donde me espera Kyle. Me coge el equipaje y lo mete en el maletero del coche. Yo me subo en silencio.

—¿Adónde vamos?

Me mira a los ojos.

—¿Me prometes que no se lo dirás a nadie? Aunque me hayas llevado. Si alguien te pregunta le dices que no lo sabes.

—Maddie…

—Kyle, por favor. Necesito salir de aquí.

—Está bien —gruñe.

—¡Prométemelo!

—Lo prometo. ¿Adónde te llevo?

—Al aeropuerto.

Miro por la ventana y le oigo inspirar con fuerza.

—¿Al aeropuerto?

—Me marcho una semana. Llamaré para decir que estoy enferma.

—¿Y adónde vas?

—A ver a mi padre. Me voy a casa. A Brooklyn.

Capítulo cuarenta

Braden

*M*ierda. Mierda, mierda, mierda y más mierda.

Me quedo mirando fijamente el espacio que acaba de dejar vacío. Un enorme vacío. Eso es lo que provoca Maddie.

Entra en tu vida como una salvaje explosión de color llenando un espacio vacío que ni siquiera sabías que existía, y cuando se marcha se lo lleva todo y la vida vuelve a ser en blanco y negro.

Me separo de la pared decidido a encontrarla y explicarme, pero alguien me agarra de los brazos.

—Braden, déjala, tío. —Aston tira de mí—. Deja que se tranquilice.

¿Que se tranquilice?

—No. Ni de coña.

—Bray. —Megan aparece delante de mí y yo intento centrarme en ella—. Tiene razón. Maddie necesita tranquilizarse.

—No —le discuto—. ¡Lo que necesita es saber la verdad, Meggy! ¡Necesita saber la maldita verdad!

—Y la sabrá. —Me coge de la cara y me obliga a mirarla. Me fuerza a centrarme—. La sabrá cuando se tranquilice. Ahora está muy dolida, Bray. Deja que reflexione.

Dolor. Dolor que le he provocado yo.

Soy un desgraciado.

Me deshago de Ryan y Aston y salgo al patio empotrando la puerta contra la pared. Me acerco a un lateral y apoyo la cabeza en la pared sintiéndome como el peor malnacido de la historia. Entonces veo un vehículo que sale de la casa de enfrente. Levanto la cabeza y veo el coche de Kyle.

—¡Joder! —grito, y le doy un puñetazo a la pared. Me sale sangre de los nudillos maltrechos, pero no me importa. No hay nada que me importe salvo la chica que acaba de marcharse.

Porque después de todo, de todos los besos y las risas, de los juegos y las bromas, jamás me molesté en decirle lo real que era para mí.

Todas las veces que la abracé de noche cuando tenía una pesadilla, todas las veces que le limpié las lágrimas y conseguí devolverle la sonrisa, esos momentos fueron reales. Cuando veía brillar esa luz en sus ojos cada vez que yo decía algo que la hacía reír, cuando veía el dolor en esos mismos ojos cada vez que recordaba el pasado, eso la hacía real.

Pero ahora ya nada importa. Ella se lo ha llevado todo, hasta el último segundo, todo ha desaparecido cuando se ha marchado de esta casa hace diez o quince minutos. Ni siquiera lo sé. Ni siquiera sé cuánto tiempo llevo aquí fuera. Pero estoy solo.

Me puedo ir.

Yo...

—Ni lo sueñes.

Cuando me separo de la pared me encuentro con la cara de Ryan.

—Joder —espeto y sacudo el puño mientras mi cerebro empieza a registrar las primeras punzadas de dolor procedentes de mis nudillos ensangrentados.

—Vamos dentro. Necesitamos hielo para esa herida y una cerveza —ordena Ryan agarrándome del brazo y tirando de mí hacia el interior de la casa.

—Puedo caminar solito, Ryan. —Doy un tirón del brazo para soltarme—. Tengo sangre en los nudillos, no los pies rotos.

—¿En serio? —comenta arrastrando las palabras—. Porque a mí me parece que tienes más de una cosa rota.

Abre la puerta y cruza la cocina en dirección al congelador. Coge una bolsa de hielo y me la ofrece. Yo me la pego a los nudillos y esbozo una mueca al contacto con el frío. Ryan coge dos botellines de cerveza de la nevera y asiente en dirección a la puerta para darme a entender que deberíamos irnos al piso de arriba. Es mejor que estar aquí abajo.

Mientras me abro paso entre la gente, oigo mi nombre.

—Me alegro de que alguien le haya hecho lo que él les ha hecho a la mitad de las chicas de primero —afirma una voz que no he oído en mi vida.

Lo veo todo rojo. Hoy ya he rebasado el límite de lo que puedo soportar y me doy media vuelta. Ryan me detiene y, a través de la capa de ira que me nubla la vista, veo como el puño de Aston entra en contacto con la cara del tío que ha dicho eso. Aterriza en su nariz y él se tambalea hacia atrás.

—Cierra la puta boca —le advierte Aston—. ¿Alguien quiere añadir algo más?

No se oye ni una mosca.

—Ya me imaginaba. —Sacude el puño y mira al tío al que acaba de golpear—. ¿Tienes la nariz de granito o qué?

Ryan resopla y me empuja en dirección a la puerta.

—Vámonos. Este sitio es el último lugar en el que debería estar una bomba de relojería como tú.

Capítulo cuarenta y uno

Maddie

*L*a casa está igual que cuando me marché y al bajar del taxi me recorre un pequeño escalofrío por la espalda. Cuando se marcha le hago un gesto con la mano al conductor en señal de agradecimiento y le echo un buen vistazo a la casa.

Esta casa de dos pisos, construida justo en los límites de la ciudad, ha sido mi hogar toda la vida. He jugado en la hierba que ahora amarillea en el patio delantero, planté las flores ahora marchitas y Pearce y yo ayudamos a papá a pintar la pequeña valla que lo rodea. Una valla de madera blanca. Algo clásico, pero era la que quería mamá y eso pusimos. Era la casa familiar perfecta. Hasta que ella murió.

Ahora la casa no es ni la sombra de lo que fue. Ya no hay risas en la cocina a la hora del desayuno, ni guerras de agua cuando toca regar las plantas y *Candy*, el cocker spaniel de mamá, ya no sale a recibirnos a la puerta. *Candy* murió poco después que ella.

Abro la valla y me acerco a la puerta principal tirando de mi maleta en la oscuridad. Llamo una vez a la puerta y entro en la casa advirtiendo la tenue luz procedente del salón.

—¿Papá?

—¿Maddie?

Cierro la puerta, apoyo la maleta contra la pared y me quito el abrigo. Cuando entro en el salón, el refugio que mamá pintó de color melocotón, veo a papá sentado en una silla que hay en la esquina. Tiene el pelo un poco más gris, las mejillas más hundidas y los ojos un poco más apagados que cuando me marché, pero sigue vivo. A duras penas.

Está sobreviviendo, aguantando, viviendo cada día sin la persona con la que pensó que pasaría toda la vida.

Le doy un beso en la mejilla y le cojo la mano.

—¿Cómo estás?

—Mucho mejor ahora que te estoy viendo, Maddie. —Sonríe. En sus ojos brilla una pequeña luz que me convence de que es cierto—. ¿Pero qué haces aquí?

—Te echaba de menos.

—Aún no tienes vacaciones.

Encojo un hombro y bajo la mirada.

—Tenía ganas de ver a mi papá.

Él me da unas suaves palmaditas en la cabeza.

—Está bien, cariño. ¿Qué tal si calientas un poco de agua en la tetera?

—Claro. —Me pongo de pie y entro en la cocina blanca y roja. Hay algunos platos junto al fregadero, solo de un día antes, y dejo escapar el aliento que no sabía que estaba conteniendo—. ¿Te tocan las pastillas ya?

Rebusco en el armario hasta que encuentro mi taza de Piglet, el amigo de Winnie de Pooh, y luego enjuago la de papá con un poco de agua del grifo.

—Sí, gracias —contesta.

Preparo dos tés. Me da igual lo mucho que proteste, no pienso dejar que tome café a las dos de la madrugada. Llevo las dos tazas de té al salón y le doy sus pastillas. Él se las toma sin protestar.

—No esperaba que estuvieras despierto —digo mirando por la ventana.

—Yo tampoco esperaba que mi hija apareciera a estas horas de la noche.

Le miro y alza una ceja. Asiento tímidamente.

—Está bien, viejo. Tú ganas.

—Yo no estoy durmiendo porque las nuevas pastillas que me ha recetado el doctor tienen un par de efectos secundarios, y el insomnio es uno de ellos. ¿Cuál es tu excusa? —Niega con la cabeza—. No me creo que mi hija me eche tanto de menos que haya decidido abandonar por mí sus pesadillas de las dos de la mañana.

Sonrío con tristeza sin dejar de mirar por la ventana.

—¿Qué te trae por aquí, Maddie? Tu viejo no es ningún tonto.

—¿Sabes qué, papá? Estoy muy cansada. —Me bebo el resto del té caliente, me levanto y me estiro—. Creo que me voy a ir a la cama. Intenta dormir un poco, ¿de acuerdo? Buenas noches.

Le doy un beso en la frente y salgo del comedor. Cojo la maleta, la subo escaleras arriba y abro la puerta de mi habitación. El dormitorio blanco y rosa está intacto. Cierro la puerta y después de ponerme un pijama que dejé aquí, me meto en la cama para enterrarme entre las sábanas con olor a rosa.

Papá sigue utilizando el suavizante preferido de mamá.

Mi móvil vibra en la mesita de noche y lo cojo. En la pantalla leo el nombre de Megan.

> ¿Dónde estás? Te está buscando todo el mundo.
> Bray se está volviendo loco.

Me muerdo el labio.

> Estoy en Brooklyn. Cogí el último vuelo. Necesitaba irme.
> Lo siento. No te preocupes. Besos.

Me contesta inmediatamente.

> —¿Pero qué dices? ¿Brooklyn? ¿Cuándo vuelves? Besos.
> —Aún no estoy segura, Megs. Besos.

Apago el teléfono y lo dejo boca abajo. Luego me tapo hasta la barbilla.

¿Por qué habrá dicho que Braden se está volviendo loco? Es dolorosamente evidente que a ese chico solo le interesa el sexo.

Decido encerrar todos los hirientes recuerdos en una caja imaginaria y cierro los ojos mientras una sola lágrima resbala por mi mejilla y aterriza en la almohada.

Cuando me levanto la casa está en silencio. O casi. Al abrir la puerta de mi habitación puedo escuchar los suaves ronquidos que llegan desde el dormitorio de papá: nada nuevo.

Me ajusto un poco más mi antigua bata y bajo las viejas escaleras de madera en silencio. Por algún motivo nunca crujen. Una vez se lo pregunté a mamá y me dijo que las hadas habían venido y las habían convertido en unas escaleras silenciosas. Por lo visto, les dejó un pastel de chocolate al final del jardín en señal de agradecimiento.

Como tenía siete años, me lo creí. También estuve buscando a las hadas sin parar durante los siguientes seis meses. Como es evidente, jamás las encontré.

A la luz del día y ya en la vieja cocina, la diferencia de temperatura me asalta de repente y me estremezco cuando serpenteo en dirección a la tetera. Mientras el agua hierve miro el jardín y contemplo el débil sol de invierno que brilla entre las hojas.

Los recuerdos me asaltan con la intensidad de una ola de temporal. Se reproducen en mi mente como una película: uno tras otro. Y me olvido de respirar. Veo a mamá y a Abbi, a Pearce y a papá, sonrisas, la fiesta de princesas que me organizaron cuando tenía seis años, las flores que plantamos mamá y yo cuando tenía diez años, los dos rosales que papá plantó diciendo «dos rosales para mis dos preciosas chicas», todo.

Me apoyo sobre el mostrador y me presiono la sien con la otra mano. Las lágrimas asoman a mis ojos e intento inspirar profundamente para controlar la abrumadora sensación de pérdida que me recorre el cuerpo. Va aumentando más y más hasta que empiezo a tener la sensación de que me estoy ahogando. En mi cabeza se reproducen otros recuerdos más recientes. Y hay uno constante. Siempre el mismo, es lo único que veo.

Unos ojos de color azul eléctrico. Braden.

Me abandono al dolor. Me dejo ir y resbalo hasta el viejo suelo de piedra mientras la tetera alcanza el punto máximo de ebullición.

Brooklyn, California, da igual. El dolor siempre está ahí.

Capítulo cuarenta y dos

Braden

—¿*E*n Brooklyn? ¿Se ha ido a Brooklyn? —le grito a Megan dándole una patada a la barra de la cocina—. ¿Por qué?

—Porque no quiere estar aquí —responde con sencillez dando un sorbo de limonada.

—Muy lista, Meggy —le contesto—. ¿Cómo puedes estar tan tranquila? ¡Se ha ido a Brooklyn!

—Ya lo sé. Está en casa de su padre y está bien. Necesita...

—¡No te atrevas a decirme que necesita tranquilizarse! ¡Eso fue lo que me dijiste ayer por la noche y ahora ya no está aquí! Si me hubieras dejado ir tras ella...

—Habrías hecho alguna estupidez como empotrarla contra una pared y obligarla a escucharte.

Megan me mira con complicidad.

—Bueno —admito incómodo—, no es descabellado pensar que hubiera hecho algo así.

—Gracias.

—Pero eso no importa —protesto—. Lo que importa es que está en Brooklyn. Y yo estoy en California. ¿Cómo se supone que voy a decirle la verdad ahora?

—¿Y qué verdad es esa?

—Ya lo sabes, Megan. No me trates como si fuera tonto.

—¿Sabes qué, Bray? —Tiene los ojos azules muy claros y en ellos brilla una pizca de hielo—. No lo sé porque nunca has sido sincero conmigo cuando me hablabas de lo que sentías por ella. No has dejado de decirme mentiras. ¿Y ahora qué? Ahora sigo sin saberlo. Sé lo que veo, pero no lo que hay en realidad.

Suspiro y me siento en el taburete que hay junto al suyo apoyando los codos en la barra y la cabeza entre mis manos.

—La quiero. Estoy enamorado de ella.

Megan sorbe al succionar la limonada a través de la pajita con la que se la está bebiendo. Se levanta, me apoya una mano en el hombro y se acerca a mí.

—En ese caso más te vale tenerlo todo bien preparado para decírselo cuando vuelva.

Me da un beso en la cabeza y cuando se marcha oigo como se cierra la puerta principal. Aún es muy pronto y soy el único que está levantado.

También soy el único que ha pasado la noche en vela.

Me froto los ojos y miro el reloj. Las nueve de la mañana. Irse a la cama ahora no tiene ningún sentido, así que me levanto y pongo la cafetera en marcha.

—¿Hay suficiente para dos?

Me pongo tenso.

—Eso depende. ¿En tu coche hay espacio suficiente para dos?

—Así que ya lo sabes.

—No hace falta ser un puto genio para averiguarlo, Kyle. Maddie está en Brooklyn y tú te marchaste en coche cinco minutos después de que ella se fuera. Fuiste tú quien la llevó al aeropuerto.

—Ella me lo pidió.

—Me importa una mierda. —Me vuelvo para mirarlo y él da un paso atrás—. Me da absolutamente igual que se haya ido allí o cómo llegó hasta allí. Lo único que me importa es que esté allí y no aquí como debería. Maddie odia esa ciudad, así que me imagino que en este momento me debe odiar más a mí si prefiere estar allí que aquí.

Me vuelvo hacia la cafetera y pongo dos tazas sobre el mostrador con rabia. Las lleno y deslizo la de Kyle por la repisa.

—Vaya, vaya —dice cogiendo la taza.

—¿Qué?

—Nunca pensé que vería el día en que Braden Carter se preocupara más por una chica que por lo que hay en sus bragas.

Dejo la taza.

—Pareces sorprendido.

—Me sorprende que te preocupes por ella. ¿Pero me extraña que sea Maddie la chica que tanto te gusta? —Le miro y él niega con la cabeza—. No, tío. En absoluto. Por mucho que odie reconocerlo, se os ve muy bien juntos.

Yo resoplo.

—Ahora solo tengo que convencerla a ella.

—Tú no fuiste el único que jugó con los sentimientos de otra persona, Braden —Kyle coge la taza y se pone en pie—. Los dos decidisteis jugar con el otro y lo hicisteis. Tú no quisiste escucharla a ella cuando lo averiguaste y ahora ella no quiere escucharte a ti. Yo diría que estáis empatados, ¿no? —Arquea las cejas y pasa junto a mí dándome una palmada en el hombro.

Empatados.

—Oye, Kyle. —Me doy media vuelta—. Gracias, tío.

Me saluda y se marcha.

Empatados. Un nuevo nivel del juego. Solo que esta vez las apuestas son mucho más altas.

Porque ahora hay dos corazones en juego.

Doy golpecitos con el pie en la pared del porche con la mirada perdida. Ya hace una semana que salí corriendo de la residencia de Maddie y hasta ahora no pensaba que esto sería posible, pero la echo de menos.

La echo tanto de menos que me duele.

Pero ya no puedo colarme en la residencia para hablar con ella. Aún recuerdo demasiado bien lo que pasó la última vez. Y, sin embargo, ya no puedo hacerlo porque está en Brooklyn. En Brooklyn.

No quiero ni pensar en lo mucho que debe de haberle dolido volver allí, a enfrentarse a un dolor que odia tanto. Se marchó por mi culpa. Porque yo me fui corriendo y la hice sentir mal por haberme hecho exactamente lo mismo que yo le había hecho a ella.

Lo que le había hecho. Tanto si estábamos jugando como si no, en algún momento, ambos cosecharíamos el mismo resultado. En algún momento nos íbamos a enamorar. Porque, como me dijo Megan, el amor de tu vida puede estar justo delante de tus narices todo el tiempo.

Tengo diecinueve años. No pienso en amores para toda la vida.

Pero eso era antes. Luego Maddie me dejó entrar en su mundo. Tanto si quería hacerlo como si no, tanto si era un juego como si no, ella me dejó entrar en su vida. Y ayer por la noche lo vi en sus ojos. Para ella esto no era ningún juego y para mí ella es lo más real que me ha pasado en la vida.

Capítulo cuarenta y tres

Maddie

Después de limpiar toda la cocina para olvidarme del bajón de esta mañana, cojo mi taza de café con las dos manos y me dejo caer en una de las sillas. No tiene nada que ver con el Starbucks, pero por primera vez este año, no tengo la energía necesaria para caminar dos manzanas hasta la cafetería más cercana.

Oigo crujir el suelo del piso de arriba y pocos segundos después papá entra en la cocina. Ya está vestido, supongo que bloqueé todos mis sentidos mientras limpiaba.

—Buenos días, Maddie. —Me da un beso en la cabeza y se queda quieto mirando a su alrededor—. La cocina está muy limpia.

Encojo un hombro.

—Necesitaba hacer algo.

Me mira mientras se sirve un café. Coge cuatro pastillas de los frascos alineados detrás de la tetera y se las mete en la boca para tragárselas de un sorbo. Papá se acerca a la mesa y se sienta delante de mí para estudiarme con sus ojos gris azulado.

—¿Y qué? —le digo para romper el hielo—. ¿Siempre duermes hasta tan tarde?

Él carraspea.

—Ya te he dicho que las malditas pastillas me provocan insomnio. Así que últimamente duermo hasta tarde, sí.

Asiento.

—¿El médico no te ha dicho cuánto tardarán en desaparecer los efectos secundarios?

—Algunas semanas. Lo normal.

Sé que este tema es delicado para papá. Por mucho que odie vivir sin mamá, todavía le molesta más parecer débil. Para él la depresión es una señal de debilidad.

Pero no lo es. La depresión es un signo de fortaleza, significa que no importa lo débil que te parezca tu mente porque tu corazón sigue siendo lo bastante fuerte como para sentir.

—Pues entonces no es para tanto. Con suerte volverás a la normalidad dentro de algunas semanas.

Alargo el brazo y le doy una palmada en la mano. Ya empieza a tenerlas un poco arrugadas. Cuando me mira veo las pequeñas arrugas que le envuelven los ojos y las imprecisas líneas que le rodean la boca; en vez de arrugas deberían ser líneas de expresión.

—Estaré todo lo normal que puedo estar, Maddie —me contesta con tristeza, volviendo la mano bajo la mía para estrecharme los dedos.

Yo asiento con suavidad; sé que sus palabras son ciertas. Sin ella, él jamás volverá a ser la persona que era cuando estaba viva.

—Bueno, ayer no llegaste a explicarme por qué habías vuelto —me acorrala papá.

Yo esbozo una pequeña mueca.

—Ya te he dicho que te echaba de menos. Debes de sentirte muy solo.

—Puede que esté solo, Maddie, pero estar solo no significa que me sienta solo. —Le da un sorbo al café—. En realidad nunca estoy solo. Tu madre vive en mi corazón. Ella siempre está conmigo.

Parpadeo para contener las lágrimas que asoman a mis ojos.

—Pero buen intento, peque. —Me guiña un ojo—. Ya lo he entendido. No quieres hablar de eso ahora. Pero Maddie, antes de que vuelvas a Berkeley, hablaremos del tema.

Suspiro y deslizo el dedo por el borde de la taza.

—Claro, papá. ¿Sabes algo de Pearce?

Papá asiente con sequedad.

—Hace un par de días. Lo arrestaron por posesión de drogas cuando volvía. Estaba en el centro de Brooklyn a punto de parar un taxi y un policía olió lo que fuera que estuviera fumando. Ya sabes que no es su primer delito, Mads, así que está esperando a salir bajo fianza siempre que consiga que alguien se la pague. Me llamó para pedirme que la pagara yo, pero me negué. Ya va siendo hora de que dejemos de ir detrás de él.

Me lanza una mirada penetrante.

—Lo siento, papá —le digo con tristeza—. No quería que siguiera haciéndole daño a Abbi, ¿sabes? Por eso estaba en California, quería dinero para pagar sus deudas. Ya le mandé bastante dinero pensando que era para ti y me engañó una vez más.

—Tu madre siempre decía que no se puede ayudar a alguien que no quiere ayuda, pequeña. Por mucho que odie admitirlo, tu hermano es una de esas personas. Tendrá que salir solo de esta. Nada ni nadie puede sacar a ese chico del pozo en el que se ha metido.

Miro por la ventana en dirección al patio.

—Y nadie podrá enmendar sus errores.

—Exacto.

Llevo tres días aplazando esto. No sé por qué estoy aquí. Quizá sea por la cercanía, tal vez el motivo sea tan tópico que ni siquiera sé cómo explicarlo. Pero cuando paro el motor del coche de papá, me quedo mirando el enorme edificio blanco que se ha convertido en el nuevo hogar de mi mejor amiga.

Ni siquiera había planeado venir a Saint Morris, sencillamente he aparecido aquí. Me froto la frente, bajo del coche y cierro la puerta. La grava que se extiende hasta la entrada está tal como la recordaba y también la puerta de roble adornada con el mismo picaporte dorado mordido por el óxido.

Inspiro hondo, me atuso el pelo con las manos temblorosas y presiono el botón del interfono.

—Bienvenido a la institución Saint Morris. Por favor, diga su nombre y el de la persona a la que viene a visitar —me dice una voz.

—Me llamo Maddie Stevens y he venido a visitar a Abigail Jenkins.

Transcurren algunos segundos y la puerta emite un zumbido.

—Adelante, Maddie.

Las cálidas tonalidades de color melocotón que decoran el despacho de la entrada me rodean de un falso bienestar. Me acerco al mostrador y veo a una enfermera que conozco: la enfermera Jayne.

—¡Maddie! —Se levanta y me sonríe—. Hacía mucho que no te veíamos por aquí.

Me azota una oleada de culpabilidad.

—Estaba en la universidad, en California. Es la primera vez que vuelvo.

Jayne asiente como si lo comprendiera.

—Estoy segura de que Abbi ya lo sabe.

Me hace una señal con la mano para que la siga como si no me supiera ya de memoria el camino hasta su habitación, y me meto las manos en los bolsillos mientras la sigo.

—¿Está mejor? —le pregunto con cierta duda.

Jayne se queda callada un momento y enseguida interpreto su silencio como un no; me da igual lo que diga a continuación.

—Hay días mejores que otros. Creo que las sesiones de terapia del doctor Hausen la están ayudando, pero sigue estando muy deprimida. —Se vuelve hacia mí y me posa la mano en el hombro con delicadeza—. No come mucho y ha perdido mucho peso. Intenta no demostrar mucha sorpresa. Podrías asustarla y luego cuesta mucho volver a tranquilizarla.

Asiento. Ya conozco las normas. No debo disgustarla. No puedo hablar sobre Pearce. No debo tocar el tema de los chicos y el sexo. No puedo hacer nada de lo que debería poder hacer con ella.

Jayne llama a la puerta de la habitación número dieciocho y la abre un poco.

—¿Abbi? ¡Abbi, cariño, hoy tienes visita!

Su voz es muy animada y yo intento tragarme el pánico que me trepa por la garganta. Jayne suspira y se vuelve hacia mí.

—Hoy no tiene muchas ganas de hablar. No te ofendas si no te saluda. Ella ya sabe que estás aquí —susurra entrando en la habitación al tiempo que acaba de abrir la puerta del todo. Yo vuelvo a asentir sin decir tampoco una sola palabra y entro en el dormitorio de Abbi.

Mi madre y yo siempre intentamos que esta habitación se pareciera lo máximo posible a la de su casa. Recuerdo que le trajimos todas sus fotos, su armario y los animales de peluche que había ganado en las ferias. Incluso llegamos a traer su escritorio y lo pusimos en una esquina.

Abbi está sentada en un sillón mullido que hay junto a la ventana. Su melena rubia cuelga sin vida sobre sus hombros y tiene las manos posadas sobre el regazo con recato. Sus apagados ojos grises están clavados en las actividades que organizan fuera, pero ella nunca se une. Se le ve en los ojos que quiere hacerlo, pero el abrazo mortal de su depresión no se lo permite.

Acerco una silla a su lado y me siento.

—Hola, Abs. ¿Cómo estás?

Nada. Me siento encima de las manos.

—Tienes buen aspecto. —Estoy mintiendo. Todo es mentira: la alegría que me tiñe la voz, la apariencia exterior de relajación. Por dentro estoy temblando, me estoy desmoronando y no sé cuánto tiempo lo podré esconder. Quiero recuperar a mi mejor amiga. ¡Ya sé que es infantil, pero es lo que quiero, maldita sea!

»Jayne dice que estás mejor. He estado en la universidad, en California. Recuerdo que te expliqué que me iba. No está tan mal y tengo algunas amigas. —Vuelve la cabeza ligeramente hacia mí—. Pero no es como esto, ¿sabes? A veces añoro Brooklyn y también te echo de menos a ti. Me alegro de que estés mejor.

Estoy balbuceando. No paro de balbucear, pero no sé qué otra cosa hacer.

Mueve los dedos y vuelve a concentrarse en las actividades que se ven por la ventana.

—Esos de ahí fuera son tontos. Hace mucho frío. Estás mucho mejor aquí dentro tan calentita. —Me muerdo el interior de la mejilla—. ¿Has visto a tu madre últimamente? La llamé ayer y me dijo que estabas bien. Todo el mundo lo dice.

Abbi mueve un poco los labios y yo me inclino un poco.

—¿Qué dices, Abs?

—Fuera —susurra sin apartar los ojos del patio.

—¿Quieres salir?

—Por favor.

Su voz es tan débil que me tengo que esforzar mucho para oír lo que dice.

—Claro —le digo poniéndome de pie—. Deja que vaya a preguntarle a Jayne si…

—Tú —dice volviéndose para mirarme a los ojos—. Tú y yo, Maddie.

Inspiro hondo y asiento dejando que me rodee con los brazos. Se sostiene sobre sus débiles piernas y la acompaño hasta la puerta de la que cuelga un abrigo mullido. Luego la ayudo a ponérselo.

—Vamos a la sala de enfermeras para avisar a Jayne, ¿de acuerdo?

Recorremos el pasillo muy despacio. Abbi arrastra las zapatillas por el suelo de linóleo. Cuando llegamos, Jayne se sorprende al vernos.

—Abbi quiere salir —le digo con prudencia—. Quiere que la acompañe yo. No pasa nada, ¿verdad?

Jayne asiente con entusiasmo y esboza una enorme sonrisa.

—¡Claro que no! Apuntaré la hora en la pizarra. Avísanos cuando volváis para que podamos tacharlo. Pasadlo bien, chicas.

No sabía que alguien pudiera divertirse en un lugar como este.

—Venga, Abs. Vamos a tomar un poco el sol, ¿de acuerdo?

Cruzamos las puertas de cristal y al salir se cuela dentro una pequeña brisa invernal.

Abbi se detiene en cuanto salimos. Cierra los ojos y veo cómo inspira hondo. Me pregunto cuándo fue la última vez que salió.

—¿Adónde quieres ir?

Abre los ojos y mira un banco rodeado de rosales. Asiento y la ayudo a bajar los escalones. Ignoramos la actividad mientras cruzamos el césped. Me estrecho un poco más el abrigo y ayudo a Abbi a sentarse.

—Se está bien aquí fuera, ¿verdad?

Me agacho para sentarme a su lado.

Abbi asiente un poco y su melena se mece cuando mueve la cabeza.

—Me gusta el sonido —dice en voz baja.

—No me extraña.

Alargo el brazo para tocarle la mano. Ella me la estrecha con sus dedos huesudos.

—¿Cómo es la universidad?

Inspiro hondo y la miro. Tiene los ojos clavados en el grupo que se ejercita fuera y el único indicio de que sabe que estoy aquí, aparte de que está hablando conmigo, es que me tiene cogida de la mano.

—Es… es distinto al instituto. Allí hay menos clases y tenemos más tiempo libre. Y hay un Starbucks a la vuelta de la esquina. —Abbi hace una mueca con los labios—. Ya te he dicho que tengo algunas amigas, pero me encantaría que estuvieras allí.

Ella asiente.

—A mí también me gustaría. Habríamos quemado California, ¿verdad?

Me vuelve a mirar.

—Aún podemos hacerlo —le prometo—. Algún día tú y yo le demostraremos a California de lo que somos capaces. ¿De acuerdo?

Ella vuelve a hacer una mueca con los labios.

—Trato hecho, berberecho.

—Trato hecho, culo estrecho.

Sonrío al volver a escuchar una de las rimas que decíamos cuando éramos niñas.

—¿Quién es él?

Ladea la cabeza y clava los ojos en algún punto que encuentra por detrás de mí.

—¿Él? —le pregunto con indecisión.

—El motivo de que estés tan triste.

—Yo no estoy triste.

Ella asiente con los ojos desenfocados.

—Claro que sí. Ya me he dado cuenta. ¿Qué te ha hecho?

—En realidad él no ha hecho nada. Hemos sido los dos.

—¿Cómo se llama?

—Braden.

Asiente.

—Cuéntamelo.

—¿Estás se…?

—Cuéntamelo. Quiero saberlo, Maddie.

Inspiro hondo y desembucho toda la historia. Empiezo por el desafío y acabo con mi llegada a Saint Morris.

Cuando termino nos quedamos en silencio un momento y solo se oye el canto de los pájaros del otoño que brincan por el patio y el viento ululando a nuestro alrededor.

—¿Podemos volver? —me pide Abbi.

—Claro, Abs. Vamos.

Volvemos a su habitación deteniéndonos un momento en el despacho de las enfermeras para avisar a Jayne. Luego ayudo a Abbi a quitarse el abrigo y a sentarse de nuevo en el sillón.

—Tú le quieres —dice Abbi con decisión acomodándose entre los cojines. Vuelve a mirar por la ventana.

—Sí —admito de pie junto a ella.

—Pues díselo —responde con sencillez—. A veces hay que decírselo a la gente porque no siempre lo saben. Es una pequeña palabra cargada de significado. A veces el amor es lo único que necesita, incluso cuando crees que no. A veces solo hay que, simplemente, decirlo.

Me esfuerzo por reprimir las lágrimas que me asaltan porque no quiero llorar delante de ella.

Me inclino hacia delante y le doy un beso en la cabeza.

—Te quiero, Abbi.

—Te quiero, Maddie.

—Hasta pronto —consigo decirle con la garganta apelmazada mientras me marcho en dirección a la puerta. Cuando la abro, Abbi vuelve a estar perdida en un mundo en el que el dolor es la única constante. Me alegro de haberle dado la libertad que necesitaba tan desesperadamente.

Paso a despedirme de Jayne, pero luego vuelvo corriendo al coche. Abro la puerta y subo cerrando de un portazo.

Y entonces me dejo vencer por las emociones. Las lágrimas escapan de mis ojos y apoyo la cabeza en el volante mientras me agarro a él con fuerza. Las lágrimas aterrizan sobre mis piernas y sé que Abbi tenía razón. Incluso en su estado, mi mejor amiga tiene más sentido común del que tengo yo estando mentalmente sana.

«Díselo». No es tan fácil, ¿pero qué pasaría si lo hiciera? ¿Eso me convertiría en Abbi?

Quizá huir ahora haya sido lo mejor. Un mes más, quizá un poco más, y habría acabado siendo dependiente. Pero Braden no tiene nada que ver con Pearce y lo sé.

Además, si fuera tan malo yo no estaría sufriendo tanto.

Capítulo cuarenta y cuatro

Braden

*E*s jueves por la noche y algún imbécil —no sé quien—, ha decidido celebrar una fiesta en la casa de la fraternidad. Apostaría todo mi dinero a que ha sido Aston. Lleva intentando que abandone lo que él llama «mi absurdo comportamiento» desde que Maddie se marchó.

Pero las cosas no funcionan así.

Ya lleva cinco días en Brooklyn. Y cada día que pasa allí, no está aquí. Ya sé que lo que acabo de decir es una evidencia estúpida, pero es que quiero que esté aquí.

Quiero que esté delante de mí para poder cogerla de las mejillas y limpiarle las lágrimas. Quiero abrazarla, prometerle el mundo y disculparme por todo. Quiero saber que ella siente lo mismo por mí. Quiero saber que para ella tampoco ha sido un juego.

La peor parte es que volvería a jugarlo si eso significara poder disfrutar de unas cuantas semanas de la felicidad que compartíamos.

—Lo siento, pero no me interesa.

Empujo a otra chica con suavidad para quitármela de encima. Hace pucheros y saca pecho al tiempo que agita las pestañas. Yo suspiro y niego con la cabeza mirando en dirección a donde está Megan tomando chupitos con Kay. La chica que me iba detrás desaparece.

Megan tropieza con mi mirada y sonríe con tristeza. Me levanto y voy hacia ella.

—¿Has hablado con ella? —le pregunto esperanzado. Ella vacila—. ¡Megan!

Asiente.

—Hoy.

—¿Y?

—Vuelve mañana —me contesta en voz baja—. Ya ha hecho todo lo que quería hacer.

—¿Y eso qué significa?

Kay me mira alzando una ceja.

—No sé qué derecho tienes a hacer esa pregunta, Carter.

La miro.

—Y yo no entiendo qué derecho tienes tú a ponerte borde conmigo teniendo en cuenta que eres una de las responsables de que los dos estemos hechos una mierda y de que Maddie esté en Brooklyn.

Aparta la mirada avergonzada y Megan esboza una mueca.

—Meggy, ya sé que tú nunca...

—Pero lo hicimos —me interrumpe—. Te hemos hecho daño, os lo hemos hecho a los dos. Si hay algún culpable somos nosotras, Ryan y Aston. Ellos también tienen que aceptar su parte de culpa. —Frunce el ceño mirando por encima de mi hombro—. En especial Aston.

Yo no quiero ni mirar.

—Supongo que todos tenemos parte de culpa. —Me encojo de hombros—. Solo espero que pueda compensárselo cuando vuelva. Siempre que quiera hablarme.

—Eso será si quiere verte —me recuerda Kay—. Solo es una observación. Antes no quería verte.

—Gracias, Kay —le suelto y me doy media vuelta para abrirme paso por la cocina en dirección al patio.

Ignoro a una pareja que se está enrollando contra la pared, bajo el porche de un salto y me encamino hacia los árboles que crecen al final del césped. Me apoyo en uno, saco el teléfono del bolsillo y voy bajando el cursor por los números hasta que encuentro el suyo. Mi dedo se queda un rato suspendido sobre el botón de llamada, pero al final me decanto por mandarle un mensaje. Escribo unos cuantos y los borro todos optando por quedarme con dos palabras, dos palabras secundarias, porque soy demasiado cobarde como para enviarle las verdaderas: te añoro.

Capítulo cuarenta y cinco

Maddie

*E*ntierro mis pensamientos sobre Braden en el fondo de mi mente y tiro de la maleta escaleras abajo. He pasado unos días extraños en casa, plagados de emociones y cavilaciones. Y lo peor aún está por llegar, porque aún no le he explicado a papá el motivo por el que decidí presentarme en casa por sorpresa. Y sé que está a punto de averiguarlo.

—Espero que tengas un buen viaje de vuelta a casa, Maddie —dice papá abrazándome con fuerza.

—Ya estoy en casa, papá. Solo vuelvo a la universidad —le contesto desembarazándome de sus brazos.

—Qué va, cariño. Tu hogar siempre estará donde esté tu corazón. Y me parece que dejaste tu corazón en California. En la universidad de California para ser exactos.

Yo le miro entrecerrando los ojos.

—¿Qué?

—No hay que ser ningún genio para darse cuenta de que te has enamorado y has huido, Maddie. Tú madre hizo exactamente lo mismo cuando éramos jóvenes. ¿Pero sabes qué, Mads? Tienes que luchar por el amor, porque no es algo tan fácil de encontrar, por lo menos el amor verdadero. No sé quién es el chico ni lo que habrá pasado, pero huyendo no solucionarás las cosas, cariño. —Me coge de la barbilla y me levanta un poco la cabeza—. La realidad de la vida es que no importa lo que te ocurra, ya sea una pérdida, un corazón roto, la felicidad o el amor, esas emociones son tan intensas que te seguirán a cualquier lugar al que vayas. Puedes marcharte al fin del mundo si quieres, pero el amor te seguirá hasta allí. No es ni un lugar ni un recuerdo, no tiene nada que ver. El amor es algo que uno lleva dentro, algo que solo tú puedes sentir, porque tu amor es tuyo. Jamás podrás dejarlo atrás. Puedes cruzar el país de punta a punta, atravesar océanos o viajar hasta la luna y ese amor seguirá ahí, acurrucado en un rincón oscuro de tu corazón esperando a que lo aceptes.

Entonces se oye el sondo de una bocina fuera de la casa.

—No escapes de él, Maddie, porque huir jamás benefició a nadie. Es posible que yo ya no sepa muchas cosas, pero conozco el amor. Eso me lo enseñó tu madre, y también te lo enseñó a ti. —Se le llenan los ojos de lágrimas y sé que al mirarme la está viendo a ella—. Ella te dejó su espíritu, cariño, te lo dejó en todos esos recuerdos y en ese amor. Ella te diría que volvieras y te entregaras a ese amor con los brazos abiertos. Quienquiera que sea ese chico tiene mucha suerte de que te hayas enamorado de él; asegúrate de hacérselo entender. —Me da un beso en la frente—. Sigue adelante. Tu taxi te espera. Llámame cuando llegues.

Asiento con la garganta obstruida por la emoción. Mamá, Braden y el amor en una sola frase es un concepto demasiado intenso como para digerirlo de una sola vez. Literalmente.

Le doy un último abrazo a papá y un beso en la mejilla antes de llevarme la maleta arrastrando de la casa que he amado toda mi vida. Abro el maletero del taxi para meterla dentro y luego me acomodo en el asiento de atrás. Miro por la ventana y cuando el taxi arranca me despido de papá con la mano.

Me marcho de una casa; ya estoy lista para la otra.

Hay una gran diferencia de temperatura entre Brooklyn y California. Cuando por fin estoy de nuevo instalada en mi habitación me alegro mucho de poder ponerme unos shorts y una camiseta sin mangas. Me recojo el pelo en un moño y decido que ya iré a la lavandería mañana. La diferencia horaria me afectará durante todo el día.

La verdad es que ahora mismo lo único que quiero es echar una siesta.

Se abre la puerta y Lila entra corriendo en la habitación

empujándome hasta la cama. Me abraza con fuerza mientras susurra lo contenta que está de que haya vuelto, se alegra de que esté bien y lamenta haber sido la culpable de empezar todo este lío.

Nada de siesta.

Le doy una palmada en la espalda.

—¿Lila? Lila, me estás aplastando.

—¡Oh, Dios mío! ¡Lo siento! ¡No me he dado cuenta! —Se aparta de mí y rebota sobre la cama sentándose a mi lado. Yo me incorporo—. ¿Cuándo has llegado?

—¿A California o a esta habitación?

—Aquí, aquí.

—Hará unos cinco minutos.

—¡Y yo te he asaltado! Oh, Dios. —Niega con la cabeza para sí misma—. Solo quería verte la primera. Quiero disculparme por, ya sabes…

—No pasa nada, Lila.

—Claro que pasa. Desde luego que pasa. Quiero que sepas que le he dado una buena bronca a Ryan por haber montado toda esa estrategia. No ha estado nada bien.

—Nosotras hicimos lo mismo, Lila. Por eso me marché. En realidad lo que hicimos nosotras no fue muy distinto.

Sonrío con tristeza.

—Bueno. —Se queda callada un momento—. Supongo que no, pero lamento que te enteraras de esa forma.

Frunce los labios.

—No pasa nada. Ya lo he superado.

—¿Ah, sí? —Alza las cejas.

—Bueno, la verdad es que no. —Niego con la cabeza—. Pero puedo fingir que sí, ¿verdad?

—Pues finge y ven a la fiesta mañana por la noche.

—Sinceramente, Lila, ¡dale un poco de espacio! —exclama Megan cerrando la puerta de una patada.

No sabía que se había quedado abierta.

Levanto los ojos para mirar a mi amiga rubia.

—Hola, Megs.

—Me alegro mucho de que hayas vuelto. —Me abraza con fuerza y yo le devuelvo el gesto—. Pero no te atrevas a volverte a escapar de esta forma, ¿me has oído bien, Maddie Stevens? ¡No te vuelvas a escapar así! Nos cagamos en las bragas, de verdad, ¡nos cagamos de verdad! ¡Pensaba que te había secuestrado un asesino en serie o algo así!

—El único asesino en serie con el que me he cruzado ha sido mi padre. La leyenda dice que ha llegado a destrozar una o dos cajas de *cornflakes*.

Sonrío y ella me mira reprimiendo una sonrisa.

—Bueno, me alegro de que hayas vuelto. ¿Te ha dicho Lila que mañana por la noche hay una fiesta? —Se sienta en la cama de Kay.

—Ah… sí. Pero no creo que vaya. —Me muerdo el labio—. Me parece que no estoy preparada.

—Ya han pasado dos semanas. Tendrás que encontrarte con él en algún momento —dice Lila con suavidad—. Aunque me imagino que no quieres verlo.

—Exacto, Lila. No quiero verlo. No voy a ir. Aún no. Necesito un poco de tiempo. Necesito tiempo para procesar todo lo que ha pasado en Brooklyn. Por lo menos concededme eso.

—Está bien —resopla—. Pero tienes que volver a clase de Literatura. No puedes seguir saltándotelas por él.

Acaricio un hilo suelto de mi camiseta con el dedo.

—Está bien, de acuerdo. Iré a clase de Literatura.

Capítulo cuarenta y seis

Braden

*E*l sábado por la noche recorrí la casa de la fraternidad con los ojos un millón de veces, pero no la vi por ninguna parte. Está aquí, pero no vino. Aunque está aquí, en California.

Mi Maddie ha vuelto a California.

Y estoy empleando hasta la última gota de mi autoestima para no ir corriendo hasta su residencia como si me ardiera el culo. Porque, como dijo Megan, probablemente acabaría empotrándola contra la pared y eso no puede ser bueno.

Estoy en clase de Literatura, me tiembla la pierna y mis ojos vuelven a recorrer la clase. No puedo evitarlo. No apareció antes de marcharse. Quiero que lo sepa. Necesito verla.

Se abre la puerta y entra Aston. Cruza la clase y se sienta a mi lado.

—Ya viene.

Asiento y clavo los ojos en la puerta. Si ya viene debería estar aquí en…

Ya.

Ya está aquí. Megan tiene el brazo entrelazado con el suyo, pero Maddie sonríe. Es una sonrisa débil y me odio a mí mismo por ello. Me agarro con fuerza del escritorio y aprieto los dientes. Aston me da una patada.

La melena de Maddie le oculta el rostro y no puedo verle la cara. Ella se sienta sin establecer contacto visual conmigo. En realidad no ha dirigido la mirada hacia esta zona en ningún momento y no puedo fingir que no me duele porque sí, me hace daño.

La miro durante toda la clase en lugar de prestar atención. ¿Cómo voy a concentrarme en algo que no sea ella? Maddie es lo único que existe para mí en este momento. Lo único que existe es todo lo que podría y debería haber entre nosotros.

Cuando termina la clase me abro camino hacia su mesa y las alcanzo cuando se marchan. Aston niega con la cabeza, pero me da igual. Tengo que hablar con ella.

—Meggy. —Le hago un gesto con la cabeza y luego miro a la persona a la que he venido a buscar en realidad—. Maddie.

Ella mira hacia delante pegándose un libro al pecho.

—Braden —dice en voz baja.

—¿Qué tal por Brooklyn?

—Púes… bien, gracias. ¿Cómo estás?

—Estoy… —Capto la mirada de advertencia que me lanza Megan—. Supongo que estoy bien.

Ella asiente con suavidad.

—Tengo que…

—Claro. —Les abro la puerta de la clase y me dan ganas de arrancarla de las bisagras—. Nos vemos luego.

—Sí, nos vemos —susurra, y se marcha a toda prisa. Megan me mira mal y me señala con el dedo.

—Era lo último que necesitaba —sisea.

—Necesitaba verla, Meggy. —La miro a los ojos y se le enternece la mirada—. Necesitaba hablar con ella. Está… Está bien, ¿verdad?

Suspira y se le relaja todo el cuerpo.

—No sé qué pretendes que te diga, Bray. Pero si te hace sentir mejor, sí, está bien.

—¿Y si no me hace sentir mejor?

Aprieto los dientes.

—En ese caso sigue estando bien.

Se da media vuelta y corre tras Maddie.

Se me escapa un sonido de incredulidad y enfado. Aston agarra la puerta para impedir que la cierre de un portazo y me lanza una mirada penetrante.

Pues sí, todo lo que tiene que ver con Maddie me vuelve un poco loco.

Y

Evito la cafetería como a la peste porque sé que ella estará allí. Verla ha sido más doloroso de lo que creía. Y en vez de ir como hago normalmente, vuelvo a la casa de la fraternidad. Dejo la mochila en el suelo y me tumbo en la cama entrelazando las manos detrás de la cabeza.

Tenía grandes planes para conseguir que hablara conmigo. Estaba decidido a lograr que me escuchara y que comprendiera que la quiero, pero entonces… La veo y todo eso desaparece porque ya no quiero hablar con ella.

Quiero agarrarla. Quiero abrazarla y acariciarle el pelo. Quiero besarle las comisuras de los ojos y no soltarla jamás. Porque es mía.

Maldita sea, Maddie Stevens es mía. Y punto. Es mía y siempre lo será.

Ella siempre será mía y yo siempre seré suyo.

Capítulo cuarenta y siete

Maddie

Ya han pasado dos días desde que hablé con Braden después de la clase de Literatura y aún no me he recuperado. ¿Dónde diablos se ha metido mi capacidad de recuperación? Supongo que se le habrán roto los muelles. La he utilizado tantas veces que se ha cansado de levantar mi culo del suelo cada vez que me caigo.

Esta vez lo tendré que hacer sola. Esta vez tendré que recomponerme yo sola y salir de este pozo emocional en el que parezco haber caído.

También necesito lograr que me crezcan un par de narices para poder ir a la casa de la fraternidad a buscar los libros que dejé allí, porque mirar la casa con tristeza desde la ventana de mi habitación no me los va a devolver. Pero ver a Braden en una clase es una cosa y verle en la casa de la fraternidad, en su casa, en su habitación...

¿Podré enfrentarme a eso?

Si fuera, ¿volvería más herida de lo que estoy ahora?

No, no, no estoy herida. Soy fuerte, como él dijo. Y puedo ir hasta allí. Puedo hacerlo.

Me pongo las deportivas, me paso los dedos por el pelo con nerviosismo y cierro la puerta de la habitación. El sonido de mis pasos parece retumbar en el pasillo vacío mientras voy bajando lentamente las escaleras. Me estremezco a pesar del cálido aire de la tarde y me rodeo el cuerpo con los brazos.

Me paro un momento en la acera junto a la casa de la fraternidad y se abre la puerta. Es Kyle.

—¿Maddie?

Frunce el ceño y me vuelve a mirar para asegurarse de que soy yo.

—Yo, hum… ¿Está Braden? —pregunto en voz baja.

—Sí. Pensaba que…

—No. Es que me dejé unos libros. —Bajo la mirada—. Los necesito.

—Claro. Dame un minuto y te los bajo.

Asiento y oigo como se cierra la puerta. Me muevo incómoda flexionando las rodillas y estudio las grietas de la acera.

Hubo un día en que fue perfecta y estuvo libre de imperfecciones, pero ahora está agrietada y rota. Igual que yo.

—¿Maddie? —La voz de Braden es vacilante. Es un tono que jamás le había oído emplear.

—Hola.

Levanto la mirada y finjo una sonrisa. Disimulo el ritmo acelerado de mi corazón y el temblor de mis manos.

—Te he bajado los libros. —Da un paso adelante y me los alcanza. Yo aprieto los dientes y alargo el brazo maldiciendo el temblor de mis manos—. ¿Tienes frío?

—Un poco. Creo que el cambio de clima me ha puesto enferma —miento—. Debería volver.

Me pego los libros al pecho y hago ademán de marcharme.

—¿Estás bien? Tu padre… ¿Está bien?

Preferiría que no le importara.

—Sí, estoy bien. Papá está bien. —Esboza una pequeña sonrisa y cometo el error de mirarle a los ojos—. ¿Qué?

Suspira.

—Estás mintiendo.

—¿Por qué te iba a mentir? Estoy bien, Braden. Igual que tú. —Las palabras suenan vacías incluso a mis propios oídos—. Necesitaba irme y ahora he vuelto. Estoy bien. Estoy segura de que tu vida vuelve a ser igual que era antes de que los dos empezáramos estos juegos.

—Te equivocas.

Da un portazo y baja los escalones. Yo doy un paso atrás.

—Braden…

—No es como era antes de ti, Maddie. En absoluto. Es posible que esté igual de solo y sea igual de patético, pero no es lo mismo porque jamás volverá a haber nadie como tú. Es imposible. —Se detiene delante de mí y baja la mirada. Tiene los puños apretados a ambos lados del cuerpo—. Tú eres la única. No hay nadie más. Y sin ti nada tiene sentido. Sin ti...

Se le escapa un rugido y me toca la cabeza enterrándome los dedos en el pelo. Yo me trago el nudo que se me ha hecho en la garganta y reprimo las lágrimas.

—Sin mí tu vida es mejor —espeto y doy un paso atrás dando media vuelta y echando a correr por la carretera.

—¡Sin ti todo es una mierda, cielo! —grita en mi dirección—. Tú le das sentido a todo. Tú haces que cada día valga la pena, ¡así que te equivocas! Mi vida anterior fue lo que viví antes de que fueras mía. ¡Pero ahora que has sido mía y te he perdido, nada volverá a ser comparable a eso, Maddie!

Niego con la cabeza, acelero y lo dejo allí parado. Las lágrimas resbalan libremente por mis mejillas e hipo y sorbo tapándome la boca con las manos. Tecleo el código de entrada a la residencia y subo las escaleras de dos en dos.

Cuando llego arriba se abre la puerta de mi habitación y Kay extiende los brazos hacia mí. Yo dejo caer los libros al suelo y me dejo engullir por su reconfortante abrazo.

—¡Estoy harta! —grita Lila lanzando el bolígrafo contra la pared que tengo detrás—. ¡Estoy harta!

—¡Cállate! —Megan le hace una peineta. Murmura para sí mientras garabatea algo en el libro que tiene delante—. De acuerdo, ya puedes seguir.

—Muy amable —espeta Lila. Luego vuelve los ojos hacia mí—. Tú, ¡estoy harta!

—¿De mí? ¿Y yo qué he hecho? —Miro a Megan y ella se encoge de hombros.

—¡Convertirte en una arrastrada! —exclama Lila—. Estoy muy harta. Ya no lo aguanto más. ¡Voy a conseguir poner una sonrisa en esa cara aunque sea forzada!

—Estoy bien, Lila. —Vuelvo a concentrarme en el portátil que tengo delante—. De verdad. No hace falta que me claves los dedos en las comisuras de la boca y tires de ellas hacia arriba.

—Mentirosa. Y será mejor que no me tientes, Maddie Stevens, porque lo haré —me amenaza.

—No me cabe ninguna duda —le contesto con sequedad. Megan se ríe.

—Mañana por la noche hay una fiesta en la casa de la fraternidad. Y tú vas a ir.

—De eso nada.

—Ya lo creo que sí.

—No pienso ir, Lila. Y no es por Braden ni por tener que verle. Sencillamente no quiero ir, ¿entendido? Me tengo que espabilar con todo el trabajo que me perdí la semana pasada. Tengo que ponerme al día.

—¡Tonterías! —grita Megan lanzando el bolígrafo desde la otra punta de la habitación—. ¡No me lo trago! Ya te has puesto al día. Lo que peor llevabas era lo de Literatura y ya lo tienes controlado. ¡Solo son excusas!

—No son excusas —me defiendo sin convicción.

—Solo porque no quieras verlo no... —empieza a decir Lila.

—Esta semana ya le he visto cuatro veces y he hablado con él en dos ocasiones. —Alzo las cejas—. No me importa ver a Braden Carter.

Aprieto los dientes.

Lila niega con la cabeza.

—Sigues sin querer verle.

Suspiro.

—Sí que quiero verle. —Aparto la mirada de ellas—. Pero después de lo que pasó en la puerta de la casa de la fraternidad, tengo miedo de que cuando le vea me den ganas de besarle en lugar de darle una patada en los huevos como me gustaría.

Encojo un hombro y Megan se ríe.

—Entonces tienes que venir, porque las dos opciones pueden ser muy divertidas.

—Me vais a obligar a ir, ¿verdad?

Las miro alternativamente.

—Maddie, cariño —empieza a decir Lila con un tono más dulce—. Yo te quiero, pero ya han pasado tres semanas. No pienso dejar que sigas deprimida. Vas a venir.

Y supongo que eso pone punto final a la discusión.

Capítulo cuarenta y ocho

Braden

Cojo una cerveza de la nevera de la cocina y me voy al salón para sentarme en un rincón junto a Aston y Ryan. Ninguno de los dos dice una sola palabra. ¿Qué pueden decir? Todos esperamos que Maddie aparezca esta noche con las chicas. Megan y Lila la van a arrastrar hasta aquí porque Lila está harta de, y cito textualmente, «esa maldita expresión deprimente que lleva todo el día en la cara».

Supongo que esta noche los dos estaremos aquí a la fuerza, porque yo preferiría estar en cualquier otro sitio menos aquí.

Le doy un buen trago a la cerveza y lo engullo con avidez mientras espero. Aunque no sé qué estoy esperando.

Quizá esté esperando a que Maddie pose sus preciosos ojos verdes sobre los míos. Puede que esté esperando escuchar su risa y volver a verla sonreír. Tal vez esté esperando la oportunidad de poder acercarme a ella —de una forma lo menos cavernícola posible— y simplemente... Verla. Sin gritarle lo miserable que es mi vida sin ella. Sé que puedo hacerlo.

La casa se va llenando mientras los chicos y yo seguimos sentados en silencio. No vuelvo a tocar la cerveza. Esta noche no tengo ganas de emborracharme. Lo único que quiero hoy es...

Oigo risas en la cocina.

Joder.

Ese sonido me atraviesa el corazón.

Ryan me mira con lástima y Aston ni siquiera me mira. Clavo los ojos en el suelo y hago girar el botellín de cerveza intacto entre mis dedos. ¿Cómo puedo disfrutar de esta estúpida fiesta cuando la única persona que puede conseguir que la disfrute está riendo en la otra punta de la casa? Una cosa era estar aquí sin ella, pero saber que está aquí... Saberlo me hipersensibiliza.

Vuelve a reír y yo aprieto los dientes volviéndome con aspereza para mirarla. Está al lado de Kyle y él le rodea los hombros con el brazo. ¿Qué narices...?

Maddie levanta la mirada rápidamente. Sus ojos verdes se encuentran con los míos por una milésima de segundo, lo suficiente como para que pueda ver la tristeza que anida en ellos. Quizá yo sea el motivo de que esté tan triste, pero no pienso dejar que sea ese imbécil quien consuele a mi chica. Dejo el botellín sobre la mesa dando un buen golpe al soltarlo y cruzo el salón en dos zancadas.

—Disculpa —digo a pesar de que en realidad no me importa.

Cojo el brazo de Maddie y la aparto de Kyle ignorando las quejas del chico y la arrastro por la cocina.

—¡Braden, suéltame! —grita intentando soltarse—. ¡Braden, te estás comportando como un capullo!

—¡Me importa una mierda!

Me detengo y la agarro de la cintura para colgarla sobre mi hombro. Ella grita y empieza a golpearme en la espalda retorciéndose y dándome patadas mientras me la llevo escaleras arriba.

—¡Suéltame! ¡Ya estás otra vez en plan cavernícola! —aúlla.

Abro la puerta de mi habitación, entro y la dejo dentro. Luego cierro de un portazo y me meto la llave en el bolsillo.

Me vuelvo hacia ella intentando mantener la calma.

—¡Eso es porque eres mía y no pienso quedarme sin hacer nada mientras tú te ríes con él allí abajo! ¡No eres suya, Maddie! ¡Nunca lo has sido y nunca lo serás!

—¡Yo. No. Te. Pertenezco! —sisea señalándome con el dedo—. Es posible que fuera tuya hace unos días, pero eso se acabó. ¿Te acuerdas?

—Si eso es lo que quieres creer, cielo, créetelo.

—¡No es lo que quiero creer! ¡Lo sé!

—¿Te has mirado a los ojos, Maddie? —cruzo la habitación,

me paro delante de ella y la miro—. Esos ojos me cuentan una historia completamente diferente. ¿Por qué no podemos dejar de jugar de una vez?

—El juego se acabó —dice con acritud—. Ambos ganamos, Braden. Y ahora se ha acabado. —Suspira—. No sé qué se supone que debería decirte. Y al margen de cómo nos sintamos, todo ha terminado. Lo nuestro ha acabado. Ya no soy tuya. ¿Lo entiendes? ¡No. Soy. Tuya!

—¡Pero yo sí soy tuyo! —Le sujeto la cara y se la echo hacia atrás para obligarla a mirarme a los ojos—. Soy tuyo, Maddie. Siempre lo he sido y siempre lo seré. Tuyo. ¿Lo entiendes? ¿Lo? ¿Entiendes? ¡Siempre seré tuyo!

Se le separan un poco los labios, pero no dice nada.

—¿Lo ves? —la provoco—. Puedes resistirte todo lo que quieras, Maddie. Pero tú y yo siempre nos perteneceremos el uno al otro. Y tanto si te gusta como si no, yo soy tuyo.

Capítulo cuarenta y nueve

Maddie

*P*or dentro estoy completamente acelerada. Tengo el corazón desbocado, la sangre ruge por mis venas y la adrenalina se está adueñando de hasta el último rincón. Estoy muy enfadada y, sin embargo, estoy destrozada. Y le deseo.

Pero por fuera estoy helada.

—No —digo apartando la mirada de sus ojos.

—Sí.

Su voz me suplica que le crea, que comprenda que aún me desea.

Que me quiere.

—Hemos jugado los dos —dice con suavidad—. Los dos, Maddie. Los dos teníamos la misma meta y los dos la conseguimos. ¿Aún no lo comprendes? Me enamoré de ti, cielo. De hecho, sigo enamorado de ti. ¿Qué creías que pasaría? ¿Creías que te dejaría salir de mi vida como si no significaras nada?

Asiento.

—¡Joder, Maddie! —Me suelta y se da media vuelta frotándose la cara. Se me escapa una lágrima—. ¿De verdad pensaste eso? ¿Creías que dejaría que un día lo significaras todo y al día siguiente ya no fueras nada? Porque eso es lo que eres. Eso es lo que has sido. Todo. Lo eres todo.

Se acerca a mí y me vuelve a coger la cara. Me echa la cabeza hacia atrás hasta que mis ojos llenos de lágrimas se encuentran con su mirada azul que de repente se vuelve extrañamente oscura.

—Quizá esto es lo que tendría que haberte dicho el otro día. Ya sabes que no se me dan bien estas cosas. Tuve que buscar en Google adónde te podía llevar en nuestra segunda cita, por el amor de Dios. —Esbozo una débil sonrisa—. Esto no es lo mío, Maddie. He metido la pata a lo grande y es muy probable que no sea la última vez. Quizá gritarte lo horrenda que es mi vida sin ti no fue la mejor elección, pero la verdad es que sin ti me siento perdido. No puedo olvidarme de esto, Maddie, y no pienso hacerlo. Puedes correr todo lo que quieras, pero te alcanzaré todas las veces que haga falta, y cuando lo consiga intentaré demostrarte lo bien que estamos juntos.

Se me escapa otra lágrima y él agacha la cabeza para borrarla con un beso. Luego apoya la frente sobre la mía.

—Te quiero, cielo. No puedo quedarme ahí y verte con Kyle como si todo fuera bien porque no es cierto. La única forma de que todo vaya bien es que estés a mi lado. Quizá suene retorcido, pero tú y yo somos perfectos el uno para el otro.

Yo me río y sollozo al mismo tiempo.

—A mí no me gusta Kyle de esa forma. Y él ya lo sabe.

Me deshago en lágrimas y Braden me abraza. Le rodeo la cintura con los brazos y pego la cara a su duro pecho.

—Te quiero —susurro entre lágrimas—. Pero tengo miedo, Bray. Tengo miedo de que todo lo que creo saber sobre nosotros sea falso. Tengo miedo de que salga mal.

—Yo no soy Pearce —me dice al oído—. No soy como él. Yo nunca te haré daño, no te controlaré ni te mentiré. Ya no lo haré más —añade sobre lo de mentir.

—Lo hicimos los dos. Los dos mentimos. Los dos nos equivocamos —admito con tristeza.

—Pero eso te trajo a mí, Maddie. Y algo que consigue eso no puede ser un error.

Le miro y él me besa con suavidad. Yo me pongo de puntillas y le beso con un poco más de intensidad.

—Eres mía, Maddie. —Sus ojos azules se están aclarando y el azul eléctrico que tan bien conozco empieza a volver—. Siempre serás mía. —Me limpia las lágrimas de las mejillas con suavidad.

—Tuya —acepto sabiendo que no me queda otra salida. Subo las manos y le agarro del cuello de la camisa para atraerlo hacia mí—. Pero eso significa que tú eres mío.

—¿Te vas a poner en plan cavernícola? —dice con una sonrisita en los labios.

Sonrío. Es la primera sonrisa genuina que consigo esbozar desde que vi a papá.

—Yo, Maddie. Braden, mío.

Le vuelvo a besar.

Me rodea con los brazos y empezamos a desplazarnos de lado en dirección a la cama. Me giro agarrándolo y le empujo hasta que se deja caer sobre el colchón. Luego me tiro encima de él y me siento a horcajadas mientras el vestido me trepa por los muslos. Braden me acaricia las piernas y desliza los pulgares por la cara interior de mis muslos.

Entierro los dedos en su pelo y me agarro a él con fuerza besándolo como si me fuera la vida en ello.

Mi pasado ya no importa. Puede que siga atormentándome y sé que siempre seguirá en mi cabeza y en mi corazón, pero no puedo dejar que siga controlándome. Si dejo que me controle, también gobernará mi relación.

Quizá nuestro amor no dure para siempre. Nuestro primer amor no siempre es el último. No puedo predecir dónde estaremos dentro de cinco, diez o incluso quince años, pero no puedo dejar que mi pasado dictamine mi futuro. Mi pasado me ha convertido en la persona que soy hoy y ser consciente de eso significa que puedo abandonar todas mis dudas y aferrarme a lo que tengo. Puedo desprenderme de los recuerdos de mi hermano y agarrarme a Braden todo lo fuerte que él me deje.

Porque a veces dejarse ir es la clave para resistir.

Epílogo

Braden

*D*esde que hace ya dos días arrastré a Maddie hasta mi habitación con unos modales que harían las delicias del mismísimo Pedro Picapiedra, apenas se ha apartado de mí. Brooklyn estaba demasiado lejos, muy lejos, y no pienso darle la oportunidad de volver a escapar.

¿Paranoico? Es posible, pero cuando lo tienes lo tienes. Y yo lo tengo.

Se abre la puerta y Maddie entra en la habitación. Se tira en la cama y se sienta delante de mí sonriéndome como una loca. Le brillan los ojos, tiene las mejillas sonrosadas y el pelo revuelto. Me hace recordar la maravillosa sesión de sexo que acabamos de compartir y la agarro de la cintura, me tumbo y la coloco encima de mí.

—¿Sabes qué? —dice con la voz teñida de excitación y felicidad.

—¿Qué?

—Acabo de hablar con Jayne —ah, esa es la enfermera de Abbi—, ¡y me ha dicho que ayer Abbi le dijo que quería apuntarse a una de las actividades que organizan al aire libre!

Le rodeo la cintura y me besa con firmeza.

—Eso es bueno, ¿verdad? —confirmo. La verdad es que no tengo ni idea.

Maddie asiente y se le balancea la melena agitada por la excitación. Las puntas de su pelo me hacen cosquillas en la cara y resoplo un poco.

—Es alucinante —grita—. Eso significa que ha conseguido atravesar el muro que la retenía encerrada o lo que fuera que la tenía perdida en el interior de su mente y sus recuerdos. Ahora tienen la esperanza de que empiece a hablar más con el médico y puedan empezar a ayudarla de verdad.

Su excitación y su felicidad son contagiosas, pero también puedo ver la sombra de tristeza que se esconde en sus ojos.

—Eh—le digo con delicadeza deslizándole los dedos por la espalda—. Ya sabes que tú no pudiste evitar lo que le pasó. Tú le salvaste la vida, cielo, y cuando fuiste a Brooklyn probablemente la volviste a salvar sin siquiera darte cuenta.

Inspira hondo y en sus labios se dibuja una pequeña sonrisa.

—Es aterrador que me conozcas tan bien.

—No es aterrador. —Sonrío—. Es algo completamente normal si estás enamorado.

—Vaya, ¿ahora estamos enamorados? —se burla Maddie alzando una ceja. Yo rujo con aire juguetón y me doy la vuelta para tumbarla debajo de mí.

—Sí. Enamorados.

Me pierdo en sus ojos verdes mientras ella me mira a la cara y agacho la cabeza para posar mis labios sobre los suyos. Tiene un sabor dulce y su lengua sigue sabiendo a pepitas de chocolate.

—Maldito Starbucks —murmuro—. Pasas más tiempo allí que en cualquier otro sitio.

Ella alza las cejas.

—Supongo que lo dices porque no he pasado ni un minuto en esta cama en las últimas cuarenta y ocho horas. Y tampoco me he saltado tres clases ni he pasado de entregar un trabajo cuando debía, ¿no?

Contraigo las mejillas al reprimir la sonrisa que lucha por salir. Le acaricio el pómulo con la nariz.

—No es culpa mía. Me lo estaba pasando tan bien que olvidé decirte que teníamos que ir a clase.

—Claro, lo olvidaste.

—Por completo.

La vuelvo a besar y ella entierra los dedos en mi pelo.

—Gracias —susurra.

—¿Por qué?

—Porque siempre consigues hacerme sentir mejor. Eres un marrano…

—¡Oye!

—Pero de los buenos.

La sonrisa que se dibuja en su rostro me desarma y en ese momento comprendo que jamás podré enfadarme con ella.

—Supongo que es un cumplido.

—Claro que sí. —Asiente. Flexiona la cadera hasta despegarme de ella y se levanta de la cama.

Alargo el brazo para cogerla de la cintura y tiro de ella hacia abajo.

—¿Adónde vas?

Maddie me golpea las manos.

—Voy a algún sitio donde pueda ver otra cosa que no sean estas cuatro paredes y lo que hay debajo de tus sábanas, Braden Carter.

—No hay nada malo con lo que hay debajo de mis sábanas —gruño mientras ella se levanta.

—Yo nunca he dicho que lo hubiera. —Abre la puerta—. Pero deberías saber que, cuando he subido, he visto que Aston le estaba haciendo ojitos a Megan.

—¿Qué narices está haciendo Megan aquí a estas horas de la mañana?

Me siento. ¿Y qué es eso de hacer ojitos?

—Veamos: uno, son las diez de la mañana, y dos... —Se ríe un poco—. Megan siempre está aquí a estas horas. No me preguntes por qué, pero es así. Lo que pasa es que tú no sueles levantar el culo de la cama hasta la hora de comer.

Me río a carcajadas.

—¿Para qué me iba a levantar de la cama cuando sueles estar en ella?

Me lanza una mirada punzante escondiendo una sonrisa.

—Intenta mover el culo antes de que Aston consiga meterse en las bragas de Megan con su palabrería acaramelada.

—¡Por encima de mi cadáver! —Salto de la cama y ella se ríe y cierra la puerta—. Dile a Megan que más le vale estar en la otra punta de la sala y lejos de ese hijo de puta cuando baje o me pondré cavernícola con él.

Escucho su risa por el pasillo y me pongo unos vaqueros. Luego me enfundo una camiseta y salgo tras ella. Está al final de la escalera mirando por encima del hombro. Me guiña el ojo y desaparece en dirección a la cocina.

Corro escaleras abajo sin dejar que mis pies lleguen apenas a tocar los escalones y voy directo a la cocina. Me detengo en el marco de la puerta y me apoyo en él con aire despreocupado. Maddie me sonríe desde la otra punta con una taza de café en la mano. Yo le devuelvo la sonrisa y entonces me doy cuenta de que Megan está sentada junto a ella. Aston está en la otra punta de la barra.

Pero está mirando a Meggy.

Le doy una colleja cuando paso por detrás de él y le quito a Megan la tostada que tiene en la mano. Ella se me queda mirando boquiabierta.

—Disculpa —espeta.

—Estás disculpada.

Sonrío y le doy un bocado a la tostada. Me inclino hacia Maddie y ella pone los ojos en blanco. Megan la mira.

—¿Qué? —Maddie se encoge de hombros—. Ya te la ha robado. ¿Qué esperas que haga yo? Es como un niño grande.

Le pellizco el costado. Megan me mira sonriendo.

—Te tiene bien calado, Bray —dice con alegría.

Yo vuelvo a mirar a Aston y de nuevo a ella. La sonrisa desaparece lentamente de la cara de Megan y carraspea un poco. Me inclino hacia delante y le hago un gesto con el dedo para que se acerque a mí.

—Y yo te tengo calada a ti, Meggy —le advierto en voz baja—. Ya sé que Aston es uno de mis mejores amigos, pero como se le ocurra lanzarte un solo beso, le patearé el culo a conciencia.

—Es posible que no te hayas dado cuenta, pero soy perfectamente capaz de cuidar de mi misma, Bray —me dice con los dientes apretados—. Te lo agradezco, de verdad que sí, pero si me quiero liar con alguien, lo haré.

—Pero ese alguien no será un tío que deja que su entrepierna gobierne su vida.

Maddie suspira y tira de mí hacia atrás.

—Por el amor de Dios, Braden. ¿Quién ha dicho que Megan se vaya a acostar con Aston? Él no ha dicho nada ni ella tampoco.

—¡Pero tú has dicho que le estaba haciendo ojitos!

Megan esboza una sonrisa.

—Aston se hace ojitos a sí mismo cada vez que se mira en el espejo. Es un niño bonito.

—¿Insinúas que no soy un hombre, Megan? —le grita Aston desde la otra punta.

Megan levanta la mirada con los ojos rebosantes de inocencia.

—Pobre de mí.

—¿Sabes? Si no fueras la hermana adoptiva de Braden, ya te habría dado un buen azote.

Los chicos que le rodean se ponen a gritar.

—¿En serio? —Megan se enrosca un mechón de pelo en el dedo y todos los ojos se posan sobre ella—. Pues es una pena. Puede que me gustara y todo.

La miro sorprendido y ella se tapa la boca para ocultar una sonrisita.

—Te gustaría más si pasara en el piso de arriba, nena.

Aston le guiña el ojo y yo me vuelvo para fulminarlo con la mirada.

—Como se te ocurra sacártela te la corto, tío —le amenazo.

Él mira a Megan y luego me mira a mí.

—Le tengo bastante cariño a mi polla, así que me parece que seguirá guardadita dentro de mis pantalones. Pero solo por lo que a Megan se refiere.

Megan frunce los labios.

—Eres un cerdo, Aston.

—Todos lo son —murmura Maddie sonriéndome con inocencia. Yo le dedico media sonrisa.

—¿Sabes una cosa? —le digo en voz baja rodeándola con el brazo mientras los demás vuelven a hablar de sus cosas y Megan desaparece tras la puerta del patio—. Tengo un poco de miedo de irme a casa de mis padres el fin de semana que viene. Vete a saber qué puede pasar cuando yo no esté aquí para vigilarla.

—¿Eres su mejor amigo o su padre? —Maddie me mira con complicidad—. Sé que te preocupas mucho por ella, y me encanta, pero tienes que dejar que se divierta. Deja que cometa sus propios errores. Además —mira a Aston—, como error no está nada mal.

—Maddie... —gruño.

—Solo era una observación. —Sonríe—. Aston no hará nada. Respeta demasiado vuestra amistad.

—No es él quien me preocupa. En quien no confío es en Megan.

Maddie alarga el brazo y me pasa la mano por la mejilla.

—Olvídalo. Déjala ser ella misma. Y si alguien se pasa con ella, entonces te podrás poner en plan cavernícola, ¿de acuerdo?

Guardo silencio un momento.

—¿De acuerdo? —me repite con un poco más de énfasis.

Aprieto los dientes y maldigo el amor porque esta chica me tiene comiendo de la palma de su mano.

—Está bien —accedo a regañadientes—. Dejaré que Megan cometa sus propios errores.

—¿Lo dices en serio?

—Sí. Intentaré no comportarme como un cavernícola con ella.

Maddie me quita la mano de la mejilla y me besa en su lugar.

—Es la decisión más correcta, Bray. No puedes protegerla toda la vida.

Miro a Aston fijamente. Está de espaldas y bromea con los chicos. Tiene más encanto que un grupo de domadores de serpientes. Yo mismo llevo dos meses viendo cómo se camela a las chicas. Y la idea de que eso le sucediera a Megan…

Vuelvo a mirar los preciosos ojos verdes de Maddie.

—Eso es lo que me da más miedo.

FIN

Agradecimientos

Quiero darle las gracias a Darryl, mi pareja, por haber comprendido y aceptado por fin mi necesidad de escribir como una loca. También quiero darte las gracias por haberme dejado comprar el portátil. No estoy segura de que la relación precio-beneficio sea la que tú esperabas, pero por lo menos trabajo un poco y eso es lo que cuenta, ¿no? Te quiero.

También tengo mucho que agradecer a Rachel Walter, mi socia y crítica. No sé si hay alguien que ame tanto como tú al cavernícola de Braden, y me encanta que seas incapaz de decir su nombre sin añadirle el apelativo de cavernícola. Me ha dicho que te ordene que te vayas a tu habitación con esa voz ronca que tiene. Esta vez lo dejaré así. Te quiero.

A Christina, Heather, Michele y Carey. Las mejores betas del mundo. Muchísimas gracias por leer toda la historia y encontrar hasta el último de los intrusos británicos que se me colaron. Lo que está claro es que nos hemos divertido mucho buscando soluciones. Os quiero, chicas.

A Helen Boswell, mi correctora, por identificar todos mis errores gramaticales y otros fallos absurdos. Gracias por pulir el texto, organizarlo y convertirlo en algo publicable.

Y a Kathalene Miller, mi maravillosa madraza. El repaso que le diste al libro con tus ojos de lectora marcó una gran diferencia. Agradezco mucho cada uno de los segundos de tu tiempo que dedicaste a leer mi trabajo. Mil gracias.

Estoy bastante segura de que me he dejado a alguien. Oh, esperad, ya lo creo que me olvidaba. Véase la página de la dedicatoria.

El juego del amor

SE ACABÓ DE IMPRIMIR

UN DÍA DE PRIMAVERA DE 2015

EN LOS TALLERES GRÁFICOS DE LIBERDÚPLEX, S.L.U.

CRTA. BV-2249, KM 7,4, POL. IND. TORRENTFONDO

SANT LLORENÇ D'HORTONS (BARCELONA)